세 가지 질문을
던지는 여자

세 가지 질문을
던지는 여자

초판 1쇄 인쇄 2026년 2월 25일
초판 1쇄 발행 2026년 3월 10일

지은이   김태경
디 자 인   김은정
펴 낸 이   백승대
펴 낸 곳   매직하우스

출판등록   2007년 9월 27일 제313-2007-000193
주   소   서울시 마포구 모래내로7길 38 605호(성산동, 서원빌딩)
전   화   010-2330-8921
팩   스   02) 323-8920
이 메 일   magicsina@naver.com
I S B N   979-11-90822-41-1

*책값은 표지 뒤쪽에 있습니다.
*파본은 본사와 구입하신 서점에서 교환해드립니다.

세 가지 질문을 던지는 여자

저자 김태경

차례

#1 뮤덕, 그것이 알고 싶다

무대에 커다란 뒤주가 있다.

사도세자는 그 안에 갇혀 나오지 못할 것이다.

죽으라고 윽박지르는 아버지의 서슬 퍼런 눈길에 아들은 통곡하듯 소리치며 괴로워한다.

사랑받지 못했다.

아들로서, 왕세자로서 잘해보고 싶었지만, 줄곧 미움만 받았다.

무대 위의 아버지는 아들을 바라보며 귀찮은 표정으로 자꾸만 한쪽 귀를 털어낸다.

사도세자는 그 여린 마음을 차마 드러내지 못하고 두려움에 몸서리 친다.

미쳐버린 아들을 죽이려면 명분이 필요하다.

비 내리는 그 밤에 아버지를 죽이겠다고 칼을 들고 쫓아온 아들의 심정을 알지만, 영조는 속을 드러내지 않는다.

죽어야 산다고 했다.

아들이 죽어야 아들의 가족이 산다.

인터미션 없이 두 시간을 열연하던 사도세자가 처음으로 무대 밖으로 내려갔다.

무대에 홀로 남은 아버지가 빈 뒤주를 붙잡고 처음으로 속마음을 드러낸다.

넌 내 꿈이었다.

아버지의 그림자로 살아야만 했던 아들의 마음을 잘 안다.

배다른 형이자 선왕이셨던 경종 임금의 그림자로 살아야만 했던 슬픔을 아들에게 물려주고 말았다.

오열하듯 노래하던 아버지가 어느 순간….

승전가를 울리라고, 비정한 목소리로 신하들에게 명한다.

주먹을 쥐고 검지와 새끼손가락을 편다.

록커들의 이 손동작은 사랑한다는 뜻이라고 했다.

빛으로 사라진 사도세자를 향해 아버지 영조가 두 손가락을 치켜든다.

신하들은 모르는 아버지의 사랑을 사도세자는 이미 오래전에 알았을 것이다.

"후아⋯!"

태블릿 모니터를 들여다보던 성혁이 문득 하품을 늘어놓는다. 이 정도면 될 것 같다. 달깍, 저장 버튼을 눌러 블로그 게시판에 며칠 전 관극한 뮤지컬 〈쉐도우〉의 후기를 업데이트한다.

"음⋯."

맞춤법과 띄어쓰기에 문제가 없는지 살피던 성혁이 고개를 끄덕인다. 성혁은 모 일간지 문화부 기자 출신으로, 지금은 블로그에 연극과 뮤지컬을 관극한 뒤 후기를 남기는 프리랜서 칼럼니스트, 이른바 자유기고가로 활동 중이다. 기자 활동 당시에는 공연제작사 측으로부터 초청받았던 '프레스콜(press call)' 무대만 보고 대강의 홍보 기사만 작성했다면 지금은 일반인과 똑같이 티켓팅을 하고, 완전한 내용을 모두 관극한 뒤 후기를 작성하므로 일간지에 실었던 기사보다 훨씬 구체적이다. 블로

그의 짧은 소개가 자유기고가 박성혁의 정체를 알려준다.

"…?"

어수선한 분위기에 고개를 돌린 성혁은 손목시계로 눈을 준다. 공연이 시작되려면 좀 더 기다려야 한다. 그런데도 이 중소극장의 로비가 벌써 북적이는 건 오늘 관극할 뮤지컬 〈등등곡(登登曲)〉이 제법 인기 있는 작품이기 때문일 거다.

"찰칵, 찰칵!"

한쪽 벽면에 세워놓은 캐스팅 보드를 핸드폰 카메라에 담느라 바쁜 이들이 보인다. 좀 더 좋은 사진을 사수하겠다며 1열로 줄을 서거나 좋아하는 배우의 사진 곁에 서서 '셀카'를 찍거나 일찌감치 예매해 놓았던 티켓을 저쪽 티켓 부스에서 받아다가 캐스팅 보드 곁에 손가락으로 고정해 두고 이른바 '인증샷'을 찍기도 한다.

"…?"

소란한 소리가 들려 고개를 돌리니 출연 배우의 팬으로 보이는 이들이 서로 자기가 좋아하는 배우의 사진을 주고받는 장면을 포착했다. 배우의 모습을 각기 다른 형태로 찍은 저 포토 카드는 공연 제작사가 홍보용으로 만들었거나 팬들끼리 자기만족으로 만들었을 것이다.

"잘 생기긴 했네."

캐스팅 보드를 요모조모 훑어보던 성혁은 픽 웃고 만다. 과연 저 나이 또래의 소녀들이 좋아할 외모들이다. 온갖 예쁜 짓을 마다치 않는 TV 속 아이돌에 버금가는 지경이었다. 이 작품을 며칠 전에 먼저 관극한 후배 여기자들이 전화를 걸어 수다를 떨 정도였으니 더 따져 물을 필요가 없다.

"…?"

조금 전에 게시했던 뮤지컬 〈쉐도우〉의 후기에 잠깐 사이 댓글이 달렸다. 재미있게 읽었다는 둥, 자기도 봐야겠다는 둥 각종 이모티콘으로 도배한 댓글들 사이에 낯익은 아이디가 보였다.

R.YU
ㄴ 기자님! 후기 기다리고 있었어요! 역시 최고!

성혁의 얼굴에 미소가 떠오른다. 류영은이라고, 성혁의 블로그를 안방 드나들듯 하는 대학생이다. 오늘 여기에 모인 이들처럼 뮤지컬을 광적으로 좋아해 '뮤지컬 덕후', 줄여서 '뮤덕'으로 불린다.

여기까지 쓰고 성혁은 도로 손목시계를 들여다본다. 공연 시간이 임박했다. 슬슬 정리하고 일어날 때다. 그런데 성혁은 방금 매달린 류영은의 또 다른 댓글을 발견했다.

"여기!"

"으악! 깜짝이야!"

누군가 뒤에서 어깨를 거칠게 잡아채는 바람에 비명을 지른 성혁, 류영은이 까르르 웃음을 터뜨렸다.

"우와! 기자님, 겁이 많으시네요! 이히히히!"

"겁이 많은 게 아니라 그냥 놀란 거야!"

"에이, 그거나 그거나! 히히히!"

장난기 넘치는 녀석의 표정에 성혁도 웃고 만다.

"기자님, 자리 어디에요?"

"내 자리?"

"또 한참 뒤 구석이에요?"

"응. 또 그렇게 됐네."

"에이!"

류영은의 얼굴에 안타까운 표정이 묻어난다. 성혁의 티켓팅 솜씨가 영 엉망이라는 거다. 인기 있는 작품일수록 자리 경쟁이 치열하니 다들 티켓팅에 열을 올린다. 피 튀기는 티켓팅이라 하여 '피켓팅'으로 불린다고 했다.

"손가락이 너무 느려서 문제야. 매크로라도 돌려야 할까 봐."

"에이, 그건 안 될 말이죠. 잘 좀 해봐요."

"그래."

류영은이 티켓팅 잘하는 방법을 전수해 주겠다며 이러쿵저러쿵 수다를 떨기 시작한다. 이미 선택된 좌석입니다. 이미 결제된 좌석입니다. 흔히 '이선좌'와 '이결좌'로 줄여 부른다는 것쯤은 누구나 안다. 류영은과 같은 고수도 티켓팅 와중에 수차례 마주쳐 짜증이 이만저만이 아닌데, 성혁은 오죽할까. 다만 매크로라는 부정한 프로그램으로 티켓팅을 했다가는 욕만 얻어먹을 거란 사실 정도는 당연히 안다. 하지만 그만큼 매크로 프로그램을 사용하고 싶은 생각이 들 정도로 손가락이 느리니 답답하다.

"그렇게 뒤에 앉으면 배우 얼굴이 잘 안 보이니까 오글이라도 사세요."

"오글?"

"오페라글라스!"

"아…!"

오페라글라스, 공연장에서 흔히 쓰이는 망원경을 말한다. 대극장 공연일수록 수용 관객이 많아 객석 2층, 3층을 넘어 4층까지 올라가야 할 땐 오페라글라스를 반드시 지참해야 한다. 그렇지 않으면 공연장 꼭대기에서 소리만 듣다 나올지 모른다.

"그래서 네 자리는 이던데?"

"맨 앞줄이죠."

"어떻게 매번 그래?"

"예매 대기가 터졌을 때의 쾌감을 아세요?"

"…?"

늘 2층으로 가야만 하는 성혁으로선 감당하기 어려운 한마디, 녀석이 또 '히히히' 하고 웃는다. 커피숍 아르바이트에 편의점 아르바이트까지 하며 관극할 돈을 모으고, 근무하다가도 시간 맞춰 티켓팅을 한다고 했다. 젊은 혈기에 뭔들 못 하겠는가만은 아무리 그래도 매크로 없이 매번 앞줄을 차고앉는 솜씨가 참으로 신기하다. 그렇다고 백전백승까지는 아닌 모양이었다.

언젠가 회전문을 돌았던 〈오페라의 유령〉은 경쟁률이 무시무시해서 4열 이상 진출하지 못했다며 울상을 지었던 걸 보면 말이다.

"그래서 영온이, 너. 등등곡은 몇 번째 관극이야?"

"음, 자 일곱?"

"자…. 뭐라고?"

또 그들만의 은어가 튀어나왔다. 저들의 언어를 해석하느라 바쁜 성혁은 고개를 갸우뚱거렸고, 류영은은 웃느라 정신을 못 차린다.

"여기에서 '자'는 '자체 관극'을 말해요. 내 눈으로 직접 봤다는 뜻이죠."

"그러니까 이번 관극이 일곱 번째라는 거지?"

"맞아요. 자첫, 자둘, 자셋, 이렇게 세고요. 마지막 관극은 '자막'이라고 해요."

뮤덕들의 커뮤니티 게시판에서 본 것 같다. 사상 첫 관극인데, 하필이면 그날이 마지막 관극이라면, '자첫 자막'이라고 쓴다. 날로 발전하는 젊은 친구들의 인터넷 용어가 부담스럽지만, 한편으론 재미있다.

"기자님, 그거 알아요? 프랑켄슈타인을 135회 관극한 사람도 있다는 거."

"뭐라고?"

성혁의 눈과 입이 떡 벌어졌다. 뮤덕의 세계엔 회전문이라는 단어를 사용할 만큼 특정 작품 한 가지를 여러 차례 관극하는 이들이 있으며, 마치 당연하게 받아들인다는 사실을 그 역시 알고 있다. 한 작품을 20회 또는 30회씩 관극하거나 많게는 70회까지 기록을 찍었다는 글을 커뮤니티 게시판에서 보기는 했지만 135회는 상상하기 힘든 숫자였다.

"프랑켄슈타인의 초연이 아마 2014년이라고 했나? 아마 그럴 거예요."

"그때부터 지금까지 135회 관극이라는 거지?"

"네. 하지만 그렇게까지 놀랄 일은 아니에요. 뮤덕들 사이에서 흔한 일이니까."

"도대체 뭐하는 사람들이야? 어디 대기업 회장이라도 한대?"

"그건 모르죠."

류영은이 키득키득 웃었다. 곰곰이 상상해 보던 성혁은 이내 고개를 절레절레 흔들었다. 얼굴도 본 적 없고, 누구인지도 모르지만, 경의를 표하고 싶을 만큼 대단한 사람들이라는 생각이 든다.

"그래서 이 뮤지컬을 일곱 번 보는데, 지겹지 않니?"

"전혀 그렇지 않아요. 매일매일 다른걸요."

"뭐가 달라?"

"지난 관극에서 놓친 부분을 새로 알 수도 있고, 바로 눈앞에서 벌어지는 사건 사고나 그로 인한 배우들의 대처법이 다르죠."

"…?"

성혁으로선 영 모를 말이다. 이제야 그들 세계에 입문한 '뮤린이'가 알아야 할 것이 또 있는 모양이었다.

"한 가지 예를 들어볼게요. 언젠가 〈왕자 대전〉이라는 뮤지컬이 있었어요. 세종대왕 이전 시대 이야기이고, 사극이라서 배우들이 한복을 입어야 해요."

"당연히 그렇겠지."

"한 번은 어떤 배우 두루마기 아랫단이 엉망인 거예요. 실오라기가 풀려서 바닥에 질질 끌리는데, 이때 기자님은 어떻게 하시겠어요?"

"글쎄. 잘라주고 싶다는 생각이 들 것 같아."

"정말 그랬다가는 관크예요."

"관크?"

관크, 관객 크리티컬(Critical)의 줄임말이다. 타인의 관극을 방해하는 사람들을 말한다.

"일종의 진상이죠. 한창 극이 진행되고 있는데, 트림을 한다거나 방귀를 뀐다거나."

"그런 경우가 많니?"

"장난이 아니에요!"

류영은의 기겁한 표정만 봐도 사실임을 느낄 만하다. 성혁은 고개를 끄덕였다.

"커뮤니티 게시판에서 그런 얘기 본 적 있어요? 똥머리 알죠?"

"똥머리? 머리 위로 틀어 올리는 머리?"

"맞아요. 그게 가장 대표적인 관크예요."

"왜?"

"뒷사람이 안 보이니까요. 아니면 갑자기 핸드폰이 울리는 경우도 관크예요."

성혁에게도 그런 경험이 있다. 언젠가 옆에 앉은 사람이 연신 재채기하는 바람에 배우의 대사를 제대로 못 들었다. 류영은의 설명이 충분히 이해되었다.

"그 외에도 대극장 공연 중에 누가 농을 쌌다는 얘기가 있는데…."

"정말?"

"풍문으로 돌아다니는 소문이라 확실하진 않아요."

한참 극이 진행되는 와중에 바로 뒷자리에서 누군가 코를 곤다. 어찌나 소리가 요란한지, '어셔' 즉 공연장 안내원이 다가와 깨웠더니 짜증을 있는 대로 부린 인물도 있었다. 상상만 해도 끔찍하다.

"그래서 뮤덕들이 시체 관극을 한다는 거구나!"

커뮤니티 게시판에서 배운 단어였다. 옆 사람과 대화하거나 자꾸 움직이면 뒷사람에게 방해되기에 공연이 시작되면 꼿꼿

하게 앉아서 얼음이 된다. 이를 시체 관극이라고 한다.

"시체 관극을 불편해하는 사람도 있어요. 사람이 기침할 수도 있고, 앉은 자리가 불편해서 조금 움직일 수도 있지. 왜 유난을 떠느냐는 기예요."

"사람마다 생각이 다르니 정답도 없는 거겠지."

"정말 그렇게 생각하세요?"

"응?"

류영은의 표정에 수심이 가득하다. 성혁이 그들을 너무 쉽게 이해하려 든다는 거다.

"공연 끝나고 머리채 잡는 사람 어떻게 생각하세요?"

"뭐라고?"

"듣기로는 관크라며 인터미션 때 앞 사람 화장실 가는 길까지 따라가서 때리고 따지는 일도 있었다는데, 사실인지는 모르겠어요."

"가짜뉴스 아니야?"

"기자님이시니까 그 얘기는 아시죠? 관극하면서 수첩에 내용 기록하던 어떤 기자한테 시비 걸어서 싸운 적도 있다잖아요."

"아…!"

성혁은 제꺽 탄식하는 표정이 되고 만다. 그 사건으로 한동안 시끄러웠으니 모를 리가 없다.

"기자님, 줄 서야 해요."

또 주변이 어수선해졌다. 공연장 입구 주변으로 사람들이 줄을 서는 것이었다. 아직 대열에 끼지 못한 이들도 있었는데, 화장실에 다녀오거나 가방에 넣어놓았던 티켓을 꺼내느라 분주한 모습이다. 그들을 향해 어서들이 곧 공연 시작한다며 질서 있게 입장해 달라고 소리치기도 했다.

"…?"

티켓을 손에 쥐고 대열에 합류한 성혁은 문득 저 앞에 서 있는 여자에게 시선이 닿았다. 또 그녀였다. 머리를 하나로 묶어 단아하게 땋은 저 여자 말이다. 늘 대열의 후반부에 서는 탓으로 뒷모습만 볼 따름이지만 성혁은 분명히 알아보았다. 매번 긴 극힐 때마다 마주치는 그녀, 어쩐지 말을 걸어보고 싶은 여자였다.

"기자님, 이제 들어가야 돼요."

류영은이 속삭였다. 공연장에 입장하여 자리를 찾아 앉았을 때, 성혁은 슬쩍 저 맨 앞자리로 시선을 던졌다. 역시 류영은은 맨 앞줄 한가운데에 있다. 그러나 아무리 찾아봐도 그녀는 보이지 않는다. 좀 더 찾아보고 싶었으나 가뜩이나 어두운 공연장에 서서히 조명이 잦아드니 아무것도 할 수 없다. 이제 공연이 시작되려는지 사방은 순식간에 암전 상태가 되고 말았다.

공연이 끝나자마자 성혁은 류영은에게 인사 한마디 남길 겨를도 없이 후다닥 공연장에서 뛰쳐나왔다.

"어디라고 했지? 많이 늦었네!"

약속 시간을 무려 20분이나 넘겼다. 관극 중에 방해될까 봐 비행기 모드로 설정했던 핸드폰을 정상으로 돌려놓으니 카톡에, 문자에, 부재중 전화는 열 통이 넘게 와 있었다. 누구의 흔적인지 잘 알지만, 성혁은 모두 무시하고 구글 지도를 펼쳐 든다. 다행히 가까운 거리여서 불행 중 다행이었다.

"이제 오냐? 공연 보다 잠든 줄 알았다!"

"내가 너냐?"

"문자는 봤어? 네 폰은 안녕하시지?"

"안 보고 그냥 지웠는데?"

혜화역 바로 코앞이라 유동 인구 많은 고깃집 야외 한구석에 세 친구가 늘어져 있다. 꼴을 보아하니 벌써 몇 병 들이켠 모양이다.

"얼마나 먹었어? 벌써 얼굴이 빨간데?"

"까불지 말고 앉기나 해. 많이 안 먹었어!"

이미 파한 자리에서 굴러다니는 플라스틱 의자를 가져다 앉았더니 집주인이 수저 한 세트와 물수건을 가져왔다. 불판을 갈아달라는 요청과 함께 돼지갈비 3인분을 추가로 주문했다.

"너희 오늘 바쁘다고 하지 않았어? 요즘 사건 사고 많다며? 어쩐 일로 제시간에 왔어?"

"술 약속을 잡았는데 일이 문제야?"

"늦게 왔으면, '아이고! 죄송합니다!' 하고 절이나 할 것이지. 무슨 일 타령이야?"

"야, 마셔. 마셔."

얼굴이 벌겋게 달아오른 오세방과 장국봉이 소주잔을 당장에라도 깨뜨릴 것처럼 부딪히고는 한입에 털어 넣었다. 그 한심한 꼬락서니에 김주빈은 그저 고개만 절레절레 흔들 따름이다

"너, 프리랜서로 전향한 지 오늘로 딱 1년이야. 알아?"

"벌써 그렇게 됐어?"

"그 1년 동안 프리랜서 핑계로 놀기만 하고…. 에라이! 양아치 새끼야!"

"우리는 허구한 날 깨지는데, 누구는 놀면서 일하고. 어휴! 기레기 새끼!"

"야, 쓸데없는 소리 그만하고 술이나 먹어!"

혀가 완전히 꼬부라져 투덜거리는 오세방과 장국봉의 술잔에 김주빈이 소주를 가득 채운다. 한심하기 짝이 없는 이 세 친구는 성혁의 오랜 벗이자 직장 동기들이다. 나란히 같은 언론사에 입사하던 순간이 엊그제 같더니 벌써 10년 차 기자가 되었다. 성혁은 지금 프리랜서로 활동한다지만 저 셋은 여전히 정치부 기자, 사회부 기자 등으로 활동 중이다.

"야, 며칠 전에 메기가 네 안부 묻더라?"

"웬일이래? 내 사직서 보고 콧방귀나 뀌던 인간이?"

"자기가 생각해도 인재 하나 잃었구나, 싶었겠지. 새로 들어온 어린 신입사원들이 싸가지가 없어도 너무 없거든."

김주빈이 키득거리지만, 성혁은 미간이 확 구겨지고 말았다. 저들이 언급하는 메기란, 다름 아닌 직장 상사를 가리킨다. 기자들의 업무 처리에 이러쿵저러쿵 트집 잡던 데스크 김 부장의 생김새가 메기를 쏙 빼닮아 붙은 별명이다.

「직장 내 괴롭힘으로 노동부에 신고하겠습니다! 왜 아직도 옛날에 머물러 계십니까?」

제 입에서 나온 한 마디를 곱씹으며 성혁은 고개를 갸우뚱거렸다. 그가 메기의 낯짝에 사직서를 던진 건 마음 편히 문화생활을 즐기고 싶었던 것도 있지만 생긴 대로 노는 메기 때문이기도 했다. 지금이 어떤 시대인데, 부하 직원들을 노비 취급하느냐고. 젊은 혈기를 이기지 못하고 대들었다가 윗것들에게 찍혀버렸다. 다행히 능력 있는 기자라는 점이 강점으로 작용한 바람에 회사에서도 좋게 넘어가려는 눈치이긴 했다. 서로 불편한 분위기를 견디지 못하고 사직서를 내던졌다지만 최근에 성혁은 그것이 과연 옳았는지 고민하고 있었다.

"김주빈, 너 원고 어떻게 됐어?"

"원고? 아, 그거?"

술잔을 입에 가져가던 김주빈이 성혁의 물음에 픽 웃었다. 지켜보던 장국봉이 키득키득 웃음을 터뜨린다.

"야, 이번에 쓴 원고 제목이 '욕망'이래."

"욕망? 그게 뭐야?"

세 친구의 시선이 한꺼번에 김주빈에게로 날아든다. 원고를 아직 마무리 짓지 못했다며, 김주빈은 영 불편한 기색이다.

"굳이 장르를 따지자면 로맨스 드라마야."

"그래?"

도로 묻는 성혁의 시선이 이번엔 오세방에게로 넘어간다.

"너 혹시 그거 알아? 예전에 저쪽 이화장 아래에 있던 극단."

"이화장 아래? 대학로에 극단이 한두 군데야?"

"극단 '한다' 말하는 거야. 화재로 연출자가 시신으로 발견됐다는…."

"극단 '한다'라고?"

4호선 혜화역 인근에는 대한민국 초대 대통령 이승만의 사저이자 그를 중심으로 최초의 내각이 탄생한 이화장(梨花莊)이 있다. 그런데 지금 그들이 언급하는 극단 '한다'는 바로 그 이화장이 코앞에 보이는 건물에 세 들었던 아마추어 연극단을 말한다.

"연출자가 불에 탄 시신으로 발견된 화재 사건이면, 어렴풋이 알 것 같기도 한데, 잘 모르겠어."

"그럴 만도 해. 벌써 40년쯤 된 얘기거든."

"그래?"

"화재가 일어나기 전에 여러 가지 사건이 있었어. 배우와 연출자의 스캔들이라거나 시인 출신 극작가가 연출자의 죽음과 관계가 있다거나 하는 얘기들."

40년 전의 사건이라니, 듣고만 있던 세 친구가 절레절레 고개를 저었다. 까마득한 시절의 이야기라며 욕설을 내뱉기까지 한다.

"그래. 너희 마음 이해해. 오래전의 일이고, 지금은 거기 단원들 전부 뿔뿔이 흩어져서 어떻게 사는지도 모르지만, 한동안 말이 많았던 사건이거든."

"그런데?"

"야, 더 들을 것도 없어. 김주빈 이 새끼가 지금 그걸 연극 극본으로 쓰겠대."

오세방이 소리치자 성혁에게서 욕설이 튀어나왔다. 40년 전의 사건을 들춰가면서까지 연극 대본을 왜 써야 하느냐는 거다. 쓸데없는 짓거리 그만두라고 을러대는 친구들의 잔소리에 김주빈이 키들키들 웃음을 터뜨렸다.

"내가 폼으로만 기자 노릇하는 줄 알아? 나름대로 옛날 자료 뒤져가면서 쓰고 있어. 대한민국 정부 수립 이후 나온 모든 기사가 회사 열람실에 다 있는데, 뭐가 문제야?"

"왜 하필 40년 전이야? 너무 먼 시절인데, 도대체 어떻게 쓰겠다는 거야?"

"마로니에 공원을 중심으로 대학로 일대에 예술인들이 자리 잡기 시작한 시기가 1980년대 초중반 경이야. 그 시절의 이야기를 쓰고 싶어"

"그래. 기자라면 언제든 그렇게 해야지. 너 용감하다."

잔뜩 미간이 일그러졌으나 그래도 성혁은 대견한 친구에게 술잔을 내밀었다. 친구들의 반응을 걱정하던 김주빈의 얼굴이 그제야 밝아진다.

"그럼 그 대본은 실제 사건 그대로라는 거야?"

"기본 바탕은 실화이지만 자세한 내막은 내가 살을 붙였지."

"이야, 멋있는데?"

아무리 언론사 기자로 활동한다지만 김주빈은 어릴 적부터 품어온 극작가의 꿈을 내려놓지 못하고 있었다. 자기 손으로 쓴 극본이 언젠가는 연극 무대에 오를 날을 꿈꾸는 거다. 그런 김주빈이 지금 친구들의 응원을 한 몸에 받으며 새로 쓴 원고의 시놉시스를 읽어 내려간다.

"서영준은 원래 시인을 꿈꾸던 사람이다. 아마추어 문인들의 시집을 보고 서영준에게 연락한 공한길은 아마추어 연극단 '한다'의 대표이자 연출가라고 소개한 뒤 서영준에게 극단의 부대표 자리에서 극작가로 일해달라고 부탁한다."

"음, 괜찮은데?"

오세방의 한 마디에 장국봉이 고개를 끄덕였다. 김주빈은 시놉시스를 바로 이어가지 않았다. 고깃집 직원이 두 명이나 다가온 탓이다. 한 명은 시커멓게 타버린 불판을 갈고, 또 한 명은 깨끗한 불판 위에 새 고기를 올려놓는다.

"공한길과 서영준의 합작으로 대박이 터졌다. 그들 사이에는 아마추어 연극배우 노순심이 있었는데, 공한길과 미래를 약속한 사이였다. 서영준은 극작가로서 자주 만나온 노순심의 순수함에 빠져 짝사랑을 시작한다. 어느 날 공한길이 자리를 비운 사이에 서영준은 노순심과 작중 인물을 연기하던 중 돌이키지 못할 순간을 맞이한다."

"베드신이야?"

장국봉이 꽥 소리쳤다. 시놉시스만으로도 다음에 이어질 상황이 예상되는 모양이다. 얼굴 가득 속내가 드러난 장국봉의 술잔을 성혁이 가득 채워준다.

"노순심의 사랑이 아직 공한길에게 있다는 사실을 깨달은 서영준은 공한길을 살해하기로 마음먹는다. 이후 벌어진 화재 사건으로 공한길이 죽었고, 극단은 공중분해 된다."

"그래서 남은 둘이 재미나게 산다는 거지?"

소주를 입에 털어 넣던 오세방의 입에 장국봉이 안주를 넣어준다. 가뜩이나 취한 탓에 몸을 가누지 못하는 오세방이 테이블을 잘못 건드린 바람에 소주잔이 땅으로 떨어지며 파삭, 하고 깨져버렸다. 집주인이 그 꼴을 보더니 한심한 얼굴로 새 술잔을 가져다준다.

"야, 이 기레기 새끼가…!"

"누가 누굴 보고 기레기래?"

장국봉과 오세방이 서로를 가리키며 까르르 웃어댄다. 뭐가 그리도 재미있는지 정신없이 낄낄거리는 저 기막힌 진상들을 지켜보던 김주빈이 혀를 끌끌 찼다.

"그래서 본문은 언제 보여줄 거야?"

"천천히 보여줄게. 급한 거 아니잖아."

여전히 불편한 표정이지만 기특한 친구의 술잔을 채우며 성혁이 웃었다. 술독에 빠져버린 장국봉과 오세방은 답이 없는 표정들이다.

"어휴! 저 기레기 새끼들! 북한의 누가 장사정포 맞고 죽었다고 썼는데, 며칠 뒤 그 사람이 남북 회담 때 나와서 당당하게 걸어가더라? 그것 때문에 욕 겁나게 먹었다며? 이메일 폭탄 맞고, 전화 폭탄 맞고 난리였다지?"

"너, 우리 뒷조사하니?"

초점이 맞지 않는 눈으로 이쪽을 쳐다보며 장국봉이 묻는다. 발음까지 뭉개져 알아들을 수가 없다. 절레절레 고개를 흔드는 김주빈, 저 둘은 뭐가 그리도 재미난 지 곧 와르르 웃음을 터뜨렸다.

"너 후기 언제 쓸 거야?"

소주를 들이켜다 말고 김주빈이 대뜸 성혁에게 말을 걸었다.

"무슨 후기?"

"오늘은 둥둥곡이라며? 그거 써야지? 며칠 연달아 관극 스케줄 있어서 쓸 시간도 없을 텐데."

"지금 쓸까?"

성혁이 술잔을 내려놓고 태블릿을 꺼냈다.

"요즘 네가 올리는 관극 후기 보는 게 내 취미인 거 알지?"

"그래?"

"자주 올려줘. 재미있어."

"알았어."

그 잘난 양반네들이 혁명을 일으키려는 힘없는 백성들을 때려잡아 길삼봉을 찾지만, 그들은 서로 자기가 길삼봉이라고 을러댄다.

왜놈들이 조선 땅을 넘보고 있는데, 1591년 선조 시대 조선 사회는 너무나 어지럽다.

왕조차 백성들을 팽개치고 도망간 시대, 누군가 소리쳤다.

허깨비를 쫓으려다 도깨비가 되지 말라!

그래. 넌 나라 걱정이나 해라.

나는 시조나 읊고 놀아야겠다!

젊은 선비들이 모여 사람이 사람이 아니라며, 죽고 나면 의미가 없으니 놀자고, 탈놀이를 일삼았다.

연려실기술우 이 놀이를 등등곡(登登曲)이라고 석었다.

그들은 이런 놀이를 즐기는 자기들을 등등회(登登會)라고 불렀더란다.

꽃미남 다섯 명의 커튼콜이 너무나 아름답다.

저 모습을 수묵화로 그리면 어떨지 생각해봤다.

정적이지만 급진적인, 고요하면서도 자유로운….

—뮤지컬 〈등등곡(登登曲)〉

#2 사운드 오브 뮤직

그때 두나는 중학생이었다. 몇 학년이었는지는 기억나지 않지만, 꿈속에서 그녀는 매번 앳된 중학생의 얼굴로 나타났다. 아마 교복도 입었을 것이었다. 꿈에 본 옷차림은 교복이 분명했다. 학창 시절 내내 교복 차림으로만 지냈으니 꿈에서도 당연히 그럴 수밖에. 교복이란 건 학교에서 입는 옷이다. 그러나 두나는 집에서도 그 옷을 입었다. 딱히 사복을 입을 필요가 없었다. 교복이 편하기도 했거니와 두나에겐 옷이 별로 없었다. 성장기에 맞춰 한두 치수 다르게 만든 교복이 두어 벌, 계절별로 입을 잠옷이 한두 벌, 후줄근한 티셔츠는 한 벌, 역시 다 해진 청바지가 한 벌, 그리고 속옷 몇 벌, 양말 몇 켤레. 두나의 옷장은 늘 이렇게 한가로웠다. 하지만 두나는 이 텅 빈 옷장을 좀 더 채워야겠다는 생각을 전혀 하지 않았다. 어쩌다 가끔 언니 방에 들어가 옷장을 열어보면 사정은 마찬가지였다. 두나가 그런 것처럼 고등학생 언니도 몇 날 며칠을 교복만 입고 살았다. 가끔 티셔츠를 입거나 잠옷을 입지만 그건 교복을 세탁기에 넣었기 때문이다. 무슨 통돌이 세탁기, 드럼 세탁기 등등 TV에선 자기네 세탁기를 사라며 각종 광고를 해대지만 두나네 집은 아주 오래전부터 구식 세탁기 한 대로 긴 세월을 버텼다. 따로 말을 꺼낸 적은 없으나 TV 광고를 볼 때마다 세탁기를 새로 한 대 샀으면 좋겠다고 생각한 적은 있다. 사춘기 여자아이들이 사는 집이니 방마다 예쁘게 꾸미고도 싶다. 옷을 사 입고 싶고, 머리도 예쁘게 사드서나 얼굴에 분칠도 하고 싶다. 하지만 그러기에 두나네 집은 너무나 가난했다. 손바닥만 한 방 세 칸짜리 반지하에 사는 가족은 그냥 숨만 쉬어도 다행일 정도로 가난에 절어 살았다. 왜 그렇게 가난한지 아직 중학생에 불과한 두나는 아무것도 알지 못했다. 태어날 때부터 이렇게 살다 보니 이 가난한 살림살이가 마치 당연하게 느껴졌다.

「세나 언니, 남자 친구 있어?」

「아니, 없어.」

「친구들이 하는 말이 남자 친구가 있으면 함께 떡볶이도 먹고, 놀이공원에도 간대.」

「너도 그러고 싶어?」

「응. 재미있을 것 같아.」

「아, 우리 두나가 지금 되게 심심하구나?」

속내를 들켜 뾰로통한 표정을 지었더니 세나 언니가 웃었다. 세나 언니는 늘 그렇게 웃었다. 두나의 기억에 세나 언니의 미소는 마치 무지개와 닮았다. 정신없이 쏟아지던 빗줄기가 멈추고 무지개가 떠오르면 모두 함께 즐거이 웃듯 세나 언니의 미소는 두나를 웃게 했다. 그래서 두나는 세나 언니를 좋아했다. 엄마 없이 자라는 자매였지만 둘은 다정하게 지냈다.

「두나야, 이게 뭐게?」

「…?」

이제는 꿈이 아니면 만날 수 없는 물건을 세나 언니가 내밀었다. 비디오 테이프였다. 두나네 집에는 세탁기처럼 오래된 비디오 한 대가 있다. 요즈음의 젊은 세대는 어떻게 사용하는지도 모를 고물 말이다.

「심심하면 이거 봐. 언니는 이미 봤어.」

「재미있어?」

「응. 재미있어. 두나도 분명 좋아할 거야.」

하지만 두나는 영 시큰둥했다. 영화를 별로 좋아하지 않은 탓이다. 세나 언니가 내민 비디오테이프를 내버려둔 채 두나는 그날 저녁까지 TV만 보았다. 만화 속 캐릭터가 귀여웠고, 잘생긴 가수의 노래가 듣기 좋았으며, 코미디 프로그램에 출연하는

개그맨의 농담이 재미있어 키득거렸다. 그리고 일찍 잠자리에
들었다.

「아아아악!」

꿈은 깨지지 않고, 자꾸만 이어진다. 그리고 두나는 마음대로
멈추지 못하는 꿈속에서 두 번 다시 듣고 싶지 않은 비명을 또
들었다. 어린 날 밤마다 들었던 기괴한 소리 말이다. 너무나 무
서워서 매번 이불을 머리끝까지 덮어쓰고 오지 않는 잠을 청했
다. 눈을 감았지만, 귀는 열려있으니 온 집안을 울리는 비명을
막지 못했다. 두나의 눈에서 눈물이 흘렀다.

「잘못했어요! 아빠! 아악!」

퍽! 퍽! 무언가 날아들어 언니를 때리는 모양이었다. 아무래
도 아빠가 또 술을 먹었나 보다. 아빠는 항상 술을 먹고 집에
들어온다. 맨정신인 아빠를 두나는 한 번도 보지 못했다. 아빠
는 어째서 술을 먹으면 그리도 흉포해지는 걸까? 온 집안을 쩌
렁쩌렁 울리는 짐승 같은 소리가 무서워 두나는 옷장의 모든
옷을 꺼내 그 속으로 숨어들었다.

「이 년! 이 개 같은 년!」

「아빠! 잘못했어요!」

「이리 와! 어딜 도망가?」

「아아아악!」

「벗어! 이 미친년아! 벗어!」

추측하기 힘든 소리가 쉬지 않고 이어졌다. 도대체 무슨 소리인지 알 수 없었지만 그렇다고 궁금하지도 않았다. 언니가 비명을 지르며 고통에 몸부림치는 걸 알아도 당장 밖으로 나가 둘 사이를 가로막는 긴 그저 생각일 뿐 도무지 용기가 나질 않는다. 도와주지 못해 너무나 미안하다. 두나는 입을 틀어막고 소리 없이 울다가 어느새 잠들었다. 깊은 잠에서 깨고 싶지 않았다.

「어머! 애 좀 봐! 눈이 퉁퉁 부었네?」

아침이 되었을 때 세나 언니가 그렇게 말하고는 또 웃었다. 지난밤에 아무 일도 없었던 것처럼 해맑게 웃는 것이었다. 퉁퉁 부은 눈을 손으로 비비적거리며 두나가 세나를 와락 끌어안았다.

「아빠는?」

「몰라. 일어나 보니까 이미 나가시고 안 계시던데?」

「나 어제 되게 무서웠어. 아빠는 왜 그런 거야? 언니, 괜찮아?」

「잠이 덜 깼구나? 세수해. 밥 먹자.」

「언니, 파스 냄새 나.」

「냄새가 많이 나?」

「할머니 같아.」

두나의 철없는 한마디에 세나가 제 팔을 들어 킁킁, 냄새 맡는 시늉을 한다. 또 파스를 온몸에 덕지덕지 붙였나 보다. 이는 분명 어젯밤의 흔적이 분명했다.

「언니, 우리 집에는 왜 엄마가 없어?」

「우리가 아주 어릴 때 돌아가셨대.」

「그렇구나.」

다정하게 웃지만 세나 언니의 얼굴엔 근심과 걱정이 가득해 보였다. 두나는 영 퉁명스러운 얼굴이다.

「엄마가 있었으면 아빠가 매일 언니를 아프게 하지 않았을 거야.」

「그런 소리는 하는 게 아니야.」

「언니, 많이 아파?」

「괜찮아. 안 아파.」

「경찰에 신고하면 안 돼? 아빠가 이상해.」

「두나야, 너 있지. 밖에 나가서 우리 집 이야기 절대 하면 안 돼. 알았지?」

「왜?」

「우리는 사실…」

말을 채 마치지 못하고 세나 언니가 입을 다물었다. 어떻게 말해야 어린 동생이 이해할 수 있을지 생각하는 눈치였다.

「아빠는 우리를 사랑하지 않아. 우린 아빠에게 사랑받지 못 해.」

「왜?」

「글쎄. 두나가 좀 더 크면 이해할 수 있지 않을까?」

　지금 생각해 보면 어쩐지 언니는 그 모든 이유를 아는 것 같
았다. 우리 가족은 기어이 불행하리라고, 세나 언니는 이미 오
래전부터 알고 있었던가 보다. 부모의 사랑을 모른 채 자라 미
래가 보이지 않았고, 손에 잡히지 않는 미래를 붙잡으려 아등
바등 애쓰느니 차라리 모든 걸 포기하는 게 낫겠다고 생각했을
지 모른다. 그렇기에 그날 밤 언니가 차려준 밥상이 그리도 푸
짐했던가 보다.

「아이고! 세나야!」

　끔찍한 밤들이 지난 어느 아침에 아빠가 빽 고함을 질렀다.
집안이 소란스러워졌고, 뒤늦게 잠에서 깨어난 두나는 온 집안
을 돌아다니는 경찰과 구급대원을 발견했다.

「언니…?」

　그들 사이에 언니가 보였다. 혀를 길게 빼고 허공에 매달린
채 힘없이 늘어진 언니를 보는 순간 두나는 아직 꿈을 꾼다고
생각했다.

「얘! 너, 방에 들어가 있을래?」

　구급대원 중 한 사람이 두나를 발견하고 소리쳤다. 꽁꽁 얼
어붙은 냉동실의 얼음처럼 꼼짝하지 못하던 두나를 억지로 방
에 밀어 넣은 경찰관이 재빨리 문을 닫았다. 그리고 두나는 꿈
인지 현실인지 가늠하기 어려운 이 아침에 처음으로 아빠의 눈
물을 발견했다. 허공에서 내려온 언니가 들것에 실려 간 뒤 말

이다.

「아이고! 우리 세나가 공부가 힘들었나 봐요! 아이고! 경찰관님! 우리 세나 살려주세요!」

「아버님, 진정하시고요.」

부들부들 떨면서 소리치는 아빠를 물끄러미 바라보던 경찰이 대뜸 물었다.

「아버님, 성함이 서영준이라고 하셨죠? 혹시 극작가님이신가요? 어쩐지 낯이 익어서요.」

「아이고! 경찰관님! 나를 아시는구나! 맞아요! 내가 젊을 때 대학로에서 알아주던 극작가였어요!」

「지린! 그 밋진 분을 이렇게 만나니 안타깝습니다. 따님의 일은 유감이에요.」

「아이고! 경찰관님! 아이고!」

「세나의 평소 성격은 어땠나요?」

「제 엄마 죽고, 혼자 남은 이 아빠를 위로하느라 공부를 제대로 못 했어요! 우리 세나가 얼마나 착한 앤데! 공부가 우리 애를 죽였어!」

손바닥으로 바닥을 땅땅, 내려치며 우는 아빠를 지켜보던 두나는 어이없이 웃었다. 그냥 웃음이 나왔다. 기가 막히고 어처구니가 없어 피식피식 바람 빠지는 소리를 내며 웃는 두나를 발견한 아빠가 손을 잡아채더니 옆에 앉혔다.

「이제 가족이라고는 우리 둘뿐이에요! 내가 애를 지켜야 해요! 다행히 우리 두나도 공부를 잘해요! 아이고, 세나야!」

마치 비련의 주인공이라도 된 것처럼 아빠는 어느새 몰려든 동네 주민들 앞에서 가슴을 치고, 땅을 치고, 머리카락을 쥐어뜯으며 비명처럼 울었다. 지켜보던 모두에게서 혀 차는 소리가 들려왔다. 그 이름도 유명한 극작가가 아내를 잃더니 딸내미도 잃었다며, 참으로 기구한 삶을 산다고 수군거렸다. 누군가는 아빠의 어깨를 다독이며 괜찮다고, 작은 애가 어른이 될 때까지 좀 더 노력하자고 위로했다. 그러나 두나는 아빠에게 한 마디도 하지 않았다. 아빠를 따라 눈물 한 방울 흘리지 않았다. 책으로만 읽었던 '악어의 눈물'이란 표현이 아빠와 딱 어울려 보여서다. 아빠가 과거에 무슨 일을 했는지, 두나는 알고 싶지 않았다. 언니는 아빠 때문에 죽은 게 분명했으니까. 하지만 두나는 아빠가 언니를 어떻게 괴롭혔는지 몰랐고, 매번 방문을 걸어 잠근 채 이불에 몸을 숨기고서 덜덜 떨었기 때문에 아는 게 하나도 없었다. 두나에게 딱 한 가지 잘못한 게 있다면 언니를 지키지 못했다는 사실이다.

「아, 그렇지!」

언니의 장례를 치른 어느 날, 집에 홀로 남겨져 있던 두나는 침대에 앉아 멍하니 허공만 내다보다가 불현듯 그렇게 소리쳤다. 어쩐지 언니의 유품을 정리하고 싶었다. 유품이라고는 교복

두어 벌, 낡은 티셔츠 한 벌, 버려도 될 법한 청바지 한 벌, 속옷
두어 벌, 양말 몇 켤레, 교과서 몇 권을 담은 가방이 전부였다.
그리고 두나는 텅 빈 옷장에서 까만 비디오테이프를 꺼냈다.
심심하면 보라고 언니가 선물로 줬던 그것 말이다. 두나의 관
심에서 멀어져 아무렇게나 뒹구는 비디오테이프를 세나 언니
가 도로 가져다 옷장에 넣었나 보았다.
　「사운드 오브 뮤직? 무슨 영화지?」
　언니의 선물이자 유품으로 남은 그 비디오테이프가 낡은 비
디오에 미끄러지듯 들어갔다. 얼마나 오래된 영화인지 화질이
엉망이다. 저들의 역사를 전혀 알지 못해 무슨 말을 하는 건지
몰랐지만 마리아라는 이름의 수녀가 본 트랩이라는 해군 대령
을 만나 사랑을 이룬다는 결론쯤은 쉬이 이해되었다.

Do, a deer a female deer (도는 사슴, 암컷 사슴이에요.)
Ray, a drop of golden sun (레는 황금빛 햇살)

　두나는 영화를 보는 내내 웃었다. 위험에 빠져 절망했지만
그러고도 저들은 행복해 보였다. 너무나 아름다워서 영원히 그
렇게 행복할 것만 같았다. 노래를 불렀기 때문이라고, 두나는
확신했다. 계이름조차 모르던 아이들에게 노래를 가르쳐 함께
불렀고, 속내를 들키고 싶지 않아 그저 딱딱한 척하는 군인 아

빠의 마음을 아이들은 사르르 녹였다. 세상의 모든 삶을 노래
로써 아름다이 품어 안는 사람들이었다.

Edelweiss, edelweiss (에델바이스, 에델바이스)
every morning you greet me (매일 아침 날 반기네)
small and white, clean and bright (작고 하얀, 깨끗하고 밝은)
you look happy to meet me (나를 만나 행복해 보이네)

세계사를 공부하지 않는 이상 정확히 무슨 뜻인지 모를 이유
로 가족이 집을 떠나 저 거대한 산으로 숨어든다. 영화가 끝났
을 때, 울면서 웃던 두나는 홀로 중얼거렸다.
「우리 집도 저렇게 행복했으면 좋겠어. 그렇지, 언니?」

그 시절을 곰곰이 생각해 보면 도대체 공포영화가 따로 없
다. 술에 취해 초점 잃은 그 눈빛은 마치 보름달을 올려다보며
우짖는 늑대인간 같았고, 원한이 깊어 누구든 닥치는 대로 살
육하는 괴물 같았다. 세나 언니가 떠난 뒤에도 종종 제정신이
아닌 몰골로 집에 난입한 아빠 얘기였다. 폭력의 타깃이 명확
하게 이쪽으로 옮아왔다는 사실은 두나를 끔찍한 악몽으로 밀
어 넣었다.
「이 애미 잡아먹은 년아!」

아빠는 내내 그렇게 소리쳤다. 홀로 남겨져 외로운 집에 당장 깨부술 것처럼 문을 벌컥 열더니 아빠가 성큼성큼 걸어들어온다. 지독한 술 냄새를 풍기며 두나의 머리채를 거칠게 휘어잡고는 또 소리쳤다.

「지 엄마 잡아먹고 나온 년! 이 죽일 년아!」

두나로서는 아빠의 악다구니를 견딜 재간이 없었다. 잡아챈 머리카락을 더 힘껏 움켜쥐고 이리저리 흔들었다. 이리 비틀, 저리 비틀, 두나는 비명을 지르며 아빠의 손에 정신없이 휘둘렸다.

「아빠! 잘못했어요! 아빠!」

무얼 잘못했단 말일까. 아무리 생각해도 모르겠다. 세나 언니도 이랬을까? 무작정 잘못했다고 그저 빌기만 했을까? 아마 그건 살려달라는 말의 다른 표현이었을 거다.

「이 개 같은 년아! 뒤지려면 네년이 뒤져야지! 왜 죄 없는 내 마누라를 죽여! 너 때문에 내 여자가 죽었어!」

두나는 엄마가 돌아가신 이유를 그제야 알았다. 듣자 하니 난산이라고 했다. 태아가 배속에 거꾸로 선 데다 탯줄이 목을 감아 위험하다고 했다. 엄마는 두나를 살리고자 하였고, 출산 이후 사망했다. 아빠가 저리도 모질게 구는 건 아이를 지키고 싶었던 엄마의 희생을 지금까지 기억하기 때문인가 보았다. 덫에 걸린 짐승이 도와주려는 손길을 거부하는 건, 도움이 싫어서가 아니라 두 번 다시 상처받고 싶지 않아서일 거라고 비유하여 따져 볼만 하다. 그러니 엄마를 잡아먹었다는 표현은 충분히 이해할 수 있다. 드라마나 영화에 나오는 불행한 여주인공처럼 그저 삼당하고 실면 될 일이다. 두나는 그때까지만 해도 아빠는 한 여자를 위해 죽고 못 살 지경으로 사랑이 넘쳐흐르는 사람이며, 단지 표현이 거칠 뿐이라고 애써 마음을 다독였다. 하지만 아빠가 그렇게까지 지고지순한 사랑을 하던 사람이 아니라는 걸 알게 되기까지는 그리 오래 걸리지 않았다.

「세나, 이 미친년! 황당한 년이네! 제 엄마를 닮아서 똑같이 사랑해 줬더니 이게 뭐야? 그게 자살할 일이야? 웃기지 않아? 얘기해 봐! 그래, 안 그래?」

일당벌이를 하려다가 윗대가리에게 막말을 들어 기분 나쁜 나머지 폭음했다며 아빠가 떠들었지만, 두나는 거짓말이라고 확신했다. 연극인지 뭔지 하는 무대 위의 이야기를 쓴 사람이란 사실을 이미 알고 있었기 때문이다. 세나 언니가 해준 말이었고, 세나 언니가 죽은 뒤 찾아온 경찰관이 해준 말이었으며, 동네 사람들도 이미 알았다.

「야! 이 년이 어른이 묻는데 입을 다물어? 왜 말을 안 해! 죄지었어?」

철썩! 그리고 두나는 비명을 질렀다. 아빠는 손에 잡히는 것이라면 무엇이든 집어던졌고, 휘둘러 때리기도 했다. 파리채로 맞았을 때 두나는 정말 파리라도 된 것처럼 두 손 모아 싹싹 빌었고, 빗자루로 맞을 때는 길거리에 나뒹구는 먼지처럼 사정없이 뒹굴었다. 주먹이 날아왔고, 발길질에 차이기도 했다. 힘없이 고꾸라져 정신을 잃었을 때 아빠는 냉수 한 컵을 가져와 무자비하게 뿌렸다.

「아빠! 나 아파요! 제발 그만 해…!」

두나가 알지 못하는 옛 시절에 아빠는 분명 잘난 사람이었다. 세상 모든 사람이 다 아는 극작가 서영준이었다. 과거에 그리도 잘났다는 사람이 늙어서는 딸을 괴롭힌다. 그래서 두나는 아빠를 단지 짐승쯤으로만 여겼다. 아빠의 영광스러운 과거를 어느 삼류 소설에 나오는 환상으로만 생각했다. 두나에게 아빠는 그런 사람이었다.

「야. 내가 그 이화장 밑에서 뭘 한 줄 알아? 세상을 뒤집었어! 잔뜩 꼬여서 정신 못 차리는 이 세상을 내가…!」

아빠는 술에 취하면 늘 과거의 영광을 들먹였다. 돌이키지 못할 젊은 날의 아름다운 그 시절을 단지 회상만 하면 좋으련만, 그 끝은 늘 분노였다. 도대체 무엇이 그리도 괴로운지 술에 취해 두나 앞에서 자꾸만 추태를 부렸다.

「아빠!」

아직 중학생에 불과한 딸 앞에서 그가 벨트를 풀어 헤치기 시작했다. 속옷까지 벗어 아무렇게나 던지는 꼬락서니라니. 보

고 싶지 않은 아랫도리를 제 손으로 들어 올려 장난감처럼 주
무르기까지 했다. 짐승처럼 아빠가 비명을 지를 때마다 두나도
울음을 터뜨렸다. 아빠의 비명과 웃음소리가 끔찍했다.

「아빠! 제발 그만 해요!」

「거 개 좆같은 소리나 그만해!」

힘껏 솟아오른 아빠의 아랫도리를 보고 싶지 않았다. 하지만
아빠의 손아귀가 머리카락을 움켜쥔다. 두나는 어쩔 수 없이
봐야만 한다. 미끈거리고 끈적한 것이 흘러 어느새 벗겨진 두
나의 가슴에 떨어진다.

「아빠! 제발 그만 해요! 그만하라고!」

「이 개 같은 년이!」

철썩, 개 같은 작자가 제 자식을 몰라보고 힘껏 따귀를 갈겼
다. 두나가 도망가지 못하도록 두 다리로 허리를 꽁꽁 붙들어
서 온갖 짐승 같은 짓을 벌였다. 세나 언니처럼 두나도 그 꼴을
매일 당했다.

「아이고! 다 늙어서 노망이 난 게지! 세상에 그런 놈을 아들
이라고 키웠으니 원!」

두나가 아주 어렸을 때 할머니는 어린 제 손녀를 내려다보며
늘 그렇게 한탄했다. 두나는 무슨 말인지도 모른 채 과자만 집
어 먹었고, 세나 언니는 연약한 손으로 할머니의 어깨를 두드
려 준다며 애쓸 뿐이었다.

「팔자에도 없는 연극을 하겠다고 나서더니 왜 그런 정신 나간 짓을 해? 어쩜 그렇게까지 아랫도리 간수를 못 하는지 원!」

「시끄러워! 애들 앞에서 못 하는 소리가 없어!」

「아이고! 애들이 뭘 알겠어? 노인네가 하는 짓이라곤 한탄 말고 더 있는가?」

「하긴, 이름난 연극배우가 되겠다는 남의 집 귀한 딸을 그렇게 만들었는데, 노인네들이 뭘 할 수 있겠나?」

「아이고! 세상에! 부부강간이 웬 말이야! 부부강간이!」

「멀쩡하지 않은 몸으로 애를 낳았으니, 죽을 수밖에! 아이고!」

할머니아 할아버지의 심상치 않은 대화를 어릴 땐 전혀 이해하지 못했지만, 이제는 안다. 엄마에겐 꿈이 있었다. 그 꿈은 아름다웠고, 너무나 사랑스러운 미래였다. 욕망을 사랑으로 포장한 아빠는 엄마를 어떻게든 사로잡았고, 결혼했다. 사랑 없는 결혼 생활은 어디에도 도망갈 길이 없는 지옥이었다. 기저귀를 갈아달라며, 배고프다며, 아프다고 울고 보채는 갓난아기 세나를 살피러 가려는 엄마를 붙잡고 방사에 열을 올리는 남편이라니. 참다못한 엄마가 전화통을 붙잡고 하소연을 한 바람에 할머니와 할아버지가 전말을 알아버린 거였다. 하지만 두 노인이 어찌할 방법을 몰라 이리저리 헤매는 동안 엄마는 다 망가진 몸으로 두나를 낳은 뒤 죽었고, 기가 막힌 어른들은 사돈댁에게 해줄 말이 없었다.

「아가, 너희 아빠가 경찰에 잡혀갔다는데, 혹시 아니?」

언젠가 옆집 아주머니가 찾아와 말했다. 동네 주민을 상대로 큰돈을 걸고 화투패를 돌린 일당이 경찰에 붙잡혔는데, 아빠가 그 일당 중 한 사람인지 아니면 피해자였는지는 모르겠다.

「왜 애한테 쓸데없는 소리를 하고 야단이야? 저리 안 가?」

할머니에게 혼쭐이 난 옆집 아주머니가 도망쳤을 때, 할아버지가 아빠를 끌고 나타났다. 방으로 쫓겨 들어간 두나와 세나의 귀에 그날은 온종일 싸우는 소리가 들렸다. 시끄럽다며 문을 박차고 나갔던 아빠는 또 술에 진탕 취해서 돌아왔고, 집안의 모든 살림살이가 부서졌다. 늙어버린 어른들은 아빠를 말리지 못했다.

「아버지, 어머니. 저 이제 정신 차리고 효도도 좀 할까 합니다.」

며칠이 지난 어느 날, 아빠가 그렇게 말했다. 어른들의 미간이 일그러졌다.

「효도라니? 또 무슨 꿍꿍이야?」

「애들도 이제 많이 컸는데, 아빠로서 하는 짓이 교육에 안 좋아 보여서요.」

술만 마시면 행패를 부리던 아들이 의심스러웠으나 아이들을 핑계로 큰절까지 올리는 아들이 어른들은 기특해 보였던 모양이다.

「제 친구가 보험 사업을 크게 하는데요. 부모님이 사망 보험금도 없이 사신다고 했더니 도와주겠다고….」

효도를 핑계로 양가 어른들의 사망 보험금을 대신 내드리겠다며 자신의 이름으로 계약한 뒤 그들이 모두 사망하자 두둑한 보험금이 주머니에 쌓였다. 과거에 극작가로 돈을 벌었던 아빠는 이후 다시 거금을 손에 쥐었다. 옷이 없어 교복으로 버티는 두 딸이 가난하게 살거나 말거나 아빠는 그 보험금을 받아다가 일부는 달리기를 잘하는 말에게 걸었고, 또 일부는 일본의 민화가 그려진 패를 던지기 위해 종잣돈으로 사용했으며, 단골 술집에 찾아가 거나하게 마시고, 화려하게 얼굴을 치장한 여자들과 놀았다. 바사시를 받다가 여종업원과 눈이 맞아 한바탕 뒹굴거나 기분이 '뽕' 가더라는 담배를 피워 경찰서에 잡혀가기도 했다. 이 모든 사연은 아빠가 제 입으로 딸들에게 전해준 말들이다. 과거에 이름 날렸던 극작가 서영준은 사라진 지 오래였다.

「야, 너 이리 와봐.」

두나가 고등학교 교복을 입게 된 어느 날이었다. 아빠가 술이 덜 깬 표정으로 손짓하더니 두나를 앞에 앉혔다.

「경찰에 신고하면 죽는다.」

「네?」

「못 들었어? 경찰에 신고하거나 어디 가서 네 애비 지랄한다고 얘기하면 가만히 두지 않을 거야. 알았어?」

학교 바로 옆에 지구대가 있었다. 두나는 며칠이 지나도록 하교 시간마다 지구대 앞에 서서 멍하니 생각에 잠기고는 했다. 당장 경찰에 신고하고 싶은 마음이 간절했다. 짐승 같은 아빠에게서 멀어져 혼자라도 행복하게 살고 싶었다. 하지만 용기가 없다. 자칫 또 아빠의 손찌검이 날아들까 봐 두려웠다. 별수 없이 터덜터덜 지구대로부터 돌아서던 두나는, 순간 까무러치는 줄 알았다. 웃는 얼굴로 아빠가 거기에 서 있었다. 라면을 사러 나왔다며, 주변을 의식하듯 친근하게 어깨동무하는 아빠가 두려웠다. 연극을 하던 사람이라 가능했을 것이다. 직접 무대에 올라 연기하지는 않았으나 제 속을 드러내지 않은 채 사람들 앞에서 미소 짓는 연극쟁이였기에 가능한 순간이었다.

「지금 학교 갈 시간이지?」

「네.」

「잘 들어. 아빠가 오늘부터 등교 시간이나 하교 시간에 따라다닐 거야. 약속이 있어서 나갈 것 같으면 아빠한테 말해. 알았어?」

「…….」

「알겠느냐고 묻잖아!」

「알았어요.」

「딴생각하기만 해봐. 미친년이 기껏 키워놨더니 쓸데없는 생각이나 하고 말이야.」

아빠가 벌떡 일어나 옷을 갈아입더니 두나를 문밖으로 앞세운다. 학교 앞에서 그랬던 것처럼 아빠는 동네 사람들을 만날 때마다 친절히 인사말을 전하고, 세상에 둘도 없이 친근한 부녀지간인 양 굴었다. 아빠의 눈길이 신경 쓰여 새 학기인데도 두나는 친구들과 어울리지 못했다. 단순히 인근 분식집에 들어가 떡볶이를 집어 먹어도 아빠는 가까운 거리에서 두나를 지켜보았다. 그렇게 고등학교를 졸업하는 날까지 아빠는 성폭행에 막말도 모자라 스토킹과 가스라이팅을 멈추지 않았다. 그러고도 오늘날까지 정신이 어떻게 되지 않고 멀쩡히 살아온 걸 보면 참 신기하다.

「언니…!」

교복 차림으로 천장에 대롱대롱 매달린 채 죽어버린 언니가 꿈에 자주 나타났다. 진작 언니를 따라갔으면 좋았을 텐데, 왜 그러지 않았을까. 그리고 두나는 생각했다. 어쩌면 세상의 모든 남자는 아빠 같을지도 몰라.

꿈이 있었다.
누구든 꿈을 꾸고 산다.
꿈속에서 내 꿈은 찬란하고 아름답다.
누구든 그렇게 꿈을 꾸며 살아간다.

세상은 험악하다.

그 어떤 일도 내 뜻대로 돌아가지 않는다.

이리 치이고 저리 치이는 동안 점점 내 얼굴은 저 험악한 세상처럼 사납게 일그러진다.

그리고 어른들은 그게 세상살이라고 가르친다.

꿈을 잃어버렸다.

아이는 부모의 거울이라고 했다.

피는 물보다 진하다고도 했다.

이야기 속에서 엄마는 글을 쓰고, 아빠는 노래한다.

둘 사이에서 태어난 아이는 은쟁반에 옥구슬이 굴러가듯 아름다운 노래를 만들고 부르는 사람이 되었다.

그러나 사나운 현실에 먼저 부딪힌 아빠는 아이의 꿈에 도리질을 친다.

꿈을 잃을까 두려워 고민하던 아이는 어느 순간 잠에 빠졌고, 꿈을 꾸었다.

꿈속에서 아이는 우연히 엄마 아빠의 옛 모습과 마주쳤다.

그들도 세상의 벽에 가로막혀 꿈을 포기해야만 하는 기로에 놓였다.

둘은 슬펐으나 사랑했다.

슬픔 속에서 꿈을 포기하지 않는 법을 배웠다.

객석 여기저기에서 훌쩍이는 소리가 들린다.

배우도 울고 있다.

따라 울 수밖에 없다.

그렇게 우는 이들 가운데에도 자기 일이 잘되는 이가 있을 것이고, 그렇지 않은 이가 있을 것이다.

무대 위 저들처럼 아무도 보지 않는 구석에 숨어 울고 또 울겠지.

뜻대로 돌아가지 않는 세상이 원망스러울 거다.

하지만 모두가 그렇게 산다.

난 너를 위해 동물이 되면 좋겠어.

난 너를 위해 곤충이 되면 좋겠어.

남자가 부르고 관객이 웃는 노랫말 '동물'과 '곤충'은 어쩌면 광대의 다른 표현일지 모른다.

광대는 늘 웃지만, 사실은 늘 우는 사람일 거다

리쌍의 노래가 떠오른다.

내가 웃고 있나요.

모두 거짓이겠죠.

날 보는 저들의 눈빛 속에는 슬픔이 젖어있는데….

그리고 나는 다시 꿈을 꾼다.

현실로부터 도망치고 싶어 행복한 꿈을 찾아다닌다.

—두나가 쓴 뮤지컬 〈썸데이〉 후기

김주빈의 연극

〈욕망〉 1부

#등장인물

노순심: 20~30대. 아마추어 연극배우
서영준: 20~30대. 시인 출신 극작가
공한길: 20~30대. 연극 연출가

그 외 아마추어 연극단원들, 목소리

S#프롤로그. 저승

어둠 속에 노순심이 홀로 서 있다. 슬픈 표정으로 멍하니 앞을 보는 노순심에게 목소리가 말을 건다.
목소리: 노순심, 할 말이 있는가?

노순심: (허공을 노려보며) 당신이 정말 신이라면 나에게 이러면 안 되는 겁니다.

목소리: 어째서 그렇게 생각하는가?

노순심: (힘없는 목소리로) 나는 그와 만나 사는 동안 그저 괴롭기만 했습니다. 그저 슬프기만 했어요.

목소리: 그렇구나. 너는 그저 아팠구나. 하지만 나는 단지 지켜봤을 뿐 선택은 너의 것이었다.

노순심: 나는 당신이 원망스럽습니다. 너무나 잔인한 신이에요.

목소리: 그래서 어찌하겠느냐? 너는 이미 죽은 사람이고, 이승에 머무를 수 없다.

노순심: 나는… (한숨) 그의 마지막을 보고 싶습니다. 그러기 전까지는 절대 당신을 따라가지 않겠습니다.

목소리: 그래. 좋다. 네 말대로 끝까지 지켜보자꾸나.

노순심: 네. (한숨)

　암전.

S#1. 공한길의 사무실

　점등.

　공한길이 소파에 앉아 시집을 보고 있다. 시를 낭송한다.

공한길: 기쁨이 하늘을 유영한다.

구름에 숨은 눈물은
번개가 되고, 천둥이 되고
세상 전부가 된다.

공한길이 고개를 갸우뚱거린다. 다시 낭송한다.

공한길: 간악한 슬픔이 시간을 주름잡는다.
       태양의 환상이 가슴을 저미고
       꽃밭 한가운데 피어난 넝쿨처럼
       영원할 것만 같은 기억에 휩싸인다.

공한길이 픽 웃는다. 다시 낭송한다.

공한길: 굴곡진 인생은 사람을 여러 갈래로 이끌지만
       갈 길은 오로지 하나뿐이다.
       손짓하는 저 미소를 따라가면
       아침에도 저녁에도
       낮이나 밤이나
       기쁘게 웃고
       또 기쁘게 눈물지으리.

　　공한길이 웃는다. 읽던 책의 맨 뒷장을 살피다가 핸드폰을
꺼낸다.

공한길: (통화 중) 여보세요? 출판사죠? 아마추어 시인 걸작선
　　　　을 읽고 있는데요. 혹시 서영준이라는 작가의 연락처를
　　　　알 수 있을까요? (뜸 들이다가) 아, 저요? 저는 극단 '한
　　　　다'에서 근무하는 아마추어 연극 연출가입니다. 작가님
　　　　을 스카우트할까 하는데요. (뜸 들인다) 아, 네. 감사합
　　　　니다. (뜸 들이다가 놀란다) 네? 보이스피싱이요? (웃는
　　　　다) 아이고! 말도 안 되는 소리를 다 하시네요! 하하하!

　　통화를 끝낸 공한길이 웃는다.
　　암전.

　　문 두드리는 소리가 여러 번 들린다.
　　점등.

공한길: (뛰어가서 문을 연다) 누구세요?
서영준: 안녕하세요. 공한길 대표님이시죠?
공한길: 네. 그런데 누구…?
서영준: 대표님과 통화했던 서영준이라고 합니다. (고개 숙인다)

공한길: 아! 어서 오세요!

　공한길이 서영준을 소파로 안내하고, 둘은 마주 보고 앉는다. 공한길이 서영준에게 시집을 보여준다.

공한길: 작가님의 시가 마음에 들었어요. 남녀가 사랑하는 장면
　　　 을 직접적인 표현 없이 써놓으셔서 인상적이었거든요.
서영준: 해설 없이는 모를 말들이어서 걱정 많이 했는데, 알아
　　　 주셔서 감사합니다. (꾸벅 고개 숙인다)
공한길: 시 제목이 우혁(遇赫)이던데, 이유가 있나요?
서영준: (미소) 만날 우자에 빛날 혁입니다. 서로 만나 사랑하
　　　 는 우리에게 빛이 있다는 뜻이에요.
공한길: (감탄한다) 우와! 작가님 멋있어요!
서영준: (부끄러운 표정) 별 거 아닌데 알아주셔서 감사합니다.

　갓등에서 스파크가 일어나 깜빡거리다 곧 멀쩡해진다. 두 사람이 갓등을 올려다본다.

공한길: (갓등을 가리키며) 저게 며칠 전부터 저러더라고요. 저
　　　 러다 말겠죠. (웃는다)
서영준: 아, 네. (어색하게 웃는다)

공한길: 제가 작가님을 여기로 부른 이유는 전화로 말씀드린 것처럼 스카우트하려고 합니다. 제가 아마추어 연극단의 대표라는 사실은 말씀드렸죠?

서영준: (끄덕인다) 극작가라니, 생각지도 못한 제안이어서 고민을 많이 했어요. 하지만 요즘 시대에 시인은 알아주지 않으니까 대표님의 스카우트를 받아들이기로 했습니다.

공한길: (웃으며 손을 내민다) 고맙습니다. 오늘부터 함께 일해요.

서영준: (따라 웃으며 악수한다) 열심히 할게요.

　암전.

S#2. 연습실

　점등.

　공한길은 대걸레로 바닥을 닦고, 서영준은 소파에 앉아서 대본을 뒤적인다. 펜으로 무언가 적기도 한다.

　출입문 두드리는 소리가 들린다.

공한길: (깜짝 놀란다) 누구지?

　공한길이 문을 열면 노순심이 서 있다. 노순심은 공한길의 대걸레 든 손을 보다가 서영준에게 달려간다.

노순심: (고개 숙인다) 대표님! 안녕하세요! 노순심이라고 합
　　　　니다!
서영준: (당황한다) 네? 아, 저, 저는….
노순심: (흥분해서) 제가 대표님이랑 통화하고 얼마나 기분이
　　　　좋았는지 몰라요! 제가 아마추어이기는 하지만 연극을
　　　　너무 좋아해서….
공한길: (노순심의 어깨를 건드린다) 저기요.
노순심: (뿌리친다) 아 좀…!

　공한길은 어처구니없는 표정으로 두 손을 허리에 걸치고 노
순심을 지켜본다. 노순심이 서영준의 옆에 앉는다.

노순심: (흥분해서) 제가 대표님 유명하다는 건 잘 알거든요. 대
　　　　학로를 그렇게 자주 들락거렸는데 왜 한 번도 못 만났
　　　　을까요?
공한길: 저기요. 언제까지 떠들 거예요?
노순심: (노려본다) 조용히 하고 청소나 해요!
공한길: (황당) 뭐라고요?
노순심: 흥! 별꼴이야! (서영준을 돌아본다) 대표님 제가요…!

서영준: (소리지른다) 잠깐!

노순심: 엄마, 깜짝이야!

서영준: 잘못 짚었어요.

노순심: 네?

서영준: (공한길을 가리킨다) 저기 저분이….

　　노순심이 돌아본다. 공한길은 말없이 노순심을 노려본다. 두 사람을 번갈아 보는 노순심이 엉거주춤 일어난다.

노순심: (공한길에게 다가가며) 저, 혹시….

공한길: (헛기침) 음흠! (외면한다)

노순심: (갑자기 무릎 꿇고 공한길의 바지를 붙잡는다) 대표님! 잘못했어요! 대표님! 으악!

공한길: (당황) 아니 이 여자가!

　　서영준이 다가가 노순심을 일으켜 세운다. 눈치 보던 노순심이 공한길과 웃는다. 서영준은 어처구니없는 표정이다.

공한길: 극단 모집 공고 보고 연락하신 분 맞죠?

노순심: (미소 짓는다) 네에!

공한길: 첫날부터 제대로 실수한 것도 알죠?

노순심: (공한길에게 다가가며) 대표님 죄송해요. 제가 성깔이
　　　　더럽다 보니까 이렇게 됐어요. (애교 부린다) 한 번만
　　　　봐주시면 안 될까요?
공한길: 안 되겠다면?
노순심: 어우! 대표님! (애교부린다)
공한길: (웃는다) 알았어요.
노순심: (귀신 흉내) 이히히히! 대표님한테 사랑받아야지! 이히
　　　　히히히히!

　공한길과 노순심이 악수한다. 지켜보던 서영준은 노순심을
사랑스럽게 바라보다 어처구니없이 웃는다. 서영준이 돌아서
며 고개를 절레절레 흔든다.
　암전.

S#3. 길거리 커피숍

　점등
　공한길과 노순심이 커피숍의 외부 좌석에 마주 보고 앉아 있
다. 공한길의 손에 대본이 있고, 노순심은 음료를 빨아 마신다.

공한길: 영준쌤이 쓴 건 로맨스 드라마야. 넌 늘 사랑받는 사람

이지.

노순심: 와, 영준쌤이 어떻게 알았지? 나 항상 사랑받고 싶은 여자거든. (웃는다)

공한길: 무대에선 한 남자에게 사랑받지만, 사실은 관객 모두에게 사랑받아야 해. 그럼 어떤 캐릭터가 좋을까?

노순심: (생각하다가) 늘 행복해 보이는 얼굴이면 될까? 사랑에 빠지면 예뻐진다는데, 나 어떻게 하면 예뻐 보일까?

공한길: (생각하는 표정) 음… 사실 넌 늘 예뻐.

노순심: (놀란다) 정말? 왜 내가 예뻐?

공한길: 내가 사랑하니까 예쁘지. 난 널 처음 봤을 때부터 너무나 아름다워서 까무러지는 줄 알았어.

노순심: (웃는다) 그 정도야?

공한길: 하지만 지금은 나한테만 예쁘면 안 되니까 연구를 좀 더….

노순심: (공한길의 말을 끊는다) 어? 저거 봐!

노순심이 건너편의 노점상을 가리키더니 뛰어간다. 노점을 구경하던 노순심이 목걸이를 집어 들어 공한길에게 보여준다.

노순심: 이런 걸 목에 걸고 있으면 더 예뻐 보이지 않을까?

공한길: (노점으로 다가가며) 마음에 들어?

노순심: (목걸이를 목에 대며) 예쁘지? 나 이거 살래.

공한길: (지갑을 꺼내려는 노순심을 막는다) 나중에 내가 더 예쁜 거 사줄 텐데, 조금만 기다리지.

노순심: 지금은 할 일이 많아 바쁘니까 이거로 대신하자. (애교 부린다) 나 이거 사고 싶단 말이야!

공한길: (웃는다) 그래. 알았어.

　공한길이 노점상에게 지폐를 건넨다. 노순심의 뒤로 걸어가 목걸이를 채워준다. 노순심이 웃는다.

노순심: 나 예뻐?

공한길: 넌 항상 예뻐.

노순심: (투정 부린다) 아니! 목걸이 거니까 내가 어때 보이냐구! 무대에서도 예뻐 보일까?

공한길: 그래. (노순심의 손을 잡는다) 무대에서 그 목걸이를 걸고 있으면 반짝반짝 빛이 날 거야.

노순심: 정말?

공한길: 정말이라니까. 넌 그 목걸이보다 훨씬 아름다운 여자야.

노순심: 어떡하지? 난 당신을 처음 보고 못생겼다고 생각했는데?

공한길: (과장되게 놀란다) 정말? 그 정도로 내가 못생겼어?

노순심: (웃는다) 아니. 정말 정말 잘 생겼어. 세계 최고 미남이야.

공한길: 정말 그렇게 보여?

노순심: 당신은 연출자잖아. (무대를 천천히 걷다 돌아서면 공한길을 보고 웃는다) 생각에 잠겨 빈 무대를 서성이는 모습부터 배우들이 생각과 다르게 연기하면 단호하게… (허공에 대고 손가락을 들어 흔든다) 흠흠!

공한길: (웃는다) 내가 그랬어?

노순심: 당신 멋진 사람이야. 역시 내가 연출자를 잘 골랐어.

공한길: 그래? 그럼 빨리 내 멋진 모습 보여주러 가야겠다.

노순심: (놀란다) 멋진 모습을 어디 가서 보여주는데?

공한길: 연습실.

노순심: 연습실?

공한길: 곧 본 공연을 올릴 예정인데, 이렇게 연애만 하고 있으면 되겠어? (노려본다)

노순심: 아이, 무서워라. 공한길 연출자님! 무서워서 어디 연기할 수 있겠어요?

공한길: (웃는다) 이건 그냥… (노순심의 손을 잡는다) 널 아끼는 내 진심이라고 생각해 줘. 단지 그뿐이야. (노순심의 이마에 입맞춤한다)

노순심: 알아. 나도. (웃는다)

암전.

점등.

빈 무대를 빨간 조명과 파란 조명이 엇갈려 비춘다. 남자와 여자의 목소리만 들린다.

여자 목소리: 어쩌다 태어난 세상에서

남자 목소리: 어쩌다 마주친 우리가

여자 목소리: 누구보다 아름답게 사랑하고 있으니

남자 목소리: 죽는 날까지 영원히 함께 할게요.

여자 목소리: 하지만 그토록 사랑해 온 내 당신, 나는 늘 당신에게 많이 미안해요.

남자 목소리: 또 그런다. 뭐가 그렇게 매일 미안해요?

여자 목소리: 당신은 날 위해 노력하는데, 난 아무것도 하지 않으니까요.

남자 목소리: 나에게 무언가 해주려고 하지 마세요. 난 오로지 당신만 있으면 되니까.

여자 목소리: 정말인가요?

남자 목소리: 난 이제 당신이 없으면 살지 못하는 몸이 됐어요. 당신도 같은 마음이라면 날 그저 받아주면 돼요.

여자 목소리: 어쩜 이리도 마음씨가 고울까? 사랑해요. 밤하늘의 별 무리도 당신보다 아름답지 않을 거예요.

남자 목소리: 사랑합니다. 어여쁘신 당신을 내가 진심으로 사

랑해요.

남자 목소리: 하늘이 무너져 세상의 모든 빛이 사라질지라도
　　　　　내 사랑은 변치 않아요. 나도 당신을 사랑해요.

암전.
박수 소리. 휘파람 부는 소리.

S#4. 고깃집

점등.
테이블에 단원 두 명과 노순심, 서영준, 공한길이 앉아 있다.
서로 술잔에 술을 따라준다.

공한길: 오늘 정말 잘했어! 여러분 덕분에 기분이 너무 좋아.
단원 1: 전부 대표님 덕분이죠! 저희는 연출자가 시키는 대로
　　　　만 하는 사람들인데요.
단원 2: 맞아요!
공한길: 정말 그렇게 생각해?

단원 1, 2와 노순심이 고개를 끄덕인다. 공한길이 서영준을
본다. 서영준은 웃고 있다.

공한길: 영준쌤. 감사 인사는 영준쌤이 받아야 하는데 왜 웃기
　　　　만 해요?
서영준: (당황한다) 네? 저요?
노순심: 맞아요! 영준쌤이 대본을 너무 잘 썼어요.
단원 2: (취한 척 서영준에게 안긴다) 영준쌤 사랑해요. 덕분에
　　　　제가 컸어요!

　　서영준이 단원 2를 밀어내면 단원 2가 의자 밑으로 넘어진
다. 단원 1이 손가락질하며 놀린다. 단원 2가 자리에 앉으며 무
안하게 웃는다.

서영준: (단원 2를 보지 않는다) 나보다는 대표님한테 인사하세
　　　　요. 연출자의 능력이 좋으니까 이 정도지. 안 그랬으면
　　　　벌써 망했어요.
공한길: 정말 그렇게 생각해요?
서영준: 키워주셔서 감사해요. 대표님.
모두: (벌떡 일어서 허리를 숙인다) 키워주셔서 감사합니다!
공한길: 그래. 모두 고맙다. 오늘은 마음껏 마셔. 내가 쏜다!
모두: 우와!

　　공한길이 웃으며 술잔을 들어 올리면 모두 술잔을 들어 올리

며 웃는다. 단원 2가 빈 술잔을 서영준의 머리 위에 턴다. 서영
준이 위를 쳐다본다.

암전.
점등.
고깃집 바깥에 공한길이 노순심과 서 있다. 노순심이 공한길
을 보고 웃는다. 공한길이 노순심의 얼굴을 두 손으로 감싼다.

공한길: 왜 그렇게 웃어? 내 얼굴에 뭐 묻었어?
노순심: 아니. 그냥 예뻐서.
공한길: (웃는다) 내가 너 예뻐.
노순심: 정말? 연기도 못 하고 말도 잘 안 듣는데 예뻐?
공한길: 그래서 골치 아프긴 한데, 그래도 예뻐.
노순심: (투덜거린다) 칫! 맨날 화내면서.
공한길: (끌어안는다) 너한테서 좀 더 멋진 모습을 보고 싶어서
　　　그랬을 뿐이야.

테이블 앞에 앉아있던 서영준이 일어나 고깃집 바깥으로 나
오다 두 사람을 보고 서 있는다.

노순심: 정말? 내가 그 정도야?

공한길: 그래. 너는 내가 아끼는 여자야. 넌 모를걸. 널 손에 쥐
면 부서질지도 모른다고 생각해서 함부로 다루지 못하
는 내 마음을.
노순심: (감탄한나) 와! 그 정도인 줄은 정말 몰랐는데? 그럼 내
가 앞으로 당신을 위해 어떻게 하면 될까?
공한길: 그냥 내 옆에 있으면 돼.

웃는 노순심을 공한길이 끌어안는다. 웃는 두 사람을 보던
서영준이 돌아선다. 테이블에 앉아 술을 마신다. 단원 1이 술을
따라준다.

단원 1: 영준쌤, 혹시 순심이 누나한테 관심 있어요?
서영준: (놀란다) 내가? 갑자기 왜?
단원 1: 순심이 누나를 바라보는 영준쌤의 눈길이 심상치 않아
서요.
서영준: 내 눈길이 어떤데?
단원 1: (생각에 잠겼다가) 뭐랄까? 그윽하다고 할까? (하늘을
가리키며) 저 먼 하늘의 달과 별을 비라보는 것만 같다
고 하면 좋을까?
서영준: (비웃는다) 취했구나. 말도 안 되는 소리하지 마.
단원 1: 아니에요. 아무리 생각해도 좀 이상해요.

서영준: (웃는다) 뭐가 그렇게 이상해?

단원 1: 영준쌤은 늘 순심이 누나를 볼 때마다 웃어요. 심지어 얼굴까지 빨개지던데요?

서영준: (자기 얼굴을 쓰다듬는다) 정말? 내가 그랬어?

단원 1: 고백을 하려면 빨리해요. 그래야 빨리 차이죠.

서영준: (술잔을 비우고 방백) 내가 정말 그랬단 말이지? (한숨)

단원 2: (버럭 소리치며 일어난다) 영준쌤! 그러면 안 돼요!

서영준: 얜 또 왜 이래?

단원 1: 취했네. (고개를 절레절레 흔든다)

단원 2: 영준쌤이 아무리 순심이 언니를 좋아해도 순심이 언니는 임자 있는 몸이에요! 나쁜 생각 안 돼!

단원 2가 풀썩 쓰러지더니 코를 곤다. 단원 1이 귀찮은 표정으로 단원 2를 끌고 나간다. 서영준은 픽 웃다가 술병을 들어 잔에 술을 따른다.

서영준: (독백) 그녀를 마음에 두면 정말 나쁜 건가? (한숨)

술잔을 입에 가져가던 서영준이 술잔을 내려놓고 생각에 잠긴다. 허공을 노려본다.

#3 대학로

　도대체 언제부터 거길 다녔을까? 두나는 아무리 머리를 쥐어짜도 그때가 아직 학생 신분이었는지, 졸업 이후였는지 기억나지 않았다. 하긴, 집에 옷이 없어 고등학교를 졸업하고도 한동안 교복을 입었으니 정확한 시점을 가늠하기 어려운 건 당연했다.

　「다음 역은 혜화, 혜화역입니다. 내리실 문은….」

　멍청한 표정으로 앉아만 있던 두나는 마치 감전이라도 당한 사람처럼 벌떡 일어나 열차에서 내렸다. 그리고 2번 출구로 나가 거리를 둘러보았다.

　「저기요! 이화장에 가려면 어디로 가야 하나요?」

　어느 노점 앞에서 두나가 물었다. 노점 주인은 말없이 손가락으로만 방향을 가리켰다. 무뚝뚝한 늙은이였으나 두나는 신경 쓰지 않았다. 이화장, 아빠는 술에 취할 때마다 늘 이화장을 언급했다. 그게 뭐냐고 물어보면 늘 대학로에 이화장이 있다고만 소리쳤다.

「그 이화장 밑에서 내가 이름을 날렸어!」

혜화역 2번 출구에서 마냥 걸어갔더니 사거리 하나가 나왔다. 이정표엔 '이화 사거리'라고 적혀 있었다. 구멍가게를 지키는 노인에게 다시 길을 물었다. 그러자 노인이 골목을 가리켰다. 골목을 따라 가면 언덕배기가 나온다고 했다.

「여기 맞는데….」

지금은 주민센터라고 부르는 이화동 동사무소를 지나 막연하게 걷다 보니 언덕길이 보였다. 그리고 아직 문을 열지 않은 어느 분식집 앞에 서서 두나는 주변을 둘러보았다. 이승만 초대 대통령의 관저였다던 이화장이 눈앞에 있었으나 최종 목적지는 여기가 아니었다. 술 취한 아빠 말로는 이화장 인근의 어느 극단에 몸담았었다고 했다. 아빠는 극단의 이름을 말해주지 않았고, 정확한 위치도 말해주지 않았으며, 물어보면 제격 따귀를 후려쳤다.

「이화장 인근에 있는 극단이라고요? 그렇게만 말하면 모르죠! 이 동네에 극단이 한두 군데도 아니고…!」

지나가는 사람을 붙잡고 물었으나 말도 안 되는 질문이라는 답변만 돌아왔다. 당시 두나는 그 말을 전혀 이해하지 못했다. 대학로가 어떤 곳인지 몰랐기 때문이다. 아빠가 누렸다는 영광스러운 과거란 무엇이었을까. 하지만 두나가 태어나기 전이었고, 아빠는 속내를 들려주지 않았다. 그러니 온 세상이 알아줄 만큼 잘난 인간이 어째서 저렇게 사나운 인간으로 변했는지 아무것도 알지 못했다. 아무런 소득 없는 아빠의 과거 찾기를 포기하고, 두나는 왔던 길로 돌아가기 시작했다.

「…?」

혜화역으로 돌아왔을 때 두나는 어디선가 웅성거리는 소리를 들었다. 웃음소리 같았고, 또래 여학생들의 수다 같았다. 아까는 앞만 보고 걷던 이 거리가 어쩐지 다르게 보인 건 바로 그 순간부터였다.

「왜 다들 웃지…?」

오로지 슬픔뿐인 두나와 달리 주변을 지나치는 사람들의 얼굴엔 미소가 그려져 있었다. 이정표에 '대학로'라고 적힌 이 거리는 활기차다 못해 상쾌했고, 상큼하기까지 했다. 무엇이 그리도 즐거운지 주변을 지나는 사람들에게선 웃음소리가 넘쳐났다. 따라 웃고 싶을 지경으로 맑고, 밝으며, 청량하기까지 했다. 두나와 비슷한 또래의 젊은이들이 이성 친구 또는 동성 친구들과 나란히 걸어가며 수다를 떨고, 주전부리를 나눠 먹으며 곁을 지나간다. 모두의 얼굴에 행복이 묻어났다. 두나로서는 난생 처음 보는 광경이었다.

「저게 뭐지…?」

아까는 그냥 지나쳤던 마로니에 공원에 사람이 많았다. 사람들이 벤치에 앉아 있거나 저쪽 빨간 벽돌 담장에 걸터앉아있다. 심지어 어떤 사람들은 화단 옆 등나무 아래에 아무것도 깔지 않은 채 풀썩 주저앉아서 도란도란 이야기를 나눈다. 별안간 끼리끼리 모인 사람들에게서 왁자지껄 웃음이 터졌다. 깔깔거리며 서로의 어깨를 때리거나 발을 동동 구르기까지 한다. 아기의 재롱을 지켜보며 웃는 젊은 부부가 있고, 덩치 큰 개와 뜀박질을 하는 사람도 있는가 하면, 어린 사내들이 모여 음악을 들어놓은 채 브레이크 댄스라는 묘기에 가까운 춤을 춘다. 가로등 밑에 홀로 서서 기타를 퉁기거나 간소한 장비를 펼쳐놓고 노래하는 사람도 보였다. 여긴 도대체 뭐 하는 곳이란 말일까. 의아한 얼굴로 지켜보던 두나의 시선이 문득 어느 한구석으로 날아든다. 사람들이 거기에 모여 환호성을 지르고 있었다. 두나는 그들이 무얼 하는지 궁금했다.

「와아…!」

마술사가 고개 숙여 인사하자 탄복한 사람들이 와르르 박수친다. 얼핏 보아도 아마추어 마술사였지만 제법 실수 없이 제 실력을 보여주고 있다. 촤르륵, 카드 섞는 소리가 요란하다. 신기한 눈빛으로 지켜보던 아이에게 다가가 콧기름을 바른다며 쓱, 손을 내민다. 아이가 놀라 울음을 터뜨리고, 느닷없는 상황에 마술사가 놀라 뒷걸음질 친다. 재차 웃음소리가 이어졌고, 지켜보던 아빠가 키득거리며 아이를 끌어올려 목말 태웠다. 심통을 부리고 싶은 아이가 아빠의 머리를 두 손바닥으로 찰싹찰싹 때린다. 난처한 표정으로 올려다보는 아빠를 보고 아이가 그제야 까르르 웃음을 터뜨렸다.

「…?」

아마추어 마술사가 손짓하며 사람들의 시선을 다시금 붙잡는다. 손가락에서 불꽃이 튀더니 장미 한 송이가 튀어나왔다. 마술사는 두리번거리다가 구경꾼 사이의 한 여자에게 다가가 무릎 꿇더니 프러포즈하듯 장미를 내민다. 옆에 있던 남자가 뭐라고 소리치자, 마술사가 기겁한다. 구경꾼의 웃음소리가 요란하다.

「저건 뭐지?」

두나의 관심이 반대편으로 옮겨간다. 거기에 얼굴이 불그스레한 여성과 푸르스레한 남성이 서로를 마주 보고 허공에 손짓, 발짓 일삼는다. 남자와 여자가 처음 만나 인사하고, 사랑하고, 헤어지는 과정을 연기하는 그들. 저들의 몸짓이 바로 행위예술인가 보다.

「저기요! 재미난 연극 한 편 보실래요? 뮤지컬도 해요!」

「…?」

　누군가 다가와 두나에게 전단지를 내밀었다. 이 근처에 있는 어느 소극장에서 연극을 한다고 했다. 또 어느 소극장에선 뮤지컬을 한다고 했다. 뭣 모르고 받아든 비슷한 내용의 전단지가 두나의 손에 이미 수두룩하다. 전단지 여러 장을 손안에서 뒤적이며 두나는 이 중 한 편을 봐야겠다고 생각했다.

「아아, 그렇구나…!」

　전단지에 적힌 주소로 찾아가던 두나는 그제야 처음 알았다. 지하철 4호선 혜화역 주변 대학로는 연극배우, 뮤지컬 배우를 꿈꾸는 이들이 무대에 올라 자신의 기량을 마음껏 선보이거나 정식 배우로 데뷔하고도 아직 무명에 불과한 이들이 제법 수준 높은 공연을 하는 곳이란 사실을 말이다. 연극과 뮤지컬을 좋아하는 이들이 모여 가지각색의 작당을 꾸미는 재미난 동네, 두나는 대학로가 마음에 들었다.

「와아…!」

　소극장 무대에 홀로 서서 연기하는 남자를 보고 두나가 조용히 탄성을 질렀다. 배우는 키가 작았지만, 눈빛이 매서웠다. 그 흔한 꽃미남 배우도 아니면서 얼굴에 광채가 흩뿌려졌다. 온몸으로 연기하는 배우였으며, 혼자서 무대를 꽉 채웠다. 눈에서 레이저를 쏘는 저 남자 배우의 이름을 전단지에서 보았지만 기억나지 않았다.

「와! 멋있다!」

평일 낮이라 객석에 앉은 관객은 몇 되지 않았다. 두나는 배우가 연기를 마치고 고개를 숙였을 때 손바닥이 부서질 것처럼 박수쳤다. 마치 백 명의 박수처럼 들리게 하고 싶었다. 그는 충분히 박수받고도 남을 배우였디.

「아가씨와…. 건달들…?」

저녁 어스름이 내려앉았지만, 두나는 전단지를 뒤적여 뮤지컬 한 편을 더 보고 가기로 결심했다. 소극장에 딸린 카페에서 '프로그램 북'이라는 안내 책자를 판매하기에 두나는 공연이 시작되기 직전까지 예습해 보기로 했다.

「1950년에 미국 브로드웨이에서 초연한 고전 뮤지컬이고….」

안내 책자는 대극장 무대에서나 볼 법한 작품을 소극장 무대에서도 볼 수 있다며 배우와 제작자와 스태프들의 노고에 고마움을 표시했다. 저녁 공연이고, 퇴근 시간 이후여서 그런지 낮공연과 달리 객석에 관객이 많았다. 두나는 사람들 사이에 앉아 함께 웃고, 함께 박수쳤다.

「호외요! 호외!」

무대 한구석에 자리 잡은 가판대에서 아역 배우가 나와 신문을 던지며 소리친다. 중절모를 눌러쓴 남자들이 다급하게 돌아다니고, 어느 순간 텅 비어버린 무대에 아까 대사 없이 노래만 하던 무리 중 한 명이 엉덩이에 불이 난 것처럼 성큼성큼 걸어

나오더니 한 마디 던졌다.

「화장실 갈 시간!」

그러자 사람들이 와르르 웃음을 터뜨린다. 막간에 잠시 숨 고르는 시간, 이 시간을 '인터미션'이라고 부른다는 걸 처음 알았다.

「와아…!」

공연이 끝나고 밖으로 나온 두나는 또 탄성을 질렀다. 땅거미가 내려앉은 시간이었으나 대학로는 여전히 북적거렸다. 그런데 한 가지, 낮과 다른 점이 두드러진다. 젊은 친구들로 들끓던 거리가 밤에는 연인들의 사랑으로 새로이 흘러간다는 사실이다. 낮과 밤의 색다른 낭만에 오늘 하루가 너무나 즐거웠다. 집에 가고 싶지 않았다.

「내일 다시 와야겠어.」

집으로 향하는 지하철에서 두나는 그렇게 결심했다. 어디에서 무얼 하는지 모를 아빠는 그날 밤, 집에 들어오지 않았다. 만일 집에서 아빠를 마주쳤다면, 젊을 때 머물렀다는 극단의 이름을 물었을지 몰랐다. 정말 그랬다면, 슬픔은 두나에게서 절대 멀어지지 않았을 거다. 과거에 매몰된 아빠가 가슴 어딘가에 숨겨놓은 슬픔을 감추려 또 따귀를 때리고, 성행위로서 제 얼굴에 가면을 씌울 테니까. 그러나 두나는 아빠가 옛날에 대학로에서 무얼 하던 사람이었는지와 관계없이 자기 능력을 남김

없이 드러내는 이들의 세상에서 오늘을 만끽했다는 사실이 너무나 즐거웠다. 두나는 그렇게 대학로를 사랑하게 되어버렸다.

「저 사람들에게도 꿈이 있겠지?」

점심시간이 되기도 전부터 대학로에 나와 돌아다니다 보니 어느 뒷골목에서 아직 무명에 불과한 어린 배우들이 자신의 무대를 준비하느라 고군분투하는 모습을 발견했다. 화려한 무대와 사뭇 다른 모습이었다.

「그렇구나…!」

언젠가 TV에 출연한 유명인에게서 들은 적이 있다. 꿈을 이루고 싶었으나 쉽지 않은 세월을 보냈다고 말이다. 아닌 게 아니라 대학로에서 마주치는 행인들 대부분이 유능하고 싶은 무명 배우이고, 골목마다 늘어선 음식점이나 티켓 박스에서 점원으로 근무하는 이들도 비슷한 형편의 배우였다. 꿈을 꾸지만 이루지 못해 애태우는 모든 이들의 세계, 두나는 불현듯 자신의 꿈이 무엇이었는지 생각해 보았다. 울지 않고 행복하게 살기, 단지 그뿐이다.

「행복해지고 싶은 건 모두가 마찬가지일 거야.」

어떤 유녕한 개그맨이 배우로 활동하는 친구와 함께 대학로 소극장 무대에서 연기하는 모습이 객석에 앉은 두나를 웃게 했다. 또 어느 소극장에선 무명의 개그맨들이 자기들의 주특기로 무대에 오르기도 한다는 사실이 마음에 들었다.

아버지: (근엄한 목소리로) 내가 오늘부터 너에게 호부호형을
　　　　허락하겠다.

홍길동: (비장하게) 그러면 무얼 하겠습니까? 아버지를 아버지
　　　　라 부르지 못하고, 형을 형이라 부르지 못하는데.

아버지: (황당한 표정) 그러니까 너에게 호부호형을 허락한다고!

홍길동: (소리친다) 그러면 뭐 하나니까요! 아버지를 아버지라
　　　　부르지 못하고 형을 형이라 못 부르는데!

아버지: 그러니까 호부호형 허한다니까!

홍길동: 그러면 뭐 하냐고요! 아버지를 아버지라 부르지 못하
　　　　고 형을 형이라 못 부르는데!

아버지: (밥상을 뒤엎는다) 아 인마!

　어려운 단어를 못 알아듣는 홍길동이라니. 이는 언젠가 대학
로 소극장 무대에 올랐던 초창기 개그콘서트의 한 코너이다.
대학로에서만 볼 수 있었던 개그콘서트가 KBS로 진출한 뒤에
도 이 장면은 1회 방송에 나가 소위 '대박'을 터뜨렸다. 대학로
는 이리도 재미난 곳이다. 하지만 그 뒤엔 눈물이 넘치는, 고통
스럽기 짝이 없는 곳이기도 했다. 한 가지 이해할 수 없는 건,
무대에서 연기하는 것만이 자기 인생을 행복으로 이끌어 주리
라고 생각한 이들은 그것이 쉽지 않은 여정임을 알면서 그 길
을 선택한다. 꿈을 꿈으로만 남겨두고 싶지 않은 사람들이었다.

인생을 끝내 행복으로 장식하려면 언제든 도전해야 한다는 사실을 두나는 깨달았다. 집구석에 처박혀 오늘 울까, 내일 슬플까, 고민하던 두나가 세상에 처음 나와 마주한 인생의 첫걸음을 이렇게 걸었던 것이다. 대학로에 들어와서야 세상의 희로애락을 배우니 '연뮤덕'으로 살게 되어버린 두나의 관극은 이때가 시작이었다.

포크였다.

내 인생 최초로 봤던 연극은 〈빌록시 블루스〉였다.

2차대전 막바지에 독일군과 일본군에 맞서 전장으로 파견 나가는 작가 지망생 군인의 이야기이다.

지금은 영화와 드라마에 출연하는 정은표 배우와 영화감독이자 극작가로 활동하는 장진 감독이 거기에 출연했는데, 두 사람 모두 눈빛이 살벌했다.

그 눈빛이 어쩜 그리도 아름다워 보였던지.

어릴 때부터 연극 뮤지컬에 빠져 대학로를 참 열심히 다녔다.

대학로 거리를 쏘다니는 배우들은 옛날이나 지금이나 크게 달라진 게 없다.

지금이야 배우가 되겠다고 대학로에 모습을 드러내는 친구들은 세련된 외모에 옷차림도 우아하게 꾸민다지만 옛날엔 아니었다.

노숙자로 착각할 지경으로 거지꼴을 하고, 멍한 표정으로 대학로를 돌아다닌다면 그들 대부분이 배우였다.

혹시 우리 아빠가 그랬으려나?

아무리 예술은 배고프다고 하지만 그건 말 지어내기 좋아하는 사람들이 하는 말들이고, 정작 그 세계를 굴러다니는 사람들의 심정을 제대로 아는지 궁금하다.

세상 풍파에 시달리느라 지친 눈빛이지만 배우들의 그 눈빛 속에서 의지와 투지가 느껴진다.

그 옛날 대학로 연극 무대에서 멋지게 연기하던 정은표와 장진과 신동엽과 안재욱처럼.

세상이 무든 사람은 때가 되면 학교에 가고, 알바를 하고, 직장에 간다.

세상살이에 치여 잊고 살지만, 모두에겐 한때 꿈이 있었다.

이야기 속 주인공은 다들 흔히 그렇듯 이리저리 치여 살지만, 배우라는 꿈을 반드시 이루고 싶다.

당연히 잘되지 않는다.

허구한 날 비웃음이나 당하겠으나 두려움을 무릅쓰고 다시 한번 도전한다.

꿈을 이루기까지 인고의 시간을 견뎌야 할 것이다.

누구나 그렇다.

이 뮤지컬은 말한다.

버티는 것 또한 존중받을 만한 인생이라고.

그렇다면 나는 언제까지 버틸 수 있을까?

언젠가는 행복해지겠지.

행복하게 사는 것이 그게 내 꿈이다.

—두나가 쓴 뮤지컬 〈파이팅 콜〉 후기

거의 매일 관극에 몰두하다 보니 한 가지 문제가 생겼다. 관극 비용이 만만치 않게 소요된다는 사실이다. 물가가 상승할 때마다 티켓 가격도 그만큼 오르니 감당하기가 어려웠다. 게다가 제작사가 팬들을 위해 만든 MD 상품, 이른바 '굿즈'라고 부르는 물건에 간혹 시선이 날아들어 주머니 사정을 생각하지 않을 수 없게 되었다. 그렇다고 집으로 돌아가자니 언제 갑자기 아빠가 난입할지 몰라 두려웠다. 아빠는 끝까지 자신의 과거를 드러내지 않을 눈치였고, 아빠에게서 벗어나고 싶지만, 독립은 불가능한 처지였기에 두나는 고민을 거듭했다. 방법은 찾으면 되고, 없으면 만들어야 한다.

「어서 오세요! 맛있는 고깃집입니다!」

빈 테이블을 행주로 닦으며 두나가 소리쳤다. 대학로 뒷골목 어느 숯불고기 집에서 아르바이트를 시작한 두나, 고깃집 주인은 두나가 아직 젊다며 이것저것 따질 것도 없이 당일 채용했고, 이후 두나는 제법 돈을 모아 관극에 사용하거나 적금에 가입하기도 했다.

「와…!」

일이 손에 잡혀 여유로워질 즈음 두나는 바깥을 지나가는 사람들의 표정을 구경했다. 손님 대부분은 관극을 앞두었거나 마친 이들이었는데, 간혹 정해진 날짜까지 무사히 공연을 끝낸 무명의 배우와 스태프들과 제작자들이 그간의 노고를 위로하느라 모이는 때도 있었다. 어쩐지 그들이 대견해 보여 두나는 좀 더 친절하게 서비스했다. 심지어 함께 아르바이트하는 동료 직원들 가운데 서빙하는 동생도 지역 시민 극단에 소속되어 무대에 오른 경험을 가진 아마추어 배우였다.

「언니, 저는요. 좀 더 배워서 프로 배우가 되고 싶어요. 연기가 너무 재미있어요.」

「영화나 드라마에 출연하는 매체 배우도 있는데, 왜 하필 연극배우가 되고 싶어?」

「연극이나 뮤지컬 무대에 오르는 배우는요. 관객이 보는 바로 앞에서 연기해요. 가상의 세계와 현실 사이에서 함께 소통하는 순간이 이상하게 재미있더라고요.」

소극적이고 내성적인 성격을 고쳐보려다 지금에 이르렀다며 웃는 동생을 따라 두나도 웃었다. 하루 일을 마무리하고도 고된 표정이기는커녕 활기차게 인사한다. 마음 맞는 사람들끼리 만나 함께 웃으니 어쩐지 행복해지는 것만 같다. 두나는 거울에 비친 제 얼굴이 신기했다.

「다들 열심히 사는구나. 그래. 나도 열심히 살아야지.」

어느 날, 쓰레기를 버리러 나왔는데, 바로 옆 골목 소극장 뒷문으로 젊은 배우들이 소품과 의상을 이고 지고 들락거리는 게 보였다. 며칠 전 연출자라는 사람이 새로 공연을 올리게 됐다며, 전단지를 주고 간 적이 있었는데, 바로 그 무대에 오르는 배우들이었다. 저녁마다 극장 주변으로 관객들이 줄을 서는 걸로 보아 제법 잘 나가는 공연이라고 입소문이 났나 보다. 공연장 바로 옆집이니 장사가 잘될지 모른다며, 고깃집 사장의 입이 함지박만 하게 벌어졌다.

「언니이!」

전단지를 들고 찾아온 꼬마 녀석의 목소리가 또 두나를 웃게 한다. 근처의 어느 소극장에서 왔다며 해맑게 웃는 얼굴이 귀여워 물어보니 아역 배우라고 했다. 언젠가 초저녁쯤 심부름하러 나왔다가 연출자와 엄마로 보이는 사람이 녀석에게 뭐라고 소리치는 모습을 목격한 차였다. 아무래도 무슨 실수를 저지른 모양이었다.

「그날 왜 혼났어?」

「친구한테 내가 배우라고 잘난 척했어요.」

두나는 웃지 않을 수 없었다. 대학로에 넘쳐나는 배우들 사이에서 간혹 자기가 잘났다며 으스대고 다니는 이가 있다. 이제 겨우 누군가의 눈에 한 번 들었을 뿐인데, 당장이라도 유명인이 될 것 같고, 당장 팬들이 몰려들어 사인해 달라거나 사진을 찍자고 조를 것만 같겠으나 절대 그렇지 않으리라는 사실을 알아야 한다. 주제 파악, 상황 파악도 못 한 채 멋대로 떠든다면 그는 올바른 배우가 되지 못할 게 분명하다. 이 녀석이 그런 경우였다. 어린 나이의 배우가 저지를 법한 잘못이었고, 따끔하게 혼났으니 이제 그러지 않을 것이었다.

「두나야, 저기 좀 봐.」

「…?」

고깃집 사장이 가리킨 한 구석에 며칠 전 거나하게 술을 마시고 간 남자가 줄담배를 피우고 있다. 두 블록 지난 거리의 어느 중소 극장 대표였다.

「집세를 못 내서 조만간 비워줘야 한대.」

역시나 대학로를 오가는 연극배우 출신으로, 그를 믿고 따르는 스태프와 배우가 많았다. 하지만 예전에 그랬듯 지금도 식구들을 배불리 먹이기는커녕 제 배도 채우지 못할 지경으로 어려운 처지라고 했다. 대학로의 또 다른 슬픔이었다. 저렇게 수심 가득한 얼굴로 쏘다니는 이들이 넘쳐나지만, 그러면서도 막상 무대에 올라서면 언제 그랬느냐는 듯 활달하게 웃으며 관객의 심금을 울린다. 언젠가 이루고 말 꿈에 도전하는 모두의 심장이 난장질하듯 그렇게 뛰는 것이었다. 세나 언니가 유품으로 남긴 영화 사운드 오브 뮤직의 그 행복한 사람들이 현실에 살아가니 두나는 그들이 너무나도 아름다워 보였다.

「신입사원 서두나입니다! 잘 부탁드립니다!」

고깃집, 커피숍, 호프집, 티켓박스 매표원. 대학로 여기저기를 다니며 아르바이트만 하던 두나가 어느 날 정식으로 직장에 입사했다. 대기업이든 중소기업이든 회사의 규모는 중요하지 않았다. 행복해지는 길을 찾느라 고군분투하다 보니 절로 웃게 되어 버린 두나를 많은 어른이 마음에 들어 했다. 아르바이트 하던 당시처럼 급여 일부를 관극에 투자하고, 또 적금을 부었다. 조금씩 여유가 생기자 관극하던 중에 이해가 되지 않으면 원작 소설이나 영화를 찾게 되었고, 이후 여러 차례 재관극을 하는 '회전문'이 되었다. 두나는 그게 재미있었다.

「파란 집, 파란 창문….」

인터넷에서 읽은 누군가의 우스갯소리가 떠올라 두나가 웃음을 터뜨렸다. 이태원 인근에 블루스퀘어라는 공연장이 있다. 뮤지컬 전문 공연장이며, '뮤덕'들의 표현대로라면 배우들의 성량이 너무나 풍부한 나머지 파란 창문과 파란 지붕을 몽땅 깨부술 것만 같다고 했다. 지하철 한강진역과 가까웠고, 홀로 사색하기 좋은 공간이 있어 두나는 여기가 마음에 들었다.

「…?」

그리고 최근에 블루스퀘어에서 두나는, 관객 무리를 따라 공연장에 입장하려다 말고 누군가의 시선을 느꼈다. 돌아보니 또 그 남자였다. 며칠 전 세종문화회관 대극장 로비에서 잠깐 스쳐 지나갔던 남자 말이다. 도대체 스토커가 따로 없다. 처음엔 아빠라고 착각할 정도로 당황하게 했던 저 시선을 두나는 냉랭하게 외면했다. 인터넷에 넘쳐나는 악플러 가운데 한 사람이라는 생각이 들어서다. 간혹 뮤덕들에게 일방적으로 친근한 척 다가오는 이들 탓에 어쩐지 그가 의심스럽다. 회전문을 수십 번씩 돌고도 모자라느냐며, 왜 그렇게까지 관극하느냐며. 시체 관극인지 뭣인지, 관극할 땐 개인의 모든 움직임과 소리를 차단해야 할 정도로 전생에 블랙홀이었는지, 특정 배우를 좋아한다고 하면 이유 없이 욕하는 등 일부 뮤덕은 왜 그리도 유난을 떠느냐며, 쓸데없는 시비를 걸거나 호기심으로 다가오는 이들이 있다지만 무시하면 그만이다. 두나는 그저 내일 관극할 〈민중의 적〉이라는 연극에 대해 생각하고 있었다.

「헨리크…. 뭐랬더라?」

헨리크 입센, 노르웨이 출신의 작가라고 했다. 고전 작품이라 어려울 것 같다. 오늘은 뮤지컬을 관극하러 왔으니 일단 여기에 집중하고, 나머지는 집에 가서 공부를 해봐야겠다. 아빠만 없다면 좋을 것 같다. 한 며칠 들어오지 않아 오늘은 난입할 게 분명하다. 과거의 명성을 완전히 산산조각 내버린 아빠 때문에 아무래도 남성 혐오증이 생겼나 보다. 두나는 아직도 모든 남자는 아빠와 같을 거라고 생각하고 있었다. 집에 가고 싶지 않다. 차라리 이대로 시간이 멈췄으면 좋겠다.

김주빈의 연극

〈욕망〉 2부

S#5. 연습실

겸둥.

　무대 가운데에 노순심이 서서 스트레칭을 한다. 쇼파에 앉아서 대본을 보던 서영준은 노순심을 돌아보며 생각에 잠긴 얼굴이 된다.

노순심: (서영준을 돌아본다) 영준쌤, 궁금한 게 있어요.

서영준: 뭔데요?

노순심: 사랑받는 여자의 모습으로 보이려면 정말 사랑에 빠진

　　　　것처럼 연기해야겠죠?

서영준: 당연하죠. 상대 배우가 바뀌어도 그 감정 그대로 가져

　　　　가야죠.

노순심: (시무룩하다) 걱정이에요. 지금 연출쌤이 없어서 연습
이 잘 될지 모르겠어요.

서영준: (웃으며 일어난다) 잘할 수 있을 거예요. 저만 믿어요.

노순심: 영준쌤은 사랑을 해본 적이 있어요?

서영준: 글쎄요. (손에 쥔 대본을 들어 올리며) 내가 이런 이야기
를 쓴 걸 보면 알 수 있겠죠?

노순심: 아, 그렇구나.

서영준: 제가 대본에 사랑을 가득 담았어요. 제가 만든 세상에
빠져들기만 하면 돼요. 당신은 배우잖아요.

노순심: (웃는다) 맞아요. 영준쌤의 세상엔 늘 사랑이 담겨있어
요. 그래서 가끔 내가 빠져나갈 수가 없어요. (웃는다)

서영준: 맞아요. 그러니까 잘 따라와야 돼요.

노순심: (끄덕인다) 알았어요.

서영준: 자, 이제 (노순심의 뒤로 걸어간다) 제가 도와줄게요. 집
중해요.

노순심: 알았어요.

　생각에 잠긴 서영준이 허공을 노려본다. 노순심에게 옆자리
를 가리키면 노순심이 한 발짝 옆으로 옮긴다.

서영준: (노순심의 뒤에서) 자, 해볼까요? 시작.

노순심이 헛기침을 한 뒤 긴장한 표정으로 한숨을 쉰다.

노순심: (서영준을 돌아본다) 잠깐만요. 나 좀 떨려요. (한숨)
서영준: (안타까운 표정) 에이, 긴장하지 말고.

노순심이 한숨 쉬며 눈을 감았다가 뜨면 행복한 표정으로 바뀐다. 마주 잡은 두 손을 가슴에 얹는다.

노순심: (허공을 보며) 당신을 향한 내 사랑은 봄날의 벚꽃 같아요. 얼마나 아름다운지 알아요?
서영준: (대본을 보며) 봄날의 벚꽃이라. 향기는 좋겠군요.
노순심: 따뜻한 바람이 살랑살랑 불어오면 낭만적일 거예요. 그렇죠?
서영준: (대본을 보며) 하지만 내 생각에 당신의 사랑은 그저 순간에 불과한 것 같아요.
노순심: 어째서 그렇게 생각하죠?
서영준: (대본을 보며) 벚꽃은 초봄에 잠깐 피어나죠. 비가 오면 순식간에 바닥으로 추락해요. (서영준이 옆으로 다가와 대본과 노순심을 번갈아 본다) 당신의 사랑도 그런가요?
노순심: (당황한 표정으로 서영준을 돌아본다) 어쩜 그렇게 내

사랑을 곡해하죠? 나는 진심으로 당신을 사랑하는데!

서영준: (노순심을 바라보며) 그렇다면 나에게 진심을 보여주세요.

노순심: 어떤 진심이요? 어떻게요?

서영준: 비바람이 몰아닥쳐 꽃잎이 부서져 내려도 벚나무는 우뚝 서서 자기 자리를 지키죠.

노순심: (시무룩하다) 그래서요?

서영준: 늘 한결같아야 새봄이 와도 벚나무가 꽃을 피울 거예요. 나에게 당신의 꽃을 보여주세요. (노순심에게 다가간다)

노순심: (서영준에게 다가간다) 나는 당신의 심장을 사랑해요. (서영준의 가슴을 만진다) 당신의 눈빛과 당신의 콧김과 당신의 입술까지 아름다워요. 바로 여기. (서영준의 얼굴을 만진다) 그러니까 날 의심하지 말아요. 내 꽃을 품어주세요.

서영준; 당신을 의심하지 않아요. 다만 당신도 나와 같은지 궁금했을 뿐이에요.

노순심: (서영준의 가슴을 만진다) 사랑해요. 당신을 향한 내 마음, 언제나 한결같아요.

서영준: (두 팔을 벌리며) 나에게 오세요. 내가 당신의 사랑을 받아줄게요.

노순심이 서영준에게 다가가 키스한다. 서영준이 노순심의 젖가슴을 만지고, 서로 옷이 벗겨지며 성행위 장면이 이어진다.

노순심이 비명을 지른다. 문이 열리고 공한길이 들어오다 놀란다.

공한길: (당황한다) 뭐야? (두 사람에게 다가가 소리 지른다) 뭐 하는 짓이야?!
서영준: (놀란다) 앗! 대표님! (일어난다)
노순심: 어머! (일어나려다가 옷가지를 챙겨 몸을 가린다)
공한길: 무슨 짓이야? (정색한 얼굴로 노순심을 바라본다)
서영쥰: 오해예요. 대본 리딩 중이었는데 하필이면 .
공한길: 그러다 무대에서도 정말 하겠다. 그렇지?
노순심: (난처한 표정) 그렇지는 않아요. 그런데 지금은…
공한길: (노려본다) 더러운 것들…

공한길이 밖으로 나간다. 서영준은 어쩔 줄을 몰라 하고, 노순심은 옷을 입고 밖으로 나간다.

암전.

점등.

연습실 바깥에 나온 공한길의 뒤를 노순심이 따라간다.

노순심: 대표님 죄송해요. (눈치보다가) 이게 원래 키스까지였
　　　는데, 감정이 격해져서 그만…

공한길: (노순심을 돌아본다)야, 내가 몇 번 얘기했지? 내면의
　　　연기란, 절제가 중요하다고. 너 짐승이야? 아마추어
　　　티 내?

노순심: 미안해요. 내가 많이 어설퍼서 그래요. 좀 더 노력하
　　　면….

공한길: (소리 지른다) 야! 장난해? 너 같으면 그 꼴을 연기로
　　　보겠어?

노순심: 용서해 주세요. 다신 안 그럴게요.

공한길: 나는 너를 진심으로 아껴서 손도 제대로 대지 못하는
　　　데, 넌 그 정도로 쉬워? 몸 파는 년이야? 창녀냐고?

노순심: 그게 아닌 거 알잖아요. 나는 사실…

공한길: 됐어. (멀어진다) 내일 얘기하자.

　노순심은 공한길의 뒷모습만 바라본다.
　암전.

　점등.
　앉아 있던 서영준은 연습실에 들어온 노순심을 보고 일어
난다.

서영준: 괜찮아요?

노순심: (고개를 흔든다) 아뇨.

서영준: (다가간다) 혼났어요? 괜찮아요? (노순심을 만지려고
한다)

노순심: (돌아선다) 괜찮아요.

서영준: 나도 모르게 그렇게 됐어요. 아무래도 내가 당신을 마
음에 두고 있다 보니 감정에 치우쳐서….

노순심: (놀라서 쳐다본다) 뭐라고요? 그럼 일부러 그랬단 말인
가요?

서영준: (다가온다) 미안해요. 하지만 당신도 마음이 있었잖아요.

노순심: 나는 그저 연기였어요. 우리 연습 중이있잖아요!

서영준: 사실 오늘 내가 오늘 당신에게 고백할 생각이었어요.
그렇게 된 건 미안해요.

노순심: (어처구니 없는 표정) 기가 막혀서 정말…

서영준: 나, 정말 당신을 좋아해요. 연기였든 뭐였든 당신에게
취하고 싶었어요. 그래서…

노순심: 미쳤나 봐!

서영준: 하지만 오늘은 미안해요. 아무래도 내가 이성을 잃어
버렸던가 봐요. 사과할게요.

　서영준이 노순심의 손을 잡으면 노순심이 뿌리친다. 서영준

이 노순심을 끌어안고 놓아주지 않는다. 연습실로 공한길이 들어온다.

공한길: 미안해. 내가 아까 너무 화가 나서 소리를…!

공한길이 서영준과 눈이 마주치고, 서영준은 공한길을 노려본다. 서영준은 공한길을 노려본다. 공한길이 문밖으로 나간다. 노순심이 서영준을 뿌리치고 문밖으로 뛰어나간다. 서영준의 한숨 소리.

암전.

S#6. 사무실

점등.

박스에 물건을 넣던 공한길이 허리를 펴고 둘러보다가 땀을 닦는다. 노순심이 초조하게 보지만 공한길은 노순심을 보지 않는다. 서영준이 들어온다.

서영준: 대표님 뭐 하는 겁니까?
공한길: (일하는 중) 보면 몰라? 짐 정리하잖아.

서영준: 짐이라뇨? 무슨 짐이요?

　서영준이 노순심을 본다. 노순심이 다가가 공한길의 어깨를
잡지만 공한길은 뿌리친다.

공한길: 여기 사무실 정리할 거야. (노순심을 돌아본다) 말려도
　　　소용없어.
노순심: (안타까운 표정) 그러지 마요. 제발.
공한길: 연기와 현실을 구분하지 못하는 애들 데리고 내가 뭘
　　　하겠어? 너희는 배우가 아니라 짐승이야.

　다시 일하는 공한길에게 노순심이 다가가려 하지만 서영준
이 붙잡는다. 서영준을 노려보는 노순심. 공한길은 박스를 갖고
밖으로 나가려고 한다.

서영준: 웃기고 있네.
공한길: 뭐? (돌아본다)
서영준: 쓸데없는 핑계 대지 마세요.
공한길: 핑계? (박스를 바닥에 내던진다) 방금 핑계라고 했어?
서영준: 네. 핑계라고 했습니다. 연기와 현실을 구분하지 못한
　　　다고요? 내면의 연기는 절제가 중요하다고? (비웃는

다) 그까짓 게 뭐 그리 대단하다고 짐까지 싸고 그러십니까? (비웃음)

공한길: (화난 표정) 유치해? (한숨) 그래. 너는 시를 쓰던 놈이니 내 마음을 모를 거야. 나는 아마추어 극단을 이끄는 연출자이고, 내 주변의 연기하는 친구들이 어떤 마음으로 무대에 오르는지 잘 알아. 하지만 그들에 비하면 너희는 짐승이야. (돌아선다)

서영준: 그게 아니라 나한테서 자기 여자를 빼앗겨 쪽팔린 거겠죠. (노순심을 돌아본다) 안 그래요?

공한길: (돌아본다) 뭐라고?

서영준: 나는 대학로에서 연기하는 사람들을 잘 몰라요. 그들이 무슨 생각으로 연기하는지, 당신이 무슨 생각으로 연출하는지도 몰라요. 하지만 지금 당신은 사랑을 잃을까 봐 겁이 나는 것뿐이에요. 쓸데없는 핑계로 자기를 속이지 마세요. (비웃음) 추해 보여요.

공한길이 어처구니없는 표정으로 서영준을 보다가 한숨을 쉰다.

공한길: 그래. 네 눈엔 핑계로 보이겠지. 하지만 나는 이 여자를 진심으로 사랑했어.

서영준: 그런가요?

공한길: 너무나 사랑해서 손끝 하나 함부로 건드리지 못하는
　　　　내 마음을 알기는 해? 나는 너처럼 짐승이 아니야.

서영준: (비웃는다) 당신의 사랑은 참으로 비굴하군요.

공한길: 비굴하다고? (황당한 표정) 비굴해? 내가?

서영준: 그렇게 비루먹은 개새끼처럼 구니까 자기 여자를 뺏기
　　　　는 겁니다. 알기는 해요?

공한길: 이런 개새끼가 듣자 듣자 하니까 못 하는 소리가 없어!

　　공한길이 서영준에게 다가가 멱살을 잡는다. 노순심이 서영
준의 손을 뿌리치고 공한길을 가로막는다.

노순심: 잠깐만요! 그만해요!

공한길: 비켜!

노순심: 안 돼요!

　　공한길이 노순심을 밀친다. 노순심은 밀려났다가 다시 가로
막는다.

노순심: 미안해요. 잘못했어요.

공한길: 잘못했다고? 정말?

노순심: 우리가 아마추어라 모르는 게 많았어요. 그러니까 용서해 주세요.

    공한길이 노순심을 누려보다가 서영준을 쳐다본다. 공한길이 생각에 잠겼다가 한숨을 쉰다.

공한길: 너희는 나와 갈 길이 다른 것 같아. 아마추어 둘이 잘 해봐. (나간다)
노순심: 대표님!
서영준: (노순심의 손을 잡는다) 잠깐 기다려. 따라가지 마.
노순심: (뿌리친다) 이 손 놔요!
서영준: (다시 잡는다) 나는 놔주지 않을 거야. 이제야 기회가 왔는데….
노순심: (서영준을 밀친다) 짐승 같은 놈!
서영준: (나가려는 노순심을 잡는다) 안 된다고!
노순심: 이거 놔! (서영준을 뿌리치고) 대표님! (공한길의 뒤를 쫓아간다)

    홀로 남은 서영준이 생각에 잠긴 채 서 있다. 정면을 노려본다. 암전.
전화벨이 울린다. 전화 수화기 드는 소리.

노순심의 목소리: 여보세요?

서영준의 목소리: 나야.

노순심의 목소리: (뜸 들이다가) 왜 전화했어요?

서영준의 목소리: 궁금한 게 있어서.

노순심의 목소리: 말해요.

서영준의 목소리: 너는 정말 나를 사랑하지 않는 거니?

노순심의 목소리: 그 꼴을 겪고도 그런 소리가 나와요?

서영준의 목소리: 너는 나에게 끝까지 기회를 주지 않는구나.

노순심의 목소리: 나한테 아무것도 바라지 마세요.

서영준의 목소리: 그래. 알았어.

노순심의 목소리: 끊을세요.

서영준의 목소리: 잠깐 기다려.

노순심의 목소리: 왜요?

서영준의 목소리: 넌 곧 고집을 꺾게 될 거야.

노순심의 목소리: 그게 무슨 말이죠?

서영준의 목소리: 곧 나에게 오게 될 거라고.

노순심의 목소리: 내가 당신을 싫어하는데, 그게 말이 돼요?

서영준의 목소리: 전화 끊을게.

전화 끊어지는 소리. 서영준의 한숨 소리.

점등.

어두운 사무실.

박스가 쌓인 사무실에 이불을 덮은 공한길이 자고 있다.

갓등에서 스파크가 일어난다. 서영준이 사무실에 들어와서 공한길을 내려다본다.

공한길: (돌아보다 놀란다) 누구야?

서영준: 조용히 해.

공한길에게 달려든 서영준이 이불을 공한길의 머리 위로 덮어씌운다. 공한길이 발버둥 친다. 서영준이 공한길의 목을 조른다. 공한길이 잠잠해지면 서영준이 갓등을 올려다본다. 종이를 가져다 스파크에 대면 불이 박스로 옮겨붙고, 불길이 치솟는다. 서영준이 밖으로 나간다.

암전.

무대에 빨간 조명이 비친다. 사이렌 소리. 웅성거리는 소리.

S#7. 장례식장

점등.

　무대에 제사상이 있고, 공한길의 영정사진이 있다. 무대로 뛰어 들어온 노순심이 울기 시작한다. 말없이 서 있는 서영준에게 노순심이 달려든다.

노순심: (멱살 잡는다) 너지! 네가 한 짓이지?

서영준: (뿌리치며) 갑자기 왜 이래? 갓등에서 스파크가 튀었다는 경찰 조사 결과 못 들었어?

노순심: 그 밤에 네가 사무실에서 나오는 걸 본 사람이 있는데도 그런 소릴 하는 거야?

서영준: CCTV가 있었던 것도 아니고, 노인네가 하는 말에 신빙성이 있어? 구십이니 먹었다는데, 뭘 안다고.

노순심: (기막힌 표정) 뭐라고?

서영준: (제사상으로 다가가며) 방해할 사람도 죽었으니 (영정 사진을 밀어 넘어뜨린다) 이제 다 끝났네?

노순심: 너, 무슨 짓을 하는 거야?

　서영준이 다가가 노순심을 끌어안는다. 뿌리친 노순심을 다시 끌어안는 서영준.

서영준: 넌 이제 어디에도 못 가.

노순심: 꺼져.

서영준: 날 거부하지 마. 내가 널 좋아한다는 걸 너도 이미 알고
　　　　있었잖아.

노순심: 난 네가 이 정도로 파렴치한 놈인 줄은 정말 몰랐어.

서영준: 내가 파렴치하다는 증거 있어?

　노순심이 서영준을 뿌리친다. 서영준이 웃음을 터뜨리면 노
순심이 노려본다. 서영준이 다시 노순심을 끌어안는다.

서영준: 우리 결혼하자. 내가 잘해줄게.

노순심: 난 네가 싫어. 네가 원하는 건 아무것도 이루어지지 않
　　　　을 거야.

서영준: 아니. 난 너만 있으면 돼. 난 널 행복하게 해줄 자신이
　　　　있어. (노순심을 거칠게 만지고 키스한다)

노순심: (뿌리친다) 놔!

서영준: (노순심을 다시 끌어안고 만진다) 내가 그렇게 만질 땐
　　　　좋아했잖아. 이제 와서 왜 이래?

노순심: 날 그렇게 농락하고 아직 할 말이 남았어?

서영준: 나에게 남은 건 널 사랑하는 마음뿐이야. 부디 널 받
　　　　아줘.

　서영준이 뿌리치는 노순심을 끌어안고 만지다가 키스한다.

암전.

두 사람이 비명을 지른다. 서영준의 웃음소리. 아기 울음소리.

S#8. 신혼집

점등.

허름한 방에 노순심이 앉아서 잠든 아기를 본다. 주머니에서
목걸이를 꺼낸다. 노순심이 생각에 잠긴 얼굴로 한숨 쉰다. 문
두드리는 소리. 노순심이 기겁하고 일어난다.

서영준: (비틀거리며 들어온다) 이 미친년이 하늘 같은 서방님
　　　　이 들어왔는데 관심도 안 주네!

노순심: 왜 그렇게 술을 먹었어?

서영준: 남편이 술 좀 먹은 걸로 바가지 긁어? 잘났다 이 년아!

노순심: 욕하지 마! 애 듣잖아!

서영준: 저 갓난아기가 뭘 안다고! 갖다 버려! 저깟 애새끼 또
　　　　낳으면 되지! (아기의 따귀 때린다)

노순심: 세나야!

아기 울음소리.

노순심이 아이에게 달려가려 하지만 서영준이 먼저 손을 붙

잡는다.

서영준: 잠깐만! 이거 뭐야? (노순심의 손에 쥔 목걸이를 빼앗
　　　는다)
노순심: 안 돼!
서영준: 이 년이!

　서영준이 목걸이를 빼앗으려는 노순심의 따귀를 때린다. 아
기 울음소리.

서영준: (목걸이를 보여주며) 너 이거 뭐야?
노순심: 내놔! (목걸이를 빼앗으려고 손을 내민다)
서영준: 이게 뭐냐고 물었잖아!
노순심: 네가 알아서 뭐하게!
서영준: 이 개같은 년이! (노순심의 따귀를 때린다)
노순심: (비명을 지른다) 아악!
서영준: (목걸이를 내밀며) 왜 아직도 이걸 안 버리고 있는 거야?
노순심: 그게 그렇게 알고 싶어? 니가 사랑하던 사람이 준 거
　　　야! 넌 이런 거 준 적 있어?
서영준: 이 미친년이…
노순심: (소리지른다) 욕하지 마! 이 더러운 자식아!

서영준: (노순심의 멱살을 잡는다) 너는 아직도 날 사랑하지 않
는 거냐? 여전히 네 마음엔 불에 타죽은 통구이한테
있는 거야?

노순심: (뿌리친다) 말 함부로 하지 말라고 했지?

서영준: (소리 지른다) 왜 너는 나에게 사랑을 주지 않는 거냐
고!

　　노순심이 서영준에게 밀려 넘어진다. 서영준이 바지를 벗고
팬티 차림으로 노순심에게 달려든다. 노순심이 서영준을 밀
친다.

노순심: (소리 지른다) 너는 왜 강간을 사랑으로 포장해?

서영준: 뭐라고?

노순심: 이건 사랑이 아니야. 난 널 사랑하지 않아.

서영준: (소리 지른다) 우린 부부야! 부부가 섹스하는 건 당연
하다고! 내가 이렇게까지 사랑하는데! 왜 내 마음을
몰라?

노순심: 넌 내가 아직도 그 순진한 아마추어 배우로 보이니? 그
렇게 아랫도리 간수가 안 돼?

서영준: 이 미친년이 말하는 것 좀 봐라?

노순심: (고함친다) 말 함부로 하지 말랬잖아!

서영준: (달려든다) 닥쳐! 이 개 같은 년아! (따귀를 때린다)

　　노순심이 비명을 지르고 쓰러지면 서영준이 다짜고짜 노순심을 애무한다.
　　암전.
　　두 사람의 비명 소리. 갓난아이의 울음소리.

S#9. 저승

　　점등.
　　노순심이 무대에 홀로 서서 허공을 바라본다.

노순심: 나는 둘째 아이를 낳은 뒤 세상을 떠났지요.
목소리: 네가 이 세상에서 할 일은 이미 끝났다. 혹시 미련이 남는가?
노순심: 아이들이 걱정이에요. 불행하겠죠.
목소리: 서영준의 행각은 대를 이을 것이다. 하지만 그건 아이들의 일이고, 너는 신경 쓰지 않아도 된다.
노순심: 혹시 당신이 계시는 거기에 내 사랑도 있습니까?
목소리: 그래. 있다. 나를 따라오면 만날 수 있을 것이다.
노순심: (한숨) 피곤합니다. 쉬고 싶어요.

목소리: 그래. 그간 고생이 많았다. 따라와라.

노순심이 한 걸음 앞으로 가면 암전.

#4 적(敵)

코 고는 소리가 어찌나 요란한지, 하마터면 지진이 났다고 착각할 뻔했다. 안방 문을 활짝 열어놓은 채 자는 아빠 얘기다. 또 술을 진탕 퍼마셨나 보다. 안방을 지나치기만 했는데 고약한 술 냄새가 코를 찌른다.

"후우…!"

외출 준비를 마친 두나가 아무렇게나 뒹굴거리고 자는 아빠를 바라보며 문득 한숨을 몰아쉬었다. 안도의 한숨이었다. 도대체 언제 집에 들어온 걸까? 오자마자 온 집구석을 난장판으로 만들 법한데, 사람이나 물건이나 아무것도 건드리지 않은 채 그대로 잠든 모양이다. 몸도 가누지 못할 지경으로 취했기 때문인지는 몰라도 아빠가 깨기 전에 나가야겠다. 예상했던 시간

보다 조금 이르지만, 밥이라도 먹고 갈 생각으로 늑장을 부렸다가는 갑자기 일어나 물을 달라는 둥, 어디에 가냐는 둥, 죽이네, 살리네, 욕지거리를 듣는 봉변을 당할지 모른다.

"끼이익, 철커덕…!"

현관문을 조용히 잠갔지만 불안하다. 모든 금품을 주머니에 쑤셔 넣고 나온 도둑처럼 두나는 발소리까지 죽이며 집에서 멀어져 간다. 돌아왔을 땐 부디 아빠가 없었으면 좋겠다. 안에서 새는 바가지가 밖에서도 샌다지만 어디 가서 무슨 행패를 부리더라도 그건 알 바가 아니다. 술만 먹으면 그토록 읊어대는 극작가 서영준이란 이름도 두나와는 관계가 없다.

"이젠 독립할 수 있으려나?"

지하철 승강장에 서서 두나는 잠시 고민해 본다. 아르바이트와 직장 생활로 돈을 모았으니 손바닥만 한 원룸이나마 구할 수 있을 거였다. 하지만 그게 가능하더라도 한 가지 문제가 생긴다. 아빠의 허락을 받아야 할는지, 아니면 야반도주하듯 잽싸게 짐을 싸서 나와야 할는지 말이다. 말도 없이 사라진다면 아빠는 그냥 있지 않을 거다. 구청이나 주민센터에서 어떤 서류든 전부 뒤져 기어코 제 딸의 거처를 찾아낼 게 분명하다. 극작가 생활을 했고, 극단의 배우들을 관리했을 정도라면 아빠는 똑똑한 사람이다. 나이만 처먹은 늙은이가 아니다.

「이번 역은 한성대 입구, 한성대 입구 역입니다. 내리실 문은….」

 휴대전화만 들여다보느라 하마터면 못 내릴 뻔했다. 에어팟을 귀에서 떼어내며 두나가 허겁지겁 전동차에서 뛰어나갔다. 혜화역과는 한 정거장 차이인 한성대학교 주변에도 소극장이 꽤 많다. 소극장 출입구 바로 옆에 붙은 어느 프랜차이즈 커피숍으로 들어서서 두나는 가방에 넣어놓았던 휴대전화를 도로 꺼냈다. 티켓 사이트를 다시 확인하지 않아도 예매 내역의 티켓은 안녕하시다. 다만 지류 티켓으로 교환하기에는 시간이 너무 일렀다. 아직 직원이 출근하지 않아 티켓박스도 문이 잠긴 채다.

 "아이스 아메리카노 주세요."

 계산대에 서 있는 앳된 얼굴의 직원에게 현금을 내밀고 두나는 주변을 둘러보았다. 소극장 문이 열리기까지 시간이 꽤 남아있어 덩달아 이 프랜차이즈 커피숍도 한가하다. 드문드문 빈자리에 대학생으로 보이는 이들이 음료를 앞에 두고 책을 읽거나 인터넷 강의가 한창 진행 중인 태블릿 모니터에 시선을 고정한 채였다.

 "아이스 아메리카노 나왔습니다!"

 직원의 외침에 자리에서 일어난 두나가 주문한 음료를 갖고 돌아온다. 음료를 테이블에 내려놓은 두나의 손이 도로 휴대전화를 집어 올렸다. 여태 유튜브 영상을 보던 참이다.

「불후의 명곡, 민우혁, 사의 찬미」

이 영상은 2018년 3월 24일, KBS에서 방송한 '불후의 명곡'이라는 프로그램의 특정 구간을 짧게 편집한 영상의 제목이다. 두나의 유튜브 계정에는 이렇게 비공개로 저장해놓은 영상이 상당히 많다. 연극배우나 뮤지컬 배우의 짤막한 무대만 골라두었으며, 두나가 오래전부터 좋아하던 민우혁 배우의 영상이 대부분을 차지한다.

「죄수 번호 485, 일어나!」

마루타, 무엇인지 모를 성분의 주사를 맞으며 생체실험을 당하다 죽었다는 시인 윤동주의 사연은 누구나 안다. 영상 속에서 윤동주 역할을 맡은 민우혁 배우가 감옥에 있다가 면회 온 연인을 발견하고 넋이라도 나간 것처럼 놀란다. 그리고 윤동주는 자신의 시를 부끄러이 여기고, 자기가 시인이란 사실에 자책하지만, 그러고도 아무것도 하지 못하는 현실이 너무나 처참하다.

「동주야! 시를 읊어봐라! 시는 부끄러운 게 아니야!」

폭풍처럼 휘몰아친 민우혁 배우의 연기에 자상(刺傷)을 입었다. 죽어가는 몸뚱이로 퍼지는 고통과 나라를 잃은 슬픔과 이제는 만나지 못할 어머니를 그리워하는 윤동주가 되어 민우혁 배우가 그토록 절절하게 연기하니, 따라 슬퍼질 수밖에 없다. 이미 본 영상인데도 왜 이렇게 가슴이 미어지는지 모르겠다.

무참한 몸짓과 처연한 눈짓과 처절한 목소리로 윤동주를 노래하는 민우혁 배우에게 두나는 일찍부터 빠져버렸다. 결국 팬이 될 수밖에 없는 사람이다.

벌써 10년의 세월이 훌쩍 지났다. 영국에서 온 뮤지컬 〈레미제라블〉 제작자들이 작중 인물과 어울리는 한국인 배우를 선발하여 한국에서, 그것도 한국어로 첫 공연을 올린 적이 있다. 권력을 손에 쥔 윗것들은 배가 불러 터지기 직전인데, 백성들은 주린 배를 움켜쥔 채 살려달라고 호소한다. 겨우 빵 하나 훔친 이에게 모진 형벌을 내리고, 이 사회의 망가진 꼴을 마냥 두고 볼 수 없다며, 좀 더 나은 삶을 살기 위해 혁명을 일으키자며, 젊은이들이 바리케이드를 쌓고 정부와 대치한다. 민중 가운데 분연히 일어나 깃발을 흔들며 비장하게 〈민중의 노래〉를 선창하는 앙졸라 역의 민우혁 배우는 영상으로 다시 봐도 결연한 목소리가 일품이다. 두나는 이미 그 무대를 현장에서 보았다. 맨 앞줄에 앉아 다부진 몸짓으로 혁명을 외치는 모습을 좀처럼 잊을 수 없다. 민우혁 배우가 프랑스의 실제 역사 속 한 인물이지 않은 이상 저토록 사실적일 수 없을 것인데, 어쩜 저리도 아름다운 연기를 보여준단 말일까. 어릴 때 처음 본 대학로 소극장 무대에서 맹렬한 눈빛으로 좌중을 압도한 그 배우를 보는 것만 같아 그때부터 민우혁 배우의 팬이 되었다. 190 센티미터에 육박한 키와 야구선수 출신이라는 수식어에 걸맞은 커다란 몸집 하며, 잘생긴 외모, 매력적인 비음이 두나의 마음을 홀라당 빼앗고 말았다. 사실 그때까지만 해도 회전문이 될 생각일랑 전혀 없었던 두나는 민우혁 배우의 팬이 되고 나서는 그가 출연하는 모든 회차를 몽땅 관극할 것처럼 공격적인 뮤덕으로 변모하고 말았다.

"…?"

유튜브이 메인 화면으로 돌아왔는데, 희한하다. 정치 뉴스와 게임 방송과 예능 프로그램의 한 장면과 강아지나 고양이의 재롱에 쓰러지는 집사들의 영상 등이 고루 걸려있던 초반과 달리 민우혁 배우가 등장하는 영상만 연거푸 눈에 띈다. 지하철 전동차 안에서부터 내내 비슷한 영상만 골라 보았더니 유튜브 알고리즘이 '두나는 민우혁을 좋아하는구나!' 하고 판단한 모양이다. 유튜브 메인 페이지로 돌아가 새로고침 하자 민우혁 배우가 북한 군인의 복장을 하고서 정면을 주시하는 짧은 영상이 드러난다. 〈사랑의 불시착〉이라는 드라마에서 현빈 배우가 열연했던 리정혁 역을 동명의 뮤지컬에선 민우혁 배우가 연기했다. 역시 유튜브, 열일하고 있으니 기특하다.

"일기장이 어디 갔지?"

가방을 뒤적이던 두나가 까만 펜과 빨간 표지의 일기장을 꺼냈다. 화장품 파우치와 중학생의 고전 문학 교육 자료용으로 출간됐다는 소설 〈민중의 적〉과 독립운동가 안중근 의사의 일대기를 그린 소설이 멋대로 처박혀서 가방이 어수선하다. 정리가 필요하지만, 지금은 그게 문제가 아니다.

건장한 이 남자의 가슴팍을 보라.
대흉근의 뿌리 저 깊숙한 구석으로부터 노래가 솟아오르니
그 웅장한 울림이 대지를 흔들고, 하늘을 흔든다.

기다란 이 남자의 팔과 다리를 보라.
처참한 인생과 처절한 역사와
처연한 사랑과 절박한 미래와
더불어 처량한 죽음까지 표현한다.

눈물 젖은 이 남자의 눈동자를 보라.
떠나가는 사랑을 붙잡지 못해
떠나가는 우정을 붙잡지 못해
떠나가는 시간을 붙잡지 못해
서글픔을 억누르는 나약한 인간의 말로가 거기에 모두 숨었다.

표현의 질감이 살아 숨 쉬는 이 남자의 몸짓이란,

펜을 내려놓은 두나의 얼굴에 슬며시 미소가 떠오른다. 언젠가 뮤지컬 〈벤허〉가 개막했을 때, 유나 벤허 역의 민우혁 배우가 해상 전투 중 바다에 빠져 익사할 위험에 처한 퀸터스 장군을 구조한 장면에서 반나체로 등장한 적이 있다. 고전극이고, 영화를 먼저 본 뒤였으며, 장막에도 벤허가 뒤늦게 물에 뛰어들어 퀸터스 장군을 구하는 장면이 비친 터라 어느 정도 예상은 했지만 진짜 그럴 줄은 몰랐다. 깜짝 놀라 움찔하려다 양쪽에서 시체 관극을 하는 이들의 눈치가 보여 꾹 참았다. 듣기 좋은 충고도 너무 자주 들으면 나중에는 마치 당연한 것처럼 들리기 마련이다. 회전문을 돌다 보니 외간 남자의 울룩불룩한 가슴 근육이 갈수록 아무렇지 않게 느껴져 두나는 불현듯 집나간 제정신을 붙잡느라 한동안 고역을 치렀다. 아이가 둘이나 되는 유부남을 보고 그런 생각을 한다니. 하지만 '팬심'까지 숨기기엔 무리가 있다. 이미 민우혁 배우에게 푹 빠져서 누가 끌어낸다고 끌려 나올 처지가 아니게 되어버렸으니까. 그러니 이런 시는 팬 아니면 절대 쓰지 못할 거였다.

"제목은…. 어떡하지…?"

아무리 머리를 쥐어짜도 이 시의 괜찮은 제목이 떠오르지 않는다. 앞으로도 비슷한 시를 계속 쓰게 될 것 같지만 제목은 그때가 되어도 제대로 쓰지 못할 것 같다. 매번 번호를 붙이는 것으로 만족해야겠다.

"…?"

주변이 시끄러워 돌아보니 커피숍이 인파로 바글바글하다. 아까 그 앳된 직원이 혼자 일하느라 주문이 늦어져 사람들이 길게 줄을 설 정도였다.

"앗…!"

무심코 휴대전화에 박힌 시간을 들여다보던 두나가 저도 모르게 소리쳤다. 공연 시간이 임박했다. 어쩐지 주문하려고 줄선 이들의 손에 공연 소개용 전단지나 프로그램 북 또는 티켓이 들려있는 게 수상쩍긴 했다. 두나는 얼른 자리를 정리하고 소극장으로 달려간다.

"감사합니다. 즐거운 관람 되십시오."

티켓 박스에 앉은 직원이 웃으며 두나에게 지류 티켓을 내밀었다. 맨 앞줄에 앉은 두나는 늘 그랬듯 제일 먼저 휴대전화의 와이파이와 모바일 데이터와 소리를 끈 뒤 비행기 모드로 전환하고 방해 금지 설정까지 한다. 뒤이어 알람 설정이 되어 있진 않은지 확인한다. 전원 버튼을 눌러 아예 전화기를 꺼놓는 방법도 있지만 공연히 끝난 후 도로 켜서 사용이 가능할 때까지 기다리는 시간이 너무 오래 걸린다는 점이 영 마음에 들지 않았다. 휴대전화를 가방에 넣고 허리를 편 순간, 공연장을 비추던 조명이 빛을 잃으며 암전된다. 며칠 전에 이쪽을 뚫어지게 지켜보던 그 남자의 시선을 목격했지만 두나는 신경 쓰지 않았다.

문제 삼지 않으면 문제 되지 않는다는 중국 속담이 있다.
백 명이 우기면 거짓도 진실이 된다는 일본 속담이 있다.
선과 악이 뒤바뀐 이 순간, 우리는 과연 어떤 판단을 내려야 하는가.

어느 작은 마을에 온천이 터져 온 동네가 잔칫집이 되었다.
마을을 온천 관광 단지로 개발하면 주민들은 너도나도 돈방석에 앉을 것이다.
그런데, 이 '그런데'가 중요하다.

수질검사를 했더니 박테리아가 발견됐다.
오염된 온천수가 사람들의 건강을 해칠 것이었다.
절대 온천을 개발하면 안 된다고 주장하는 인물이 나타났다.

　　다들 잘 먹고 잘살 궁리만 하는 가운데 한 사람만이 절대 안 된다고
주장한다.

　　이 사람이야말로 많은 사람들을 오염수로부터 구할 인물이었으나
자본에 미친 사람들은 그를 도리어 적(敵)으로 내몬다.

　　하지만 그는 자신의 인생이 저 아래 벼랑 끝으로 내몰렸음에도 굴
하지 않고 자신의 주장을 관철하려 한다.

　　지금도 어디선가 일어날지 모르는 우리네 이야기였다.

　　자본과 이익 앞에서는 NO를 YES라고 말할 수도 있어야 한다니.

　　그렇지 않으면 앞뒤 꽉 막힌 꼰대처럼 보일 수도 있다니.

　　속이 뒤집힐 일이다.

―연극 〈민중의 적〉

　　커튼콜, 지금껏 출연했던 배우들이 모두 무대로 나와 객석을
향해 고개 숙여 인사하고 물러간다. 열렬히 박수치던 관객들의
머리 위로 밝은 조명이 나부끼자 관극을 마친 이들이 줄지어
공연장을 빠져나간다. 그들 사이에서 성혁은 생각에 골몰한 얼
굴이었다.

　　"후우…!"

　　낮게 한숨을 내어 쉬는 성혁, 고개를 갸우뚱거리지만, 답이
나오질 않는다. 〈민중의 적〉이라는 이 연극을 지켜보며 떠올린

건 얼핏 집단주의적 성격이 짙어 보이지만 그보다 개인주의가 우선이지 않을까, 하는 생각이다. 마을 사람들은 처음엔 그저 순수하게 '온천수'라는 획기적 아이템의 등장으로 각자의 배를 불릴 생각만 했다. 그러다 자본주의가 사람들을 집단 광기로 몰아세운 것이다. 부정적 의견을 내세운 사람의 도전을 못마땅하게 생각한 나머지 비슷한 입장의 사람들이 모여 그것이 옳은지 그른지 따져 묻는 촌극이라니. 우스워 미칠 노릇이다. 우리가 흔히 쓰는 인터넷 용어로 '답정너'라는 단어가 있다. 답은 정해져 있어. 너는 대답만 하면 돼. 마을 사람들은 마치 이성적인 민주 시민인 양, 제법 학식을 갖춘 교양인인 척 여유만만한 표징으로 서로의 의견을 주고받지만 이미 답은 정해져 있었다. 자칫 제 것을 빼앗길지 모른다는 생각에 결국 감정적으로 폭발하여 이 공공의 적을 인생의 밑바닥까지 몰아세운다. 옳고 그름의 문제는 이미 사라지고 없었으며, 나중에는 끝까지 마을 사람들을 막아 세우려는 이가 더 답답하게만 보였다.

"나도 그런가…?"

중얼거리던 성혁의 미간이 일그러진다. 푹신한 안락의자에 드러눕듯 앉아 사직서를 손에 쥔 성혁을 같잖은 표정으로 올려다보던 메기 부장이 생각나서였다.

「이봐. 자네 꼴이 얼마나 우스운 줄 아는가? 싸우더라도 상대를 봐가면서 싸워야지.」

「어른 대우를 받고 싶다고 하지 않으셨습니까? 부장님은 말도 행동도 어른이 아닙니다.」

「기가 막히는군! 영웅 노릇을 하고 싶으면 차라리 영화배우가 되지 그래? 어벤져스, 멋있잖아?」

대부분의 기업에서는 모든 직원을 상대로 각자의 업무 분야에 어울리는 교육을 시행한다. 이를테면 현장직 근로자를 상대로 산업 안전 보건 교육을 하거나 일반직 근로자를 위한 직장 내 따돌림 또는 성희롱 예방 교육, 장애인 근무자와 비장애인 근무자가 서로 자연스레 어우러지는 방법을 설명하는 교육 등이 이에 해당한다. 어릴 때부터 가정에서나 학교에서나 올바른 환경에서 올바른 교육을 받고 자랐다면 이 모든 교육은 당연하고도 뻔한 내용일 수밖에 없다. 그렇기에 교육을 제대로 이수하였는지 확인하기 위한 테스트에도 어렵지 않게 통과할 거였다.

「독자의 흥미를 끄는 제목과 내용이야말로 먹고사는 데 문제없는 기자가 되는 지름길이야. 주변 눈치만 보다가는 남들보다 뒤처진 인생만 살게 될 거라니까.」

기레기 소리를 들어도 좋으니 자극적인 소재로 눈과 귀를 휘어잡아야 한다고. 누가 죽었네, 어쩌네, 안타까운 소식 어쩌고 하며 사실과는 관계없이 조회 수 올리기에만 열을 올리는 유튜브 채널 운영자가 똑똑한 거라고. 교과서대로 바르게 살아가려는 자야말로 개돼지가 아니냐고. 어쩌다 메기 부장은 저런 생각에 빠졌을까. 불공정한 태도와 불평등한 언사와 앞뒤 맞지 않는 사고방식으로 일관하는 메기 부장에게 교육은 불법이란 말일까? 아무리 생각해도 옳지 않기에 여전히 성혁은 고개만 저을 따름이다.

"후우…!"

세상의 모든 기업은 당연히 영리를 추구한다. 그 속에서 사람은 먹고살기 위해 아등바등 노력하고, 남들보다 뒤처지지 않으려 바른길을 걸어간다. 분명 교과서는 우리에게 지금껏 그렇게 가르쳤다. 문화부 기자 박성혁, 자유기고가 박성혁, 인간 박성혁. 바로 그는 배운 대로 살아온, 불의를 보고 참지 못하는 슈퍼맨 같은 인간이라고 자부한다. 그러나 세상을 살다 보면 눈앞에서 벌어지는 행태를 간혹 외면해야만 할 때도 있음을 인정해야 했다. 엉뚱한 일에 휘말려 골치 아프지 않으려면 치졸해 보이거나 옹졸해 보이더라도 자신에게 이득 되지 않는 일에는 손대지 않는 게 옳다는 거다. 세상은 이미 오래전부터 그렇게 돌아갔고, 모든 인간은 다 그렇게 살아간다. 하지만 메기 부장은 정도가 심했다.

「김xx 부장의 사내 행위를 고발합니다.」

지극히 중립적이어야 할 언론인이 특정 정당 또는 특정 정치인의 곁에 서서 심부름꾼 노릇을 했다는 사실과 기자들에게 편향된 기사를 요구하더라는 사실은 둘째치고, 상사로서 부하 직원들을 향한 모욕적인 막말, 여성 직원을 향한 성적 수치심을 불러일으키는 농담, 근무 외적인 시간에 부하 직원들을 사적인 문제로 불러들여 마치 노예 취급하듯 부렸다는 사실을 그는 회사에 고발하고 말았다.

「회사와는 관계가 없는 모양이야. 위에서 황당해하더라고.」

누가 기자 아니랄까 봐 친구이자 동료인 김주빈이 발 빠르게 움직여 소식을 전해주었지만, 장국봉과 오세방은 말 한 마디 못 하고 눈치만 볼 따름이었다. 선거철이 가까워지자 어느 정치인이 뒷작업을 벌여 마침내 그가 권력을 가진 거라는 풍문이 돌았지만, 그래서 언론인의 사명감으로 사건의 전말을 파악하고 싶었지만, 사실 그것은 절대 손대선 안 되는 문제였으며, 젊은이 특유의 의협심 또는 정의감 따위로 깎아내리려는 회사 내 분위기를 견디지 못하고 성혁은 자진 퇴사를 결정했다. 오늘 관극한 연극의 주인공이 남 얘기 같지 않아 마음에 든다.

"…?"

소극장의 규모만큼이나 좁디좁은 로비 한구석에서 성혁은 순간 발걸음을 멈추었다. 낯익은 뒷모습이 눈에 띈 탓이다. 벽에 붙은 캐스팅 보드를 핸드폰 카메라에 담는 여자, 그녀였다. 매번 말을 걸어보려고 시도하지만 알맞은 때를 자꾸 놓쳤던 그 여자 말이다.

"저기요!"

성혁이 빠른 걸음으로 다가서며 소리쳤다. 그녀는 돌아보지 않았다. 자기를 부른다고 전혀 생각하지 않는 모양이다.

"저기요!"

성혁이 다시금 외치며 그녀의 어깨를 붙잡았다.

"아악…!"

느닷없는 손길에 놀란 그녀가 기겁하고 돌아선다. 그녀의 핸드폰이 바닥에 나뒹굴고, 덩달아 놀란 성혁은 당황한 얼굴이 되고 말았다.

"뭐예요?"

"아, 저기….'

어쩐지 표독스럽게 느껴지는 그녀의 목소리가 귓가로 날아와 대못처럼 박혔다. 할 말을 못 찾고 성혁은 그저 우물거리기만 할 뿐이다.

"뭐냐고 물었잖아요?"

"아, 그게…. 말 좀 걸어보고 싶어서요."

"네?"

되묻는 그녀의 목소리에서 또 가시가 느껴졌다. 성혁이 얼른 바닥에서 핸드폰을 주워 그녀에게 내밀었다.

"저는 박성혁입니다. 자유기고가이고요. 인터넷에 글을 올리는….'

"그래서요?"

"예? 아, 그러니까 저기….”

"혹시 스토커예요?”

"예?”

생각지도 못한 물음에 성혁의 두 눈이 튀어나올 것처럼 휘둥그레졌다.

"스토커라뇨? 그게 무슨…?”

"얼마 전부터 공연장마다 나타나지 않았어요? 사람을 왜 그렇게 졸졸 따라다녀요?”

"아, 저, 그, 그게…!”

"내가 몇 번이나 신고하려다 참았어요. 알기나 해요?”

여전히 당황스러운 표정을 감추지 못한 채 성혁이 마른침을 꿀꺽 삼켰다. 스토커라니, 정말 생각하지 못한 단어였다.

"자유기고가라고 하셨죠? 기자예요?”

"네. 연극이나 뮤지컬을 보고 블로그에 감상평을 남겨요.”

"그런 것 같았어요. 태블릿에 뭔가를 계속 쓰는 모습을 몇 번 봤거든요?”

"아, 그래요? 보셨구나! 다행이네요.”

바쁘게 일하느라 알아차리지 못했던 순간에 그녀도 이쪽을 주시했던 모양이다. 성혁의 입가에 배시시 미소가 흘렀다. 하지만 그녀는 여전히 표독스러웠다.

"그럼 그것만 할 것이지, 왜 자꾸 사람을 따라다니는 거예요?

인터뷰라도 하시게요?”

“아, 아뇨! 그게 아니라…. 그냥 순수한 마음으로…. 그쪽 뒷모습이 마음에 들어서 그만….”

“말도 안 되는 소리 그만 하시고요. 갈 길 가세요.”

“아, 저, 저기…!”

매몰차게 돌아서는 그녀를 도로 잡아 세우며 성혁이 소리쳤다. 노려보는 그녀의 눈빛이 살벌하다.

“왜 자꾸 이래요?”

“그냥 가지 마시고요. 이름이라도 알려주시면 안 될까요?”

“됐어요!”

그녀가 성혁의 손을 홱 뿌리치더니 빠른 걸음으로 멀어졌다.

“우와! 무섭네. 이 여자….”

매섭게 몰아쳤던 칼바람을 곰곰이 떠올리다 성혁은 어깨를 부르르 떨고 만다. 한겨울인 줄 알았다. 어쩜 저리도 차가운 여자가 다 있단 말일까.

“그래도 다행이야.”

통성명은 하지 못했으나 그간 뒷모습만 지켜봤던 여자와 잠시나마 대화를 주고받았으니 성공이다. 사납기 짝이 없는 표정과 말투가 신경 쓰였지만, 스토커라고 생각했던 남자가 난데없이 나타나 말을 걸었으니 불쾌한 건 당연하다. 그녀에겐 잘못이 없다.

"앗!"

머리를 긁적이며 돌아서던 성혁이 깜짝 놀라 소리쳤다.

"영은이, 너 여기 어쩐 일이야?"

"어쩐 일이기는요? 저도 관극하러 왔죠."

하며 류영은이 픽 바람 빠지는 소리를 내며 웃었다. 성혁은 어쩐지 죄지은 어린아이가 된 기분이었다.

"너 혹시…. 봤니?"

"봤죠."

"어디서부터 어디까지?"

"처음부터 끝까지."

"다? 전부?"

"네. 다. 전부."

그러더니 녀석이 깔깔거리며 웃음을 터뜨렸다.

"기자님, 까였어요!"

"나도 알아. 조용히 해."

어쩌다 이 녀석의 눈에 띄었을까. 난처하기 짝이 없는 표정으로 성혁이 공연장 밖으로 터덜터덜 걸어 나왔다. 뒤따라오던 녀석은 그때까지 웃음을 참지 못하고 있었다.

"기자님, 바보예요?"

"그래. 나 바보야. 그러니까 조용히 하라고."

그녀의 매몰찬 눈빛과 목소리가 떠올라 성혁이 한숨을 내쉬었다. 곁에 바짝 붙어 선 류영은을 돌아보니 여전히 장난치고 싶어 죽겠다는 표정이다. 꿀밤이라도 한 대 때려 줄까 보다.

"저 언니는 원래 저래요."

"너도 말 걸어봤니?"

"말을 자주 하지는 않아요. 그렇게까지 사납진 않은데, 그래도 불편한 눈치였어요."

"그래?"

녀석이 또 키득키득 웃어댄다. 왜 자꾸 웃느냐며 따지고 싶었으나 장난기 넘치는 녀석의 표정을 보고만 있자니 온몸에서 힘이 쭉 빠져나간 기분이어서 성혁은 입을 다물었다.

"그럼 기자님, 저 먼저 갈게요. 오늘 토요일이라 뮤지컬 밤공 또 예매했거든요."

"밤공? 저녁 공연?"

"네. 이거 받으세요."

"…?"

얼굴 가득 함박웃음을 지으며 류영은이 성혁에게 무언가를 내밀었다. 주전부리 간식 봉투라고 했다. 열어보니 조막만 한 초콜릿과 사탕이 가득하다.

"그 여자 혹시 이름이 겨울이 아닐까?"

혼자 남은 성혁이 간식 봉투에서 초콜릿 하나를 꺼냈다. 입에 넣고 우물거리며 다짐한다. 다음엔 이름을 물어봐야지. 겨울왕국 엘사보다 훨씬 차가운 여자였지만 다시 만나면 그 정도 추위는 견딜 수 있을 것 같다. 재미있는 여자다.

공연제작사가 새 무대의 정식 개막을 앞두고 기자들을 초청하여 선보이는 자리가 있다. 전체 이야기 가운데 맛보기가 될 만한 몇 장면을 선별하고, 주조연급 배우들은 미리 정해놓은 순서에 맞추어 돌아가며 작중 인물을 연기한다. 이후 사회자와의 대화 형식으로 인터뷰도 진행되는데, 상황에 따라 순서는 바뀔 수 있다. 이렇게 기자들이 지켜보는 가운데 진행되는 무대 위 일련의 행사를 '프레스콜'이라고 한다.

「선배, 젊을 때 연극 뮤지컬깨나 보셨다면서요?」

언제인지 기억나지 않는 어느 날, 모 작품의 프레스콜에 참석하러 가는 승합차 안에서 성혁이 한 선배에게 물었다. 그때 선배는 작품에 관해 공부한다며 자료를 뒤적이고 있었다.

「야, 그건 한창 연애할 때 얘기지! 요즘 우리 마누라가 낭만을 불 싸질렀어!」

선배의 입에서 튀어나온 험악한 표현이 후배 기자들을 웃게 했다. 풋풋하던 시절에 선배는 대학로를 자주 들락거렸다고 했다. 아내를 관극하다 처음 만났고, 관극으로 연애했으며, 관극 후 목구멍을 넘기는 술 한 잔이 그리도 낭만적이었다고 했다. 배우 누구를 좋아했고, 작가 누구를 좋아했고, 어떤 작품을 좋아했고, 작중 인물의 감정이 어쩌고저쩌고….

「결혼하고 아들 셋을 키우면서 마누라가 성대결절로 고생했는데 관극은 무슨…!」

낭만을 잃어버린 과거의 로맨티스트가 나이를 먹고도 일로서 관극하는 처지가 불편하단다. 잠시 옛 추억에 잠겨있던 선배는 공연장에 도착하는 순간 자신을 숨길 의도였는지 욕설로 후배들을 다그치기 시작했다.

「우리는 놀러 온 게 아니야! 일하러 온 거지!」

하며, 손에 들고 있던 공연 자료를 마저 읽은 그는 후배들에게 소리쳤다. 기자는 죽을 때까지 일해야 한다고 말이다. 아무리 프레스콜이어도 이 작품을 쓴 자가의 의도를 알아야 했고, 연출을 알아야 했고, 어느 나라의 어떤 사건을 그리는지, 시간적 배경은 언제인지, 이 작품이 왜 그리도 유명한지, 왜 알아야 하는지 등등 알아야 기사를 쓰는 거라고 했다. 기자가 알아야 독자가 알고, 또 이것이 후대로 이어진다고 했다.

「어휴! 저 꼰대…!」

후배들은 그저 개똥철학쯤으로 여기는 눈치였다. 그러나 한 가지 분명한 건 그들은 정말 일을 하러 거기에 갔다. 연출자를 인터뷰해야 하고, 배우들을 인터뷰해야 하며, 프레스콜을 실시간으로 지켜보는 팬들의 반응도 살펴야 했다. 집중하지 않으면 다른 언론사, 다른 기자들에게 빼앗길 것이다. 이는 밥줄로 이

어지기에 선배가 따로 요구하지 않아도 반드시 해야 하는 일이었다. 그러니 문화부 기자들에게 프레스콜 참석은 특별하지 않았다. 흔한 일이었고, 다음 주에도 비슷한 자리가 예정되어 있었다.

「안녕하십니까. 오늘 공연을 진행할 사회자입니다.」

정장을 차려입은 개그우먼이 무대에 올라 다소곳이 인사했다. 박수 소리는 들려오지 않았고, 개그우먼은 오늘의 무대에 불러주어 영광이라는 말로 기자들에게 감사 인사를 전했다.

「어머! 배우님! 잘 생기셨어요!」

사회자가 어떤 배우에게 소리쳤다. 작품을 무대에 올리게 된 배경과 줄거리를 설명하던 연출자가 사회자의 말에 고개를 돌렸다. 곁에 앉아 있던 남자 배우가 도로 예쁜 표정을 짓는다. 프레스콜이 진행되는 공연장의 객석엔 오롯이 기자들뿐이었다. 그러니 배우가 어떤 표정을 짓거나 말거나 객석에선 그저 카메라 셔터만 터질 뿐 고요하다. 어색한 분위기 속에서 사회자가 과장된 비명을 지르고, 배우는 웃는다. 그 모습을 성혁은 태블릿으로도 보고 있었다. 이 화려한 무대를 팬들은 인터넷에 접속하여 실시간 중계 영상으로 만족해야 한다. 연결 상태가 좋지 않으면 답답하더라도 마냥 기다릴 뿐이다.

뮤린이 1

ㄴ 배우님이 웃고 있는데 렉 걸렸어요. 캡처해야지.

뮤린이 2

ㄴ 저렇게 멋진 사람들을 불러다 놓고 밥 많이 먹는다는 소리나 하
는 건가요? 때려치우세요.

뮤덕 1

ㄴ 에휴….

뮤덕 2

ㄴ 내가 빨리 죽어야 저 꼴을 안 보지.

그들의 속내가 댓글 창에 고스란히 드러나지만 그러고도 기
자들은 그저 무표정한 얼굴이었다.

'찰칵! 찰칵…!'

사진 기자가 저들을 연달아 카메라에 담는다. 배우들은 눈앞
에 모인 카메라를 보고 예쁘게 웃는다. 무표정한 기자들은 무
릎에 아이패드를 펼쳐놓았거나 태블릿 모니터를 바라보거나
핸드폰을 꺼내 무어라고 적어 내려간다. 그마저도 없으면 수첩
이나 취재 노트에 펜대를 굴린다.

「예. 여보세요?」

기자 한 사람이 조용히 핸드폰을 손에 쥐고 공연장을 나갔다. 바빠 보이는 그는 객석으로 돌아오지 않았다. 곧 배우들의 무대가 이어진다. 감탄사가 튀어나올 만큼 잘생긴 배우가 눈에서 뜨거운 빛을 드러내며 연기하고, 앞섶을 풀어 헤친 채 노래한다. 주변으로 앙상블 팀이 다가와 함께 춤을 추며 배우는 온몸으로 섹스어필하지만, 기자들은 조용하다. 배우의 팬이라는 후배 여기자만 손으로 입을 가리고 키득거리는 게 보였다. 동기 두 명과 늘 함께 다니며 수다를 떠는 꼴을 자주 본 터라 성혁은 영 마음에 들지 않았다. 도대체 기자가 맞는지 의심스러웠다.

「너는 일을 하는 거야? 아니면 놀러 다니는 거야?」

하루는 성혁이 후배 여기자를 붙들고 물었다. 갓 대학을 졸업하여 신입사원에 불과한 여기자는 선배가 어렵지도 않은지 히죽히죽 웃기만 했다. 며칠 전 취재 차 다녀온 공연이 너무나 재미있었다는 거다.

「도대체 무슨 공연을 봤는데?」

「이거요」

후배가 영상 하나를 보여줬다. 네 명의 꽃미남 배우가 무대에 올라 노래를 하고, 수다를 떨고, 팬들의 카메라 앞에 포즈를 취하는 모습이 있다.

「선배님, 이 배우들 누군지 알죠?」

후배가 보여준 영상을 물끄러미 내려다보는 성혁의 얼굴에 늘 그렇듯 표정이 없다. 성혁은 사실, 기자가 갖춰야 할 덕목을 말해줄 작심으로 후배를 불러 세운 거였다. 언제든 중심을 잡아야 한다고 말이다. 하지만 후배들은 그럴 틈을 주지 않았다.

「이 사람은 전동석 배우야. 알아보겠는데.」

「그럼 나머지는요?」

「손준호, 민우혁…? 어? 이지훈이네?」

「맞아요!」

옆에서 지켜보던 후배들이 비명인지 웃음인지 모를 괴성을 질러대며 또 수다를 떤다. 기자는 어떤 순간이 닥치더라도 냉철히게 상황을 비리비사 한다던 하늘 같은 선배이 가르친은 어디 가고, 후배들은 취재를 핑계로 찾아간 공연장에서 저렇게 비명을 질렀나 보았다. 그 공연이 2020년 초에 열린 〈판타스틱 뮤지컬 콘서트〉였는데, 저들의 반응을 보아하니 가히 환상적이긴 했던가 보다.

「이 사람들이 왜 그렇게 좋아?」

「이 사람 좀 봐요! 눈에 별을 박았어요!」

「민우혁 배우가 눈에 별을 박았다고?」

「네! 은하수에 빠져서 익사할 것 같아요!」

성혁은 입이 떡 벌어졌다. 그동안 수많은 무대에 오르며 작중 인물의 감정에 이입되었던 그 눈을 어떻게 은하수에 빗댈 생각을 했을까. 오래전부터 팬이었다더니, 정말인가 보다. 옆에서 지켜보던 다른 후배들은 이미 난리가 났다.

「어머! 표현 멋있어!」

「민우혁 배우가 들으면 감동할까?」

「그렇겠지? 내 가슴도 이렇게 아픈데?」

「선배님, 여기 좀 보세요. 이 사람은 귀여워요.」

세 후배가 각각 자신의 핸드폰을 내밀며 성혁의 시선을 빼앗았다. 성혁은 그저 홀린 듯 그들이 시키는 대로 움직일 따름이다.

「누구? 전동석 배우?」

「네! 귀여운데, 카리스마가 있어요!」

「어머! 귀여운 카리스마!」

「아니야. 각도기라고 해야 해.」

「각도기? 왜?」

「키가 워낙 커서 사람들이랑 사진 찍을 땐 상체가 구부정해지잖아.」

팬들이 전동석 배우를 그렇게 부르는 모양이었다. 세 여자가 전동석 배우를 흉내 낸다며 허리를 옆으로 구부리는 등 또 정신 사나운 짓을 벌인다. 좀비인 줄 알았다.

「손준호 배우는요. 뭔가 묵직해요.」

「그렇지! 나 매번 묵직하게 한 방 얻어맞잖아!」

「손준호 배우가 김소현 배우와 결혼한 사람이지?」

「어머! 선배님! 맞아요!」

「김소현 배우는 좋겠다! 그런 멋진 남자랑 사랑해서!」

「회사에 그런 남자 없나? 나도 낭만적이고 싶어!」

「있겠니? 그런 남자가 왜 기자를 하니?」

기자, 이 사회의 중심에 서서 어느 편에도 서지 않는 사람. 아첨하는 자에겐 맞서고, 힘없는 자에겐 손 내미는 사람. 기자는 분명 그런 인물이라고 생각해 온 성혁은 자신의 오랜 가치관을 드러내는 순간부터 저들에게 꼰대로 낙인찍힌다는 사실을 알아버렸다. 기자라는 타이틀을 땅바닥에 내다 꽂은 여자 세 명이 자신의 속내를 넘김없이 드러내니, 이른바 MZ세대로 불리는 이들은 다 저런 모양이었다.

「후우…!」

성혁이 기억하는 그 날 그 순간은 아직 아침이었다. 업무가 시작되기도 전인데, 체력 넘치는 세 여자가 저러고만 있어 피곤했다.

「선배님, 〈왜 하늘은〉이란 노래 알죠?」

「나 학창 시절에 이지훈 배우는 정말 멋진 가수였지.」

「와! 선배님은 아시는구나! 나 이 노래 처음 듣고 울었잖아요!」

「나도! 나 그때 초딩이었거든!」

「어머! 성숙한 초딩이네!」

「어머! 귀여워!」

「너도!」

누군가의 팬이 되어 조금씩 알아가기. 인터넷에선 '덕질'이라고 표현한다. 그런데 덕질을 하면 할수록 빠져들어 헤어 나오지 못하는 지경에 처하자 이를 교통사고에 비유해 '덕통사고'라고 했다. 도대체 인터넷 용어는 누가 그렇게 자꾸 만드는지, 알면 알수록 골치 아프다.

「그날 일하러 간 거 아니었어? 마냥 빠져있던 거야?」

「아니죠. 정색하고 일했어요.」

「배우들 앞에서 표정 관리했어요.」

「그게 돼?」

「그럼요. 우린 기자거든요.」

세 후배가 낯빛을 싹 바꾸었다. 눈빛이 예사롭지 않다. 연뮤덕 사이에선 좋아하는 배우가 무대 아닌 전혀 엉뚱한 자리에 느닷없이 나타나더라도 모른 척하는 게 룰이라고 했다. 그들이 불편하지 않도록 배려해 주려는 의도였다. 냉철하기 짝이 없는 기자 본연의 모습으로 돌아가 미리 준비했던 질문을 던지고, 대답하는 배우들의 눈을 정면으로 노려본다. 자칫 말을 잘못하면 큰일 날 것만 같다. 아까까지만 해도 그 배우들에게 홀라당 빠져서 정신 못 차리던 여자들이 이번엔 저러고 있으니, 성혁

은 그들 배우가 저 세 여자의 정체를 알면 피곤했겠다는 생각
이 들었다.

「선배님은 좋으시겠어요.」

「내가 왜?」

「민우혁 배우랑 이름이 같잖아요.」

「내가?」

「우와! 좋겠다!」

세 후배가 입을 모아 소리쳤다. 민우혁 배우를 인터넷 포털
사이트에서 검색하여 거기에 적힌 그의 본명을 보여준다. 그리
고는 성혁이 마치 민우혁 배우라도 되는 것처럼 사랑스러운 눈
길로 바라본다. 피곤하다.

「가서 일해. 오늘 할 일 많아.」

「어머! 선배님! 얼굴 빨개진 것 좀 봐!」

「어머! 정말 자기가 민우혁인 줄 알아!」

「어머! 재수 없어!」

남의 시선 따위 의식하지 않는 세 후배가 좀 더 떠들어야겠
다며 휴게실로 몰려간다. 성혁은 고달프다.

「내가 꼰대인가?」

곰곰이 지난 순간들을 떠올려 보면, 성혁은 신기했다. 하늘
같은 선배의 우주처럼 광대한 가르침으로 기자가 됐으며, 단지
일로만 만났던 무대 위의 엄격한 환상이었는데 말이다. 그저

남 얘기일 뿐이라고 생각했던 후배들의 모습이 한참의 시간이
흐른 뒤 결국 자신의 처지가 되리라고, 성혁은 전혀 생각하지
않았다.

#5 첫 번째 문제

배경으로 쌀리는 음익의 변화와 징신없이 니부끼는 조명으로 그 시와 때가 달라지는 무대에 배우들이 나타나 연기를 한다면 그것을 연극이라고 한다.

그런데 뮤지컬은 여기에 노래까지 더해진다.

대사를 하고, 노래를 하고, 춤도 춘다.

그런데 어떤 경우는 모든 대사를 아예 노래로 진행한다.

대사가 있어도 한두 차례뿐이다.

이런 장르를 성스루 뮤지컬(sung through musical)이라고 한다.

레미제라블, 에비타, 오페라의 유령, 노트르담 드 파리 등이 이에 해당한다.

뮤지컬과 가요의 발성이 어떻게 다르고, 발음에 어떤 차이가 있다는

둥 뮤지컬의 역사가 이러쿵저러쿵. 영국엔 웨스트엔드, 미국엔 브로드웨
이라며, 어쩌고저쩌고 늘어놓는 전문적인 지식은 이미 인터넷에 널렸다.

좀 더 자세히 공부하고 싶다면 책을 구해다 읽거나 전문적으로 가
르치는 대학에 입학하면 된다.

필자처럼 이제 막 이 분야에 맛을 들였거나 오래전부터 회전문이 부
서져라 도는 '뮤덕'들은 그런 전문 지식을 알고 싶어 하는 게 아니다.

작품이 말하고자 하는 의미와 거기에서 느끼는 카타르시스, 배우들
의 아름다운 몸짓과 목소리를 즐길 뿐이다.

인터넷을 들여다보면 간혹 이런 말을 하는 이를 만나게 된다.

'그냥 말로 하면 되지. 왜 노래를 해?'

비현실적이라며 고개를 젓는 이들 말이다.

예술의 한 분야이며, 아주 오래전부터 발전해 왔다고 말해도 그들
은 이해하지 못할 것이다.

그러나 예술을 모른다고 비아냥거릴 필요는 없다.

각자에겐 예술적 취향이라는 게 있고, 저들은 다만 이 분야에 관심
이 없을 뿐이다.

그래서 이 블로그는 연극과 뮤지컬을 좋아하지만, 제대로 알지 못
해 방황하는, 이른바 뮤덕보다 머글들을 위해 만들어졌다고 해도 과언
이 이니디.

전문가의 블로그가 아니므로 주인과 방문객이 부담 없이 들락거리
며 즐기기를 필자는 희망한다.

"와, 기자님은 일하랴, 관극하랴 바쁘시겠어요."

블로그에 새로 올린 글을 읽던 남자가 성혁에게 태블릿을 돌려주며 웃었다.

"다 같이 즐겨보자고 시작한 일이었는데, 지금은 취미가 돼버렸어요."

"하긴, 저도 독서가 그렇게 됐으니까요."

하고 웃는 남자의 양 팔뚝에 용과 호랑이 문신이 가득하다. 대학로 인근의 커피숍에서 마주 앉은 이 남자는 성혁이 가끔 들락거리는 책 읽기 모임의 멤버이다. 자신을 '관절염 걸린 건달'이라고 불러달라는 그의 본명을 성혁은 모른다. 네이버 카페 안에서 주로 활동하는 터라 여시 본명보다 닉네임으로 소통하는 게 훨씬 편했다.

"거기, 대학생 커플은 둘이서만 놀지 말고 같이 얘기하는 건 어때요?"

성혁의 오른쪽에 앉은 '소라 엄마'가 '지망생 1'과 '지망생 2'에게 한 마디 던졌다. 그러자 커플인지 친구인지 모를 두 젊은이가 얼른 자세를 고쳐 앉는다.

"우리 각자 읽은 책 얘기하러 다시 모였는데, 한 1년 만이죠?"

"평일이라 다섯 명뿐이네요. 다음엔 주말에 만나야겠어요."

똑 부러지게 생긴 '지망생 1'이 그렇게 말하고는 '지망생 2'를 돌아본다. 고개를 끄덕이는 '지망생 2'도 평일엔 수업 시간 때문에 시간이 넉넉하지 않다고 대꾸했다.

"1년 만이니, 그간 읽은 책이 많으실 텐데, 그중에 기억나는 책이 있으면 얘기해 볼까요? 누가 먼저 하실래요?"

"제가 먼저 하겠습니다."

'관절염 걸린 건달'이 손을 치켜들었다. 그가 가방에서 꺼낸 책은 성혁도 이미 읽은 책이다.

"환경운동가 마크 라이너스의 『6도의 악몽』이라는 책이에요. 보신 분들도 있을 텐데…."

"나온 지 꽤 된 책이죠? 저도 봤어요."

'소라 엄마'가 반가운 표정으로 한 마디 던졌다. 그러자 이 문신남도 고개를 끄덕인다.

"대강 설명하자면 나라마다 지리적 위치와 환경적인 문제가 있으니 연 평균 기온 플러스마이너스 6도는 아무런 문제가 되지 않지만, 지구 전체 평균 기온이 플러스마이너스 6도 차이가 나면 인류에겐 재앙이다. 그런 내용이에요."

"환경 문제 얘기인가요?"

'지망생 1'이 묻는다. 옆에 앉은 '지망생 2'와 함께 연극배우를 꿈꾸는 터라 닉네임을 그렇게 지었다고 했다.

"환경운동가이니 할 얘기가 그것밖에 없겠죠? 지구의 기온이 그렇게 차이가 난다는 건 인재로 인해 벌어진 문제라는 거예요. 이걸 가만히 내버려두면 화산 폭발이나 지진, 홍수나 가뭄, 태풍 등으로 인한 피해보다 더 큰 피해가 인류를 위협한다는 얘기죠.”

“결론이 아마 이 모든 문제를 해결하기 위해서는 탄소 중립을 실천하자. 대충 이런 내용이었던 것 같아요. 맞죠?”

“…?”

여태 조용히 있던 ‘지망생 2’가 끼어들자 깜짝 놀란 ‘지망생 1’이 그녀를 돌아보았다.

“너, 저 책 봤어?”

“봤어. 우리 큰삼촌이 환경 운동에 관심이 있거든.”

“그래? 그쪽에서 일히서?”

“백수야.”

그러자 ‘소라 엄마’가 깔깔거리며 웃음을 터뜨렸다. 앳된 여학생의 농담이 재미있던가 보다.

“요란하게 웃어서 미안해요. 저도 출간된 지 한참 지난 책을 가져왔는데….”

하며 ‘소라 엄마’가 꺼낸 책은 소설가 김훈의 『칼의 노래』였다.

“산 지 꽤 됐는데, 5쇄 본이더라고요. 어떤 책인지 알죠?”

“어? 그 책 저도 봤어요!”

‘지망생 1’이 외쳤다. 워낙 많이 알려진 책이라 모를 수 없다. ‘소라 엄마’의 얼굴에 미소가 가득하다.

"그래요. 모두 알다시피 이순신 장군의 이야기예요. 이순신 장군을 소재로 쓴 책은 상당히 많지만, 이 책은 이순신이라는 인물의 일인칭 주인공 시점으로 쓰였어요."

"기자님, 기자님은 뭔가 아실 것 같아요."

"네?"

"언젠가 이 책을 뮤지컬로 만든다는 기사를 본 것 같아서요."

'관절염 걸린 건달'이 성혁을 돌아본다. 고개를 끄덕이며 성혁이 웃었다.

"그럴 거란 얘기는 저도 들었어요. 언제쯤인지는 모르죠."

"그렇구나. 기회가 된다면 이 학생들과 같이 보고 싶어요. 연기하는 데에 도움이 될 것 같아요."

'지망생 1'과 '지망생 2'가 학교 축제 행사로 올렸다는 무대를 '소라 엄마'가 구경한 적이 있다고 했다. 아직 어린 친구들이라 어설프지만, 열정으로 연기하는 모습이 대견하다며 웃었다.

"저희가 본 책은요. 좀비가 나오는 책이에요."

"좀비?"

"네. 세계대전 Z라고⋯."

옆에서 '지망생 1'이 제 팔을 꺾으며 기괴한 표정을 지어 보인다. 좀비 흉내를 내는 모양인데, '지망생 2'는 바보 같다며 무시하려는 눈치였다.

"이 책도 나온 지 꽤 됐는데, 처음 나왔을 때 '마징가 제트'라고 놀림을 많이 받았대요."

"요즘 학생들도 마징가 제트를 알아요?"

"네. 인터넷에서 본 적 있어요."

하고는 '지망생 2'가 웃었다.

"영화 〈월드워 Z〉의 원작이라는데, 내용은 전혀 달라요."

"세계적으로 좀비가 출몰하고, 사태가 마무리된 뒤 나라마다 좀비를 상대로 어떻게 행동했는지 서술하는 장면이 있어요."

"우리나라도 나와요?"

가만히 듣고만 있던 성혁이 호기심 어린 얼굴로 물었다.

"나와요. 북한 정부가 주민들을 지하로 대피시킨다는 사실을 알고 대한민국 정부는 북한이 전쟁을 준비한다고 생각해요. 정부는 이미 부산에 좀비가 출몰했다는 보고가 들어 알고 있었지만, 북한과 연관 짓지 않는 거죠."

"그것참 재밌겠네."

'관절염 걸린 건달'이 호기심 가득한 얼굴로 말했다. 성혁도 마찬가지 표정이다. 기자이니 만일 정부의 이상한 행동을 목격하는 순간 당장 달려가 취재를 시작할지도 모른다. 좀비 출몰이 원인이라면 그 시작을 파헤치거나 반대로 아예 전부 때려치우고 도망칠지도 모르겠다.

"기자님은 어떤 책을 읽으셨어요?"

'소라 엄마'의 질문에 성혁이 가방에서 두꺼운 책 한 권을 꺼냈다. 『셰익스피어 희곡집』이다. 제목을 읽는 순간 지켜보던 '지망생 1'과 '지망생 2'가 '으악!' 하고 비명을 지른다. '관절염 걸린 건달'의 눈이 휘둥그레진다.

"왜 그래요?"

"전 셰익스피어가 너무 싫어요!"

"저도요!"

"왜?"

"전공이니까요."

두 친구의 얼굴이 울상이 된다. 성혁이 키득키득 웃음을 터뜨렸다.

"두 친구, 햄릿에 관해 얘기해 볼까요?"

"그거 졸업 작품으로 무대에 올려야 해요."

"저런, 숙제 좀 해야겠네."

"아이고 머리야!"

급기야 '지망생 2'가 테이블에 고개를 푹 파묻었다. '지망생 1'은 아예 테이블 아래로 파고들어 갈 태세다.

"먼저 전공자들의 해석을 듣고 싶어요. 이 이야기는 도대체 뭘까요?"

"무지막지한 비극이죠. 남은 게 없는….."

"남은 게 없는?"

성혁의 시선이 두 사람을 번갈아 쳐다본다. 생각지도 못한 전공 이야기에 도망치고 싶은 표정이 역력했지만 그렇다고 정말 자리에서 일어나 뛰쳐나갈 생각은 없어 보였다.

"당연히 남은 게 없죠. 복수한답시고 분연히 일어섰는데, 모두 죽었잖아요. 자기도 죽었고요."

"만약 햄릿이 살았어도 비극이에요. 지옥이 따로 없는 상황이 닥칠 테니까요."

듣고만 있던 성혁이 가만히 고개를 주억거렸다. 그때 '소라 엄마'가 손을 들었다.

"구체적으로 설명해 줄래요? 햄릿 이야기를 모르는 사람은 당연히 없겠지만, 지는 왜 그 지경까지 가야만 했는지 모르겠어요."

"그거 5막 20장 세 시간짜리 이야기인 건 아시죠?"

어떻게 설명하면 좋을지 고민하다 말고 '지망생 1'이 픽 웃었다. 생각만 해도 골치 아픈 모양이다.

"줄거리를 대충 요약하자면, 유령이 나타난다는 병사들의 제보를 받고 확인하러 간 햄릿은 그 유령이 아버지, 즉 선왕의 혼령이라는 걸 알게 됐어요. 아빠 유령이 햄릿에게 자신의 죽음이 동생과 관계가 있으니 복수해달라고 했죠. 햄릿은 현왕의 행동과 어머니의 변심을 보고 의심해요. 하지만 심증은 있는데, 물증이 없어요."

"아마 햄릿이 미친 척을 할걸? 맞죠?"

"맞아요. 진실을 밝히기 위해 고민하다가 연극이라는 방법을 떠올려요. 아버지가 어떻게 죽었는지 재현하는 거예요. 그 연극을 보고 왕과 왕비가 도망가요. 의심할 수밖에 없는 물증이었죠."

"나, 기억나요. 어머니 왕비를 찾아가서 왜 이런 지경까지 왔는지 따지죠?"

'소라 엄마'가 확신에 찬 얼굴로 물었다. '지망생 2'가 고개를 끄덕인다.

"선왕이 노르웨이 국왕을 처치하고, 영토를 빼앗은 뒤라 저들이 언제 갑자기 복수하러 올지 모르는 상황이었어요. 어느 때보다도 왕의 존재가 중요한 시기에 동생이란 사람이 왕위를 찬탈했어요. 햄릿은 한순간에 차기 왕의 자리를 빼앗긴 거죠."

"햄릿은 엄마에게 불만이 많았어요. 남편이 죽었는데, 슬퍼하기는커녕 시동생에게 시집을 갔으니까요. 게다가 미쳐버린 자기 아들을 부끄러워하죠."

햄릿은 구석에서 부스럭거리는 소리를 듣게 되고, 현왕 클로디어스가 숨어서 엿듣는다고 생각해서 칼을 휘두른다. 그러나 숨어있던 자는 클로디어스가 아니라 폴로니우스이다. 햄릿이 사랑하는 오필리아의 아버지 말이다. 느닷없이 살인자가 되자 햄릿은 흥분하고 만다.

"혹시 이 장면 아세요?"

"…?"

'지망생 1'이 목소리를 가다듬더니 안면의 표정을 달리한다.

"자! 보십시오! 이 그림과 저 그림을! 당신이 그렇게나 사랑하던 피를 나눈 형제들의 초상화입니다!"

"아이고!"

배우를 꿈꾸는 이가 즉흥적으로 보여주는 연기라니, '관절염 걸린 건달'이 기막힌 얼굴로 탄성을 질렀다. 성혁은 호기심 어린 표정으로 지켜보고만 있다.

"도대체 어머니는 사람 보는 눈이 있습니까? 어머니 정도의 나이에 분별심도 없습니까? 그리도 욕정이 남았다면 감각도 있을 터! 아무리 병든 감각이라도 이리 망령을 부릴 수 없습니다! 아! 이 수치심아! 이 저주받을 욕정아!"

"오! 햄릿! 그만해라! 네 말을 들으니 비로소 내 마음이 뚜렷이 드러나는구나! 내 마음에 드리운 그림자, 아무리 씻어도 지울 수 없겠지."

"야, 대사가 그거 맞아?"

"뭐? 그럼 너는 맞아?"

'지망생 1'과 '지망생 2'가 서로 틀렸다며 아웅다웅 말다툼을 벌인다. 지켜보던 '소라 엄마'가 웃음을 터뜨렸다.

"무슨 말인지 알았어요. 엄마는 자기 잘못을 느끼지 못했는데, 아들이 일깨워준 거죠?"

"그렇죠. 왕비는 잠시나마 깨달은 눈치였지만 그러고도 달라진 건 없어요. 선왕의 죽음에 대해 햄릿이 완벽히 파악했다고 생각한 클로디어스가 햄릿을 영국으로 추방하는데도 왕비는 말리지 않았거든요."

거투르드 왕비도 아들의 상태를 이미 확인했다. 말싸움을 하고, 자기 잘못을 깨달으려는데, 햄릿은 어딘가를 가리키며 아버지가 있다고 소리친다. 그러나 유령은 당연히 눈에 보이지 않고, 왕비는 햄릿이 정말 미쳤다고 확신한다.

"대부분의 사람은 햄릿이 우유부단하다는 평가에 동조해요. 클로디어스를 죽일 수 있었던 순간이 닥쳤는데도 그렇지 못했거든요."

"혹시 클로디어스가 기도하는 장면 말인가요?"

"네. 맞아요. 그 장면은 클로디어스가 신하들에게 햄릿을 추방하라는 명령을 내린 뒤에 이어져요. 이미 온갖 죄를 저지른 뒤에 보여주는 참회였죠. 그게 진심인지 의심해 볼 필요가 있어요."

"사람들은 아버지의 복수도 중요하지만 굳이 기도하는 사람을 죽여야 하느냐는 햄릿의 생각을 비판하는 거겠죠."

대꾸하던 '지망생 2'의 미간이 찌푸려진다. 그 장면을 종교적 관점에서 봐야 한다는 거다.

"기도하는 사람을 죽이면 그는 천당에 가겠으나 자기는 그렇지 못할 거다. 그래서 못 죽인다. 이 합리적인 판단을 왜 비판하죠?"

"제가 보여드릴게요."

'지망생 1'이 다시금 헛기침으로 목을 가다듬는다. 기도하듯 맞잡았던 두 손을 테이블 아래로 내리는 그의 눈빛이 반짝인다.

"나의 기도는 하늘에 닿았겠지. 하지만 이것이 진심이던가? 속내를 완연히 드러내지 않는 기도를 기도라고 할 수 있는가? 말로만 떠들 뿐 실천하지 않는 참회가 어찌 하늘에 닿겠는가!"

조용히 지켜보던 '지망생 2'가 손뼉을 짝, 하고 쳤다. 그러자 '지망생 1'이 눈을 껌뻑거리며 어리바리한 표정으로 돌아온다. 배시시 웃기까지 하는 저 표정을 따라 하지 않을 수가 없나.

"이렇게 클로디어스는 신까지 속였어요. 추방당한 햄릿은 영국에 도착하면 죽는다는 사실을 알고 마음이 갈기갈기 찢어졌죠."

"그렇게 처참한 몰골로 귀국했는데, 오필리아가 죽었다는 사실을 알았어요. 오필리아는 사랑했지만 사랑하지 못한 여자예요. 햄릿이 심지어 오필리아 앞에서까지 실성한 척했거든요. 진실을 밝히려고 애쓰던 햄릿의 속마음을 알지 못한 오필리아는 상처를 치유하지 못해 방황하다 죽은 거예요. 오필리아의 죽음으로 햄릿은 세계가 무너지는 기분이었어요."

"햄릿을 죽이지 못한 클로디어스는 이제 레어티즈를 꼬드기기 시작해요. 네 아버지 폴로니우스를 죽인 사람은 햄릿이다. 네 동생 오필리아가 죽은 것도 햄릿 때문이다. 그러니 복수할 기회를 주겠다. 이거죠."

"검술 시합이 벌어졌어요. 클로디어스는 레어티즈의 칼에 독을 발랐고요. 그 칼에 찔리면 햄릿은 죽는 거예요."

"햄릿이 우유부단의 대명사라고 떠드는 사람이 많지만, 저희는 햄릿에게 아무런 잘못이 없다고 생각해요. 아버지의 복수를 하겠다는 아들을 누가 말리겠어요?"

"그래서 저희는 햄릿도 햄릿이지만 왕비의 잘못에 더 중점을 두려고 해요."

"그래요?"

"사태를 이 지경까지 몰고 온 클로디어스를 거투르드 왕비는 적극적으로 말리지 않아요. 아까도 언급했지만, 자기 남편이 죽었는데, 그것도 왕이 죽었는데, 사건을 수습하기는커녕 시동생에게 시집을 갔고요. 자기 아들이 추방당하는데도 말리지 않아요. 아침 드라마가 따로 없어요."

"저희는 이 여자를 소극적이고, 수동적인 인물로 보고 있어요. 이 모든 사건이 해결되지 않고 극한 상황에 이르자 스스로 독배를 마시고 죽어요. 햄릿과 레어티즈의 검술 대결 장면에서 말이에요. 원작에서 클로디어스는 레어티즈가 햄릿을 죽이지 못하는 사태에 대비해 독주를 준비해요. 여기서 왕비의 술잔이 독주와 바뀌었다고 나오는데, 저희의 무대에선 그렇게 하지 않을 거예요. 오히려 회피형 인물이면 좋겠다고 판단했죠."

"곰곰이 생각해 봤는데, 이 여자는 그저 권력에만 심취한 게 아닌지 의심스러워요."

어느새 진지해진 얼굴로 '소라 엄마'와 '관절염 걸린 건달'이 고개를 주억거렸다.

"왕좌를 차지하려는 클로디어스의 욕심은 둘째치고, 남편이 누구였든 상관없이 자기 자리 지키기에 급급한 엄마가 햄릿은 답답했던 게 아니었을까요?"

"만일 왕비가 저구저으로 나서서 사태를 수습했다면 어땠을까요? 햄릿도 고민하지 않았겠죠. 야, 너 그거 해봐."

'지망생 2'가 손짓하자 '지망생 1'이 조용히 자리에서 일어난다. 그의 얼굴 가득 비참한 표정이 그려졌다.

"사느냐, 죽느냐. 그것이 문제로다! 가혹한 운명의 화살에 맞고도 죽은 듯 참아야 하는가! 아니면 파도처럼 밀려오는 재앙에 맞서 싸워야 하는가! 사느냐, 죽느냐. 진정 그것이 문제로구나!"

'지망생 1'의 연기에 '관절염 걸린 건달'의 눈이 대문짝만하게 커진다. 그 유명한 햄릿의 대사를 코앞에서 들으니 감격한 눈치다. '지망생1'과 '지망생 2'의 얼굴에 비장한 표정이 드러난다.

"처음부터 왕비가 나서서 클로디어스의 욕심을 가로막았다면, 아버지가 죽었어도 햄릿은 왕이 되어 엄마를 위해서라도 살려고 하지 않았을까요? 타국과의 전쟁은 다음 문제가 될 거고요."

"하지만 그렇지 못했고, 햄릿의 선택은 결국 죽음이었던 거죠. 살아있어 봤자 상처뿐인 햄릿에게 남은 삶은 지옥이었을 테니까요."

"그게 두 분의 생각이라는 거죠?"

"네. 기존의 무대와 크게 다르지 않겠지만 저희는 나름대로 신경 써 보려고 노력하고 있어요."

들고만 있던 '관절염 걸린 건달'이 불쑥 박수를 친다. 심각한 표정으로 고민하던 두 친구의 눈이 휘둥그레지고, 뒤따라 성혁과 '소라 엄마'도 따라서 손뼉을 울렸다.

"기특하네. 거기까지 생각할 줄도 알고."

"잘은 모르겠지만 저희처럼 생각하는 사람이 분명 있을 것 같아요. 그렇죠, 기자님?"

"아마 그럴 거예요. 우리 좀 더 공부해 봅시다."

그러사 수심 가득했던 두 친구의 얼굴에 미소가 떠올랐다. 그들이 해석한 햄릿의 무대가 벌써부터 기대된다.

"이만 가야겠어요. 벌써 저녁 차릴 때가 됐네."

이제 마무리할 시간이다. 손목시계를 들여다보는 '소라 엄마'의 말에 '지망생 2'가 '지망생 1'을 돌아본다. '지망생 1'은 애써 외면하는 표정이다. 무슨 말이 나올지 아는 모양이었다.

"야, 냉면 사줘. 평양냉면."

"평양냉면 못 먹어서 죽은 귀신이 붙었나! 넌 왜 나만 보면 평양냉면 사달래?"

"흥! 싫으면 말던가!"

"알았어! 먹자! 사줄게!"

"정말?"

하더니 '지망생 2'가 '지망생 1'을 끌어안는다. 역시 보통 커플이 아니었다.

"우리도 갑시다. 전 집에 가서 좀 자야겠어요. 기자님은요?"

"전 오늘 또 관극하러 가요."

"와, 역시 바쁜 분이시네!"

'관절염 걸린 건달'이 웃었다. 뿔뿔이 흩어진 자리를 정리하고 얼른 지하철로 달려간 성혁의 목적지는 한강진역이다.

"오늘도 만날 수 있으려나…!"

성혁은 오늘 하루 바쁘게 지내느라 잠시 잊었던 얼굴을 떠올려 본다. 뒷모습이 어여쁜 그녀, 사납게 다그치는 바람에 손발이 꽁꽁 얼어버릴 지경이지만 그래도 가까운 사이가 되고 싶은 그녀를 말이다.

"후우…!"

깊이 한숨을 내어 쉬지만, 성혁은 곧 웃는다. 점점 목적지에 가까워질수록 성혁의 미소는 더욱 커져만 갔다. 오늘 블루스퀘어에서 다시 그녀를 만났으면 좋겠다.

두나는 벽에 붙은 캐스팅 보드를 바라보고 있었다. 뮤지컬 〈영웅〉, 독립운동가 안중근 의사의 마지막 1년을 그린 작품이다. 작품 대부분은 소극장 무대의 경우 약 1년, 대극장 무대의 경우 2년이나 3년 또는 그 이상이 될 법한 시기마다 돌아온다. 〈영웅〉 역시 마찬가지였는데, 정성화 배우와 양준모 배우가 안중근 역을 맡아 서로 돌아가며 10주년을 기념하는 무대에 올랐던 2019년 이후로부터 3년이 지난 2022년 겨울이 되자 민우혁 배우가 새로운 안중근으로 합세하였다. 2023년 2월까지 엘지 아트센터 시그니처 홀에서 공연하던 이 작품을 3월부터는 블루스퀘어로 옮겨와 재차 무대에 올리니 그저 반갑기만 하다.

"찰칵, 찰칵…!"

핸드폰 카메라에 담은 사진을 확인하던 두나는 저도 모르게 입안 가득 미소 짓고 만다. 오늘은 민우혁 배우가 안중근으로 무대에 오를 차례다. 정성화 배우와 양준모 배우 모두에게 관심이 있어 공교롭게도 여길 매일 오고 있지만 이미 보고도 또 보고 싶은 게 팬심이라 어쩔 수 없다.

"…?"

우연히 시선이 닿은 자리에 모르지 않는 얼굴이 서 있다. 그녀의 얼굴에서 미소가 사라지고, 순식간에 매서운 눈빛이 차오른다.

"어휴! 무서워라! 그러다 한 대 치겠어요!"

"왜 자꾸 따라다니는 거예요?"

"따라다니기는요? 저도 오늘 관극하러 왔어요."

성혁이 핸드폰을 꺼내더니 캐스팅 보드를 요모조모 찍는다. 뒤에 세워놓은 그녀에게서 살기가 느껴지지만, 성혁은 신경 쓰지 않는다. 아니, 그러려고 노력하는 중이다. 하필이면 캐스팅 보드를 붙여놓은 자리가 지하철 한강진역과 연결된 구역이라 그리 마주칠 수밖에 없다는 걸 그녀가 빨리 깨우쳐야 할 텐데. 핸드폰에 저장된 사진으로 마냥 눈을 주지만 성혁은 그녀를 의식하느라 침만 꿀떡꿀떡 삼키는 중이다.

"솔직히 말해요. 나 여기 있는지 어떻게 알았어요?"

"저도 관극하러 온 건데 여기서 마주친 거라니까요?"

"……."

"왜요? 정말 경찰에 신고할 거예요? 난 억울한데?"

"알았어요. 그럼 갈 길 가세요."

"잠깐만요!"

매정하게 돌아서는 그녀의 손을 붙잡으며 성혁이 소리쳤다. 그녀가 뿌리치려 하지만 쉽지 않다. 성혁은 놔줄 생각이 전혀 없는 얼굴이다.

"기왕에 이렇게 만났으니 우리, 얘기 좀 해요."

"난 할 얘기 없어요."

"난 있어요."

아무리 팔에 힘을 주고 흔들어도 성혁은 붙잡은 손을 놓아주지 않는다. 노려보는 그녀의 눈빛이 상당히 독살스럽다.

"무슨 얘기를 하겠다는 거예요?"

"뒷모습은 많이 봤으니까 이제 앞모습 볼래요. 아직 통성명도 못 한 거 알죠?"

"그동안 공연 안 보고 나만 봤어요? 관크가 따로 없군요!"

"그래요. 관크 맞아요. 진상이라고 해두죠. 뭐."

"이거 놓고 얘기하라고요!"

"안 놔줄 거예요. 놔주면 도망갈 거잖아요."

다시 그녀가 빽 소리쳤다. 누군가에게 도움을 요청하고 싶은 표정인데, 공연이 시작되려면 아직 시간이 많이 남아있어서 주변을 돌아다니는 사람이 없다.

"할 얘기가 뭐예요?"

"일단 어디 조용한 데로 가죠?"

그러자 그녀가 한숨을 푹 쏟더니 고개를 끄덕였다. 그제야 성혁이 잡았던 그녀의 손을 놓아준다.

"여기는 곧 캐보 찍는 사람이 많아질 테니까 따라와요."

"캐보요? 그게 뭐예요? 지금 어디 가는데요?"

"캐보! 캐스팅 보드 찍는 사람이 많다고요! 여기 2층에 커피 숍이 있으니까 따라오세요."

그녀가 구석의 엘리베이터에 시선을 돌렸다가 계단으로 방향을 잡는다. 성혁의 정체를 제대로 파악하지 못한 이 상황에 단둘이 엘리베이터를 타는 건 불편하기 짝이 없을 거다.

"아아 괜찮죠?"

그녀를 빈자리에 앉혀놓고 성혁이 날듯이 계산대로 달려가 아이스 아메리카노 두 잔을 쟁반에 받쳐 온다. 혹시나 그녀가 도망이라도 갈까 싶어 잽싸게 움직였는데, 다행히 그녀는 불만이 많은 얼굴일 뿐 그저 앉아만 있었다.

"나 아직도 그쪽 이름 몰라요. 내 이름은 가르쳐 줬는데…."

"……."

"오늘도 1열 정면이에요? 난 2층인데…."

"……."

"요즘 눈이 나빠졌나 봐요. 2층에선 잘 안 보여요. 안경을 바꿔야겠어요."

"……."

"이봐요! 말 안 할 거예요?"

“…….”

“나 누구랑 얘기하니?”

투정하듯 성혁이 빽 소리쳤다. 이내 시무룩한 표정으로 아메리카노만 빨아먹는 성혁을 말없이 지켜보던 그녀, 한숨을 푹 몰아쉬었다.

“서두나예요.”

“우와! 이름 겁나 예뻐!”

부러 놀란 표정으로 성혁이 소리쳤다. 여전히 경계하는 눈길이었으나 차가운 표정은 사라졌다. 해냈다. 이런 걸 인간 승리라고 하는가 보다.

“박성혁 기자님이라고 하셨죠?”

“박성혁 씨라고 해주세요.”

“혹시 블로그 운영해요?”

“네?”

뜬금없는 질문에 성혁의 눈이 커졌다. 이번엔 진짜 놀란 얼굴이다.

“혹시 ‘뮤덕으로 성장 중인 뮤린이 기자’ 블로그 운영자 아니에요?”

“어떻게 알았어요?”

“첫 페이지에 사진이 있잖아요.”

“아, 그렇지.”

“꽤 유명한 블로그더라고요. 누굴 비난하거나 욕 한 마디 없이 건전해서 그런가 봐요.”

“그 정도로 유명한가요? 몰랐어요.”

뒷머리를 긁적이며 성혁이 겸연쩍게 웃었다. 두나가 아메리카노 한 모금을 마시더니 조용히 묻는다.

“기자님이신데, 저 인터뷰하실 거예요? 거절하고 싶은데요.”

“그게 아니고. 프러포즈하려고요.”

“네?”

“혹시 남자 친구 없으면 저 어때요?”

자기가 생각해도 뭐 이리 저돌적인가 싶었지만 어쩔 수 없다. 내내 뒷모습만 바라보다 마침내 기회가 왔으니 제대로 그녀를 탐구하고 싶다.

“전 남자 친구 같은 거 관심 없어요.”

“전 관심 있어요. 두나 씨, 저랑 사귀면 안 돼요?”

“……”

두나가 도로 입을 다물었다. 초롱초롱한 눈빛으로 성혁이 바라보지만 두나는 불편하다. 불쑥 아빠의 얼굴이 떠올라서다. 감정적이기보다 이성적인 인간, 이는 두나가 스스로 판단한 자기 자신이었다. 아빠의 행동거지를 볼 때마다 모든 남자는 저럴 거라고 생각한 어린 날들과 달리 지금은 그 생각이 잘못임을 분명히 알고 있다. 하지만 이를 떨쳐내기가 쉽지 않다. 그래서 남자가 불편하다. 당장 이 자리를 박차고 나갔으면 좋겠다.

"박성혁 씨, 다음 관극은 언제예요?"

"다음 주에 〈김종욱 찾기〉를 볼 생각이에요."

"그걸 혼자 보겠다고요?"

"재미있을 것 같아서요."

그 바보 같은 대꾸에 두나가 또 한숨을 내쉬었다.

"그건 커플끼리 봐야 재미있어요."

"두나 씨도 봤어요?"

"커플끼리 봐야 재미있다니까요!"

와락 소리를 질렀더니 또 성혁이 시무룩해진다. 얼굴에 한심한 표정이 잔뜩 그려진 두나가 도로 입을 열었다.

"내일 〈준생〉 개막하는데, 알아요?"

"그게 뭐예요?"

"준생이는 안중근의 아들이에요."

그러자 성혁의 눈이 당장이라도 튀어나올 것처럼 커졌다. 지켜보던 두나의 입술 사이로 픽 바람 빠지는 소리가 난다. 이 남자, 표정이 참 다양하다.

"혹시 〈영웅〉이랑 연결인가요?"

"그건 아닌데, 연결 짓고 싶으면 그렇게 하시던가요."

"혼자 가세요?"

"그럼 혼자 가지. 누구랑 가요?"

"나랑 가요. 자리 있으면 같이 앉아서 봐요."

첫 데이트 신청인데, 받아주려나? 눈치만 보는 성혁에게 시선을 고정하던 두나, 또 한숨을 푹 쏟으며 핸드폰에 박힌 시계로 눈을 주었다.

"공연 시간 다 됐어요. 내일 〈준생〉 공연 두 시간 전에 만나요."

"정말요? 데이트 신청 받아주시는 거죠? 그럼 〈김종욱 찾기〉도 같이 봐요."

"그런데 말이에요."

공연장으로 내려가려던 두나가 성혁에게 돌아섰다. 성혁은 고개를 갸웃했다. 두나가 스스로 돌아서는 건 처음이다.

"박성혁 씨, 이름이 특이하시네요?"

"제 이름이요? 흔해 빠진 이름인데?"

"어떤 배우랑 이름이 같아서 좋으시겠어요."

"그게 무슨 소리죠?"

"역시 뮤린이 맞군요. 궁금하면 찾아보시던가요. 숙제예요."

"숙제요?"

얼빠진 표정으로 바라보는 성혁을 내버려두고 두나가 사라졌다. 또 뒷머리만 긁적이는 성혁, 숙제라는 두나의 마지막 한마디를 계속 되씹고 있다.

"앗!"

성혁이 비명을 지르듯 소리치며 자리에서 일어났다. 어쩐지 사위가 고요해진 게 이상하긴 했다. 후다닥 아래층으로 뛰어 내려가니 어셔 몇 명이 얼마 남지 않은 관객들의 티켓을 확인하느라 분주하다.

"즐거운 관람 되십시오."

티켓을 받은 어셔의 인사말에 건성으로 고개만 끄덕이고 성혁이 후다닥 제 자리를 찾아 앉았다. 객석을 가득 비추던 조명이 바로 꺼지더니 오케스트라의 연주가 시작되었다. 후반부에 총성이 여러 차례 울렸고, 누군가 쓰러지자 비음이 매력적인 배우가 처절하게 나라의 독립을 외치지만 전혀 집중하지 못한 성혁은 그저 웃기만 했다.

누군가 시험을 보다 말고 '안중근이 이토 히로부미를 저격한 이유는 무엇인가.'라는 질문을 발견했다.

뭐라고 답을 써야 할지 고민하는데, 문득 머릿속에서 '둥둥둥둥…!' 하며 '누가 죄인인가!'라는 노래가 떠올랐다고 한다.

노래 가사를 떠올려 단박에 답을 적어 내려갔다나?

이는 인터넷 커뮤니티 게시판에 돌아다니는 유명한 글이다.

'누가 죄인인가!'라는 넘버와 함께 뮤지컬 영웅 하면 자연스레 떠오르는 배우가 있다.

바로 정성화 배우이다.

안중근 의사에게 이입되어 이제는 안중근 그 자체가 되어버린 사람이다.

애초부터 뮤지컬이었던 이 작품이 영화로 만들어졌을 때도 안중근 역할은 정성화 배우였다.

잃어버린 나라를 되찾겠다고 결심하는 안중근.

무자비한 적에게 분노하고, 친구의 죽음에 슬퍼하며, 홀로 선 괴로움을 이겨내고, 마침내 적의 심장에 총을 겨눈 뒤 당당히 죽음에 임한 자.

인간적이면서도 위풍당당하게 나아가는 안중근의 마지막 1년은 여전히 끝나지 않고 계속되는 중이다.

정성화 배우가 안중근의 인간적인 모습을 보여줬다면 양준모 배우의 안중근은 힘이 넘치는 인물이다.

아마존 원시림 깊은 숲속에 숨어 사는 원시 부족 전사의 사나운 눈빛 같다고 하면 양준모 배우의 팬들은 불쾌해하려나?

잃어버린 조국을 되찾으려 몸부림치는 안중근의 분노가 그렇게 느껴질 따름이다.

얼마 전부터 새로운 안중근으로 무대에 오른 민우혁 배우는 젊은 안중근의 투지가 엿보인다.

불의에 맞선 젊은이의 패기 말이다.

　　기존의 안중근 역을 도맡았던 배우들과 비교하여 전혀 손색없는 모습으로 무대에 오르는 민우혁 배우가 아주 마음에 든다.

　　우리는 이미 알고 있다.

　　안중근은 나라를 위해 분연히 일어난 영웅이지만 어머니가 남긴 수의를 보고 눈물을 쏟을 만큼 인간적인 사람이라는 걸.

　　그간 냉철한 가슴으로 적과 싸워온 안중근.

　　형장에 올라 그간 참았던 슬픔을 드러내며 안중근은 그렇게 사라진다.

　　그리고 객석은 온통 눈물바다가 된다.

—뮤지컬 〈영웅〉

"벌써 시간이 이렇게 됐네?"

한밤중이었다. 핸드폰 액정에 박힌 시간은 11시 30분을 이제 막 넘어가고 있었다. 관극을 마친 시간은 10시 20분 경이고, 이후 이동하는 시간을 계산하면 대략 지금이다. 피곤하다.

"내일은 대학로에 가야 하는구나."

늘 혼자 가던 대학로였다. 누군가와 함께 갈 생각은 한 번도 해본 적이 없어 두나는 당황스럽다. 느닷없이 나타난 이 남자. 아니, 매번 스토커가 따라다닌다고 의식하던 날들이 있었으므로 새삼스러운 건 아니다. 다만 그가 이리도 쉽게 겹겹이 쌓아놓은 벽을 허물어버릴 줄은 몰랐다. 이런 적이 한 번도 없었기에 두나는 곰곰이 오늘을 돌아본다. 그저 피식, 웃고 마는 두나였다.

"…?"

집 앞에 도착했는데, 두나는 도로 당황스러웠다. 창문이 밝다. 분명 모든 불을 끄고 나왔었다. 가스 밸브를 잠근다는 걸 깜빡하는 바람에 다시 들어가서 이것저것 재차 확인하기까지 했으니 기억하지 못할 리가 없다.

"아…!"

탄식하는 두나의 얼굴이 파랗게 질렸다. 집에 아빠가 있나 보다. 아침 꼭두새벽에 어디론가 나가는 발소리를 들었고, 그래서 또 며칠은 집에 들어오지 않을 거라고 생각했는데, 그게 아닌 모양이었다.

"끼이익…!"

경첩 소리를 내지 않게 하려고 현관문의 손잡이를 꽉 잡아 쥐었는데, 실패했다. 정적이 흐르는 집안에 오히려 큰 소리가 쩌렁쩌렁 울린 것이었다. 긴장하여 잔뜩 웅크린 두나가 살금살금 집안으로 들어선다. TV를 켜놓았는지 안방에서 의미 없는 웃음소리들이 흘러나오고 있었다.

"이 밤에 어디 갔다 와?"

"…!"

제 방문을 열려던 두나는 뒤에서 와락 덮치는 목소리에 기겁하고 돌아섰다. 아빠가 속옷 차림으로 서서 두나를 지켜보고 있다. 술 냄새가 콧속으로 확 들이친다. 온몸에 털이 곤두서는 기분이다.

"친구랑 약속이 있어서요."

"친구 누구랑?"

"아빠는 모르는 친구예요."

얼렁뚱땅 넘어가고 싶었다. 어차피 아빠는 딸에 대해 아는 바가 하나도 없으니 애써 대답할 필요가 없다. 그러나 아빠는 그러고 싶지 않은 눈치였다.

"그게 누군데?"

"……."

"왜 대답을 안 해? 죄지었어?"

"얘기해 봤자 아빠는 모르잖아요!"

"이 년이 어디다 대고 큰 소리야? 뭘 잘못 처먹었나!"

"아빠가 언제부터 나한테 관심이 있었어요? 아무것도 모르면서…!"

철썩, 아빠의 커다란 손바닥이 날아와 따귀를 갈겼다. 자기도 모르게 비명을 지르는 두나, 울커 눈물이 치솟았다.

"아빠가 몇 마디 하는 게 그렇게나 기분 나쁘냐?"

퍽, 두나에게서 숨넘어가는 소리가 쏟아진다. 마구잡이로 발길질 해대는 아빠를 도무지 말릴 수 없다. 두나는 나오지

않는 비명을 지르고, 버둥거리며 어떻게든 피하려 들지만 불
가능했다.

"그만 해요!"

"닥쳐! 지 엄마 잡아먹고 나온 주제에!"

또 그 소리다. 중학생 시절부터 계속 들어온 폭언이었다. 하
지만 그때가 도대체 언제인가. 이제 두나는 성인이 되었고, 아
빠는 머리가 희끗희끗하다. 그런데도 아빠는 여전히 짐승처럼
소리 지르며 손에 잡히는 물건들을 제멋대로 집어 던진다. 운
동화가 날아왔고, 밥그릇이 날아왔고, 안방을 뒹굴던 소주병이
날아왔다.

"제발 그만 좀 해요! 대체 언제까지 이럴 거야?!"

"이 개 같은 년이 지 애비도 몰라보고 바락바락 대드네!"

지난날에 마냥 얻어맞기만 하던 두나가 아니었다. 아빠 역시
힘이 넘치던 시절과 다르다. 하지만 아빠는 변하려 들지 않는
다. 술기운을 이기지 못하고 휘청거리는 꼬락서니가 역시 그
렇다. 다 큰 딸과 늙은 아버지, 두나는 이제 전부 그만두고 싶
었다.

"그럼 아빠는 왜 딸도 몰라보고 이렇게 때려요?"

"닥쳐!"

"아빠는 왜 그렇게까지 자기를 숨기는 건데?"

순간, 눈앞이 어지러웠다. 도대체 어떻게 된 건지 모르겠다.

시야가 밝아졌을 때 두나는 바닥에 아무렇게나 뒹구는 채였고, 아빠는 코앞까지 다가와 주먹을 불끈 쥔 채 소리쳤다.

"너! 나가서 네 애비 욕하고 다니냐?"

"그런 적 없어요!"

"경찰에 대신 신고해달라고 사람들한테 애원하고 다니지? 이 아빠 병신이라고!"

"아니라니까!"

"그 잘났던 놈이 다 늙어서 계집질에 술만 처먹으니까 우습지?"

"아니에요! 아니라고!"

귀에 못이 박힐 지경으로 떠들던 말이 또 튀어나왔다. 술만 입에 넣으면 반복되어 온 과거의 영광, 극작가로 이름 날리던 아빠에겐 휘황하기 그지없지만 두나로서는 상상조차 불가능한 날들 말이다.

"그래! 나는 과거에 대학로를 주름잡던 놈이었다! 하지만 나는 내가 알지 못하는 그들의 속을 제대로 읽어내지 못했어!"

그리고 아빠가 이어 소리쳤다. 호박에 줄을 그어봤자 수박이 되지 않는다고. 수박이 되고 싶은 호박에게 줄을 그어주지만, 의미 없는 짓이었기에 이리도 괴롭다고. 이게 도대체 무슨 말일까. 언제나 그랬듯 마냥 윽박지르기만 하던 아빠가 갑자기 바닥에 주저앉아 통곡하기 시작한다. 두나는 당황스러웠다. 그간 한 번도 듣지 못한 말을 갑자기 들으니 꿈을 꾸는 기분이었다.

"아빠, 그게 무슨 말이에요?"

"나는 로봇처럼 작품을 생산하기만 했지! 그래서 날 사랑하지 않는다고 떠드는 네 엄마도 이해하지 못했다고!"

무슨 말을 하는 건지 당최 이해하기 어려웠다. 한 가지 분명한 건 비록 반쪽뿐인 사랑일지라도 어떻게든 이어가려 했던 결혼 생활을 아빠가 지금 후회한다는 사실이다.

"배우가 대본을 고치겠대. 내가 얼마나 화를 냈는지 아니?"

"……."

"내가 그 배우만 보면 그렇게 소리를 질렀다. 아마추어 새끼가 말이 많다고…."

"……."

"나는 그 배우를 이해해 주지 않았어. 난 냉정한 놈이었지."

술기운이 도는지 아빠가 늘어지기 시작했다. 술을 너무 많이 마신 탓에 입이 바짝 말라버린 아빠가 또 중얼거렸다.

"나는 거미야. 나는 매번 새로운 거미줄을 만들었지. 거미줄에 매달려 허우적거리는 꼴들이 난 정말 재미있었어."

"아빠, 이제 그만 주무세요."

"닥쳐, 이 미친년아!"

철썩, 아빠의 손이 두나의 따귀를 갈겼다. 두나는 또 비명을 질렀다. 입술처럼 바짝 메말랐던 아빠의 눈빛이 광적으로 돌변한 건 한순간이었다.

"이 원수랑 찜쪄먹을 년이 좀 컸다고 말이 더럽게 많네! 이걸 확!"

"아빠!"

어떻게든 아빠를 이해하고 싶었지만 두나는 그러지 못했다. 제 얼굴에 덕지덕지 남은 흉터를 가리려 가면을 쓴 〈오페라의 유령〉처럼 아빠가 속내를 감추고 고함을 질러대니 감당하기 어려웠다. 거꾸로 움켜쥔 소주병을 보여주며 위협하는 아빠, 당장 머리로 내려쳐 깨버릴 것만 같다. 두나는 울컥 울음을 터뜨렸다.

"아빠! 제발 그만 해요!"

"시끄러워, 이 년아!"

"제발 내 말 좀 들어줘요! 나 할 얘기가 있단 말이야!"

"그래! 해라! 죽은 사람 소원도 들어준다는데, 너처럼 미친년 소원 하나 못 들어줄까?"

아빠가 소주병을 구석으로 내던졌다. 와장창 깨지는 소리가 들리지만, 아빠는 개의치 않고 처참하게 널브러진 두나 곁에 앉았다. 그리고 머리채를 확 잡아채는 손길에 두나가 비명을 질렀다.

"아빠! 나 나갈래!"

"어디를?"

"나가 살고 싶어요. 독립하게 해줘요!"

"이 년 봐라? 너 돈 좀 있나 보다?"

뿌리치듯 머리채를 홱 내려놓더니 아빠가 두나의 방으로 성큼성큼 들어간다. 이윽고 우지끈, 방에서 요란한 소리가 들린다. 옷장을 뒤지고, 책상 서랍을 뒤지고, 침대 매트리스까지 들추더니 이번엔 가방을 거꾸로 들어 와르르 쏟아지는 내용물을 살펴본다.

"아, 이거구나! 여기 있었네!"

"아빠!"

손바닥만 한 방의 가격을 알아본 적이 있었다. 반지하도 옥탑방도 상관없다. 오로지 작은 몸 하나 누일 공간이면 됐고, 그 방의 가격만큼 현금으로 준비하여 방구석 깊숙이 숨겨놓았다. 그 하얀 돈봉투를 어떻게 찾았는지 손에 쥐고서 아빠가 웃는다.

"이 불여우 같은 년아!"

"퍽!"

다시 비명을 지르고 두나가 쓰러졌다. 사방에서 발길질을 당해내는 축구공도 이렇게 아프려나? 두나의 입 밖으로 흐르는 울음소리가 처참하기 그지없다.

"이런 돈이 있었으면서 그동안 입을 꾹 다물었어?"

"아빠! 그 돈으로 뭐 하려고요? 안 돼요! 내 돈이란 말이야!"

도대체 어디를 나가려는지 아빠가 느닷없이 외출 준비를 한다. 술에 취할 때마다 자랑스레 떠들던 극작가 이후의 생활, 두나는 본 적 없는 아빠의 사생활. 싸구려 소주가 아니라 비싼 양주를 먹으러 가는가 보다. 화려하게 화장한 여자들과 한바탕 뒹굴려는가 보다. 또 화투패를 던지고, 국적 모를 왕과 왕비가 그려진 카드로 갖가지 게임을 하러 가는가 보다.

"아빠!"

"이 손 놔! 이 년아!"

바짓가랑이를 부여잡은 두나의 팔을 걷어차고 아빠가 집 밖으로 나간다. 처절하게 부르짖는 딸은 돌아보지도 않는다. 저대로 나가면 아마 며칠 뒤에나 돌아올 것이었다.

"쾅!"

천둥소리처럼 현관문이 요란하게 닫히고, 난장판이 되어버린 집에 두나가 홀로 남아 울부짖는다. 아니, 여기저기 얻어맞은 자리가 아파 비명을 지르는 건지도 모르겠다.

"제발 그만 좀…!"

난장판이 되어버린 집을 청소한다. 세수를 하고 양치를 한 뒤 샤워도 했다. 젖은 머리를 말리고 옷을 갈아입었다. 아빠가 이리저리 헤집어 놓은 방을 치우고 침대에 누울 때까지 눈물은 단 한 순간도 멈추지 않았다. 두나는 마냥 울기만 했다.

"아파…."

아빠가 걷어찬 팔이 아프다. 잠깐 사이에 멍이 들었다. 가뜩이나 피곤한데, 여기저기 얻어맞느라 지쳐버린 몸뚱이가 서서히 잠에 빠져든다. 돌아가신 할머니와 할아버지가 잠결에 떠올랐다. 두나로서는 절대 기억하지 못할 엄마의 얼굴과 세나 언니가 보고 싶었다. 무대 위의 얼굴도 떠오른다. 그 얼굴을 다시 보면 기분이 나아질 것이다. 그에게 전하고 싶은 시를 쓸 정도로 좋아하니까. 얼핏 오늘 만난 얼굴이 떠오르는 것 같았으나 두나는 잠에 취해 기억하지 못한다. 그가 내일 만나자고 했다. 헤어질 때 악수라도 했다면 좋았을 텐데. 정신을 완전히 잃어버릴 즈음 두나는 그 손과 꼭 악수해야겠다고 다짐한다. 그래. 모든 남자는 아빠 같지 않을 거다. 확실하다.

#6 두 번째 문제

팔척장신에 장대한 기골을 가진 사내,
하늘의 신선이 현현하였는가.
꿈속의 선녀가 화현하였는가.
저 우아한 몸짓에 휩쓸리지 않을 수 없다.

사랑을 고양하는 저 눈동자,
어찌 저리 기품이 느껴지는가.
우수에 젖어 슬픔과 기쁨을 두루 드러내니
더불어 눈물짓지 않고서는 견딜 수 없다.

내 가슴을 울리는 고결한 노랫소리,
인간사 희로애락을 고루 희롱하니

숭고한 가락에 다시금 감격한다.

그와 진실하게 사랑하는 한 여인은
얼굴을 본 적은 없으나
행복에 겨운 표정이 눈에 선하다.
태산보다 장엄하고 바다보다 거룩한 사랑에
어쩌면 늘 웃는 낯일 테지.

어느덧 옥골선풍에 휘감긴 이 내 가슴,
먹먹한 심정 감히 표현할 길 없으나
그저 행복하다.
사랑을 모르는 내게 보낸
하늘의 우악(優渥)하신 배려로다.

-민우혁에게 바치는 시 02

지난밤 꿈속에 민우혁 배우가 나타났다. 어쩐 일인지 그가 하얗게 빛나고 있었다. 생각해 보니 뮤지컬 〈영웅〉의 종반부에서 사형장에 올라 마지막을 노래하던 순간이었다. 민우혁 배우의 뒤를 비추는 하얀 조명이 그를 반짝반짝 빛나게 했다. 마침내 영웅이 되어버린 안중근이 두나의 눈엔 그렇게 보였던가 보다. 그래서 아침에 일어나자마자 일기장에 낙서하듯 시를 써

내려간 거다.

"후우…!"

어젯밤을 곰곰이 떠올리던 두나는 다시금 민우혁 배우를 생각한다. 그는 행복한 집안에서 살아가는 사람이다. 아름다운 아내와 귀여운 아이들의 아버지로, 멋진 부모님이 아침마다 가족을 위해 주방에서 뚝딱뚝딱 요리하고, 고우신 할머니가 고생하는 손자를 위해 정성껏 밥상을 차려주시기도 한다. 4대가 함께 사는 TV 속의 행복한 대가족이 그저 부러웠다. 영원할 것처럼 얼굴 가득 웃음 짓는 그를 지켜보며 언젠가 두나는 이렇게 중얼거렸다.

「우리 집이 저랬다면 어땠을까?」

거울에 비친 기운 없는 제 얼굴이 꼴 보기 싫었다. 당장이라도 눈물을 쏟을 것만 같은 얼굴에 화장품을 찍어 바르며 상상해 본다. 아마추어 배우 출신이라는 엄마가 한눈팔지 않고 부지런하게 일하는 아빠를 만나 서로 사랑하고, 어린 두 딸은 할머니와 할아버지에게 달려가 어리광을 부린다. 밥상 앞에 모인 대가족이 도란도란 대화를 나누고, 행복에 겨워 웃는 것 말고는 할 줄 아는 게 없는 사람들처럼 그저 아름답기만 한 가족이라니. 두나의 입가에 미소가 걸린다. 만일 정말 그랬다면 민우혁 배우는 눈에 들어오지 않았겠지. 그런 사람이 있는 줄도 모른 채 살았을 거다.

"천사 같았어."

지하를 달리느라 시끄러운 전동차 안에서 두나는 중얼거렸다. 꿈에서 본 그 하얀 날갯짓이 어쩌면 자신의 것일지도 모른다고 생각해 버렸다. 아빠의 무참한 손길을 견디지 못하고 스스로 생을 마감해버린 세나 언니처럼 목을 매달거나 한강 물에 뛰어들거나 높은 건물에서 뛰어내리는 등 어떤 방법으로든 세상을 떠난다면 어떻게 될까? 아마 천사가 되어 하늘을 자유로이 날아가겠지. 아무도 비극적인 죽음을 알아주지 않을 거다. 아빠는 또 악어처럼 의미 없는 눈물을 흘릴까? 동네 사람들 앞에서 다시 비련의 주인공처럼 통곡하려나? 세나 언니가 떠난 뒤에 그랬듯 아빠는 끝까지 언구쟁이답게 자신이 속내를 감춘 채 다시 계집질하고, 노름하고, 술을 마시며 자기를 학대할 것이다.

"역시 피는 어쩔 수 없구나."

아빠를 끔찍이 미워하고 원망하지만, 두나는 아빠의 핏줄을 부정하지 못한다. 극작가로 이름났더라는 아빠처럼 두나도 시를 쓴다. 그 시는 어디에도 보여주지 않았고, 그래서 객관적 평가를 받아본 적 없었지만, 누구나 미소 짓게 할 만큼 곱다. 밤하늘의 별처럼 빛나는 민우혁 배우를 그토록 아름답게 꾸며주니 두나는 자신의 시를 소중히 간직하고 싶었다.

"아아…!"

두나는 다시 팔뚝을 손으로 짚었다. 아빠에게 얻어맞은 자리가 몹시 아프다. 멍든 자리도 한두 군데가 아니었고, 그래서 몸살 기운이 돌아 자칫 쓰러질지도 모를 만큼 상태가 그리 좋지 않았다. 약속을 취소하고 싶은 생각이 간절했으나 또 언제 마주칠지 모를 아빠 때문에라도 나와야 한다. 피곤하다.

"…?"

혜화역에 도착한 전동차에서 내렸을 때, 두나는 곁을 지나치는 지하철 순찰대를 힐끗 돌아본다. 언젠가 여자의 치맛단 아래를 핸드폰으로 촬영하는 남자를 본 적이 있다. 그 남자는 지하철 순찰대에 덜미가 잡혀 어디론가 끌려갔다. 또 어느 날엔 웬 노인이 인파에 밀려 부딪히는 척 여성의 특정 신체 부위에 접촉하다가 그 여성과 말다툼을 벌인 적이 있었다. 그때도 지하철 순찰대가 불쑥 나타나 전동차에 CCTV가 있다며 노인을 잡아갔다. 젊은이였건 늙은이였건 그들 모두 지하철에서 흔히 볼 법한 성범죄자들이었다. 역시 아빠 같은 사람이 세상엔 정말 많구나. 세상의 모든 남자는 아빠 같을지도 몰라.

"아니, 아니야."

저도 모르게 두나가 고개를 흔들었다. 잘못된 생각이라는 걸 잘 안다. 제 여자를 세상 무엇보다 소중하게 여기는 남자가 그렇지 못한 남자보다 많다는 걸 안다. 그런데도 두나는 상처로 얼룩진 마음을 치유하지 못한 채 오늘날까지 누구에게도 곁을 내주지 않았다.

"후우…!"

두나는 불안한 마음을 숨기지 못하고 재차 억눌린 한숨을 토한다. 오늘 관극하기 전에 만날 사람이 있다. 남자이고, 기자라고 했다. 그러나 직업과 관계없이 만나자고 했다. 얼굴에 다양한 표정을 그리는 재미난 사람이었다. 처음엔 스토커로 착각하여 심히 두려웠으나 그게 아니라는 걸 알았으니 일단 만날 작정이다. 그는 부디 아빠 같지 않았으면 좋겠다.

"후우…!"

왈칵 눈물이 치솟지만 두나는 참았다. 화장한 얼굴에 눈물이 번지면 보기 흉하다. 처음으로 남자의 야속한 자리에 나가니 깨끗하게 보여야 한다. 그래. 모든 남자는 아빠 같지 않을 거다. 분명하다.

혜화역 4번 출구로 나갔더니 바로 성혁이 보였다. 노점상의 닭꼬치를 사 먹는 사람들을 구경하는지 아직 돌아보지 않는다. 그의 등 뒤에 서서 두나가 '흠흠!' 낮게 헛기침했다.

"오셨어요? 반가워요."

"오래 기다렸어요?"

"아뇨. 저도 방금 왔어요."

맑게 웃는 성혁의 뒤로 햇살이 비친다. 어젯밤에 소나기가 내리더니 오늘은 하늘이 저토록 푸르르다. 그러나 두나는 웃지 않았다.

"어디로 가죠?"

"따라오세요."

하며 두나가 앞장서 걷기 시작했다.

"앗!"

"두나 씨!"

누군가 혜화역을 향해 정신없이 뛰어오다 두나와 어깨를 부딪쳤다. 넘어질 것처럼 휘청이는 두나에게 성혁이 얼른 손을 내밀었다.

"…!"

성혁이 팔뚝을 붙잡은 순간, 두나가 빽 소리 지르더니 거칠게 그의 손을 뿌리쳤다.

"아, 미안해요. 난 그냥 위험해 보여서…."

생각지도 못한 두나의 반응에 성혁이 사과했다. 두나는 저도 모르게 당황한 낯이었다가 도로 표정을 숨겼다.

"아, 저, 그게…. 제가 좀 예민해서…."

"아, 네…."

어젯밤 아빠에게 얻어맞은 자리가 너무 아팠다. 새카맣게 멍 든 탓에 일부러 소매가 긴 옷을 입었는데, 성혁은 그녀가 여전 히 차갑고 날카로운 여자라고만 생각한 모양이다. 일순간 어색해져 버린 두 사람의 얼굴에서 웃음기가 사라졌다.

"가시죠."

당황한 기색을 지우며 성혁이 먼저 말을 걸었다. 두나는 말 없이 앞장섰고, 아까처럼 성혁은 그녀를 뒤따르는 모양새가 되었다. 혜화역 4번 출구에서 왼쪽으로 길게 이어진 길을 따라 걸어가면 오른쪽에 CGV 영화관이 있다. 이 건물 바로 옆 샛길로 들어가 차도가 나올 때까지 걸어가면 오른쪽에 두나가 어린 시절 자주 가던 전 '인켈아트홀', 현 '한성아트홀'이 나온다. 목적지로 가려면 횡단보도를 건너야 한다.

"어?"

'씨어터 쿰'이라는 공연장 주변에 오늘 관극할 연극 〈준생〉의 포스터가 붙어있다. 각 역할에 맞는 배우들의 얼굴을 유심히 살피던 성혁, 곧 눈이 휘둥그레진다.

"이 사람, 홍경인 배우잖아요?"

안중근 역을 맡았다는 배우의 얼굴에 시선을 고정한 채 성혁이 소리쳤다. 전혀 생각지도 못했는지 휘둥그레진 눈을 좀처럼 감출 줄을 모른다.

"네. 영화배우 홍경인 맞아요."

"홍경인 배우가 언제부터 연극을 했죠?"

"꽤 오래됐어요."

배우와 관계없이 무작정 관극만 해대느라 당대 최고의 영화 배우가 대학로에 입성한 줄도 몰랐나 보다. 기자가 맞느냐고 한 마디 하려다가 두나는 그만두었다.

"공연이 시작되려면 아직 멀었으니까 어디 가서 커피 한잔할래요?"

"네. 숙제 검사도 할 겸."

앞서 걸어가던 성혁은 터져 나오려는 웃음을 꾹 참았다. 어제 〈영웅〉을 보는 동안 얼마나 웃기고 기막혔는지, 배꼽을 잡고 데굴데굴 구르고 싶었다고 말하면 그녀가 뭐라고 할까? 또 관극 안 하고 관크할 생각만 했다며 면박을 줄지 모른다.

"숙제 검사할게요."

주문한 아이스 아메리카노 두 잔을 내려놓자마자 그녀가 성혁에게 말했다. 여전히 웃음기가 입가에 대롱대롱 걸린 채 성혁은 반항 한 마디 없이 다소곳하게 의자에 앉는다.

"홍경인 배우의 작품을 보게 해줘서 고맙다고 말하려고 했는데, 그럴 겨를을 안 주시네요."

"……."

입을 열지 않는 두나, 그 무표정한 얼굴에 성혁은 어제처럼 시무룩한 표정으로 아메리카노만 빨아 마신다. 아니, 얼굴은 투정을 부리듯 뾰로통한데, 입은 웃는다. 어제는 아무것도 모른 채 대면했다지만 오늘은 알기 때문이다. 그녀는 재미난 여자다.

"제 이름이 특이하다길래 깜짝 놀랐어요."

“그래요?”

“동명이인 배우가 코앞에 있었는데도 모르면 안 되겠죠?”

“네?”

“두나 씨, 혹시 민우혁 배우 좋아해요?”

“…?”

이번엔 두나의 눈이 휘둥그레진다. 어떻게 알았느냐는 표정이다. 두나가 도로 물었다.

“그렇게 생각하는 이유가 뭐죠?”

“좋아하는 배우가 아닌데, 본명인지 활동명인지 어떻게 알겠어요?”

“뮤덕들은 어지간하면 알지 않을까요?”

“그럼 두나 씨는 모든 배우의 본명과 활동명을 다 알아요?”

“그건 아니지만….”

뭔지 모를 작당을 저지르다 들킨 꼬마처럼 두나가 입술을 잘근잘근 씹는다. 그러자 성혁이 정색한다. 아니, 근엄한 척 엄숙한 표정으로 그녀의 눈을 주시하는 거다. 두 사람 모두 아까와 영 반대되는 얼굴이다.

“저와 동명이인 배우의 무대를 앞두고 그런 문제를 내니 재미있더라고요. 그래서 웃었어요.”

“……”

“나 이래 봬도 기자예요. 그것도 문화부 기자인데, 모르겠어요?"

"그렇군요."

그녀의 얼굴에서 모든 표정이 사라졌다. 마치 개선장군처럼 보무도 당당히 대꾸하던 성혁은 도로 어색해져 버린 분위기에 두나의 눈치만 살핀다. 너무 쉽게 정답을 맞혀서 그럴까? 성혁은 고요하다 못해 싸늘한 분위기를 어떻게든 만회하기 위해 머릿속에 이 생각 저 생각을 떠올려 본다. 적당한 말이 떠오르지 않는다. 그 정도로 순발력이 좋았으면 개그맨을 했지.

"성혁 씨는 제가 왜 마음에 들어요?"

의외로 그녀가 먼저 침묵을 깼다. 성혁이 도로 웃는다.

"뒷모습이 매력적이에요. 어떤 생각을 하는지, 어떤 표정을 짓는지, 어떤 말을 하려는지, 궁금하게 만들어요."

"그런 얘기는 처음 들어요."

"그동안 두나 씨에게 관심 가졌던 남자 없었어요? 다들 그렇게 생각하지 않을까 싶은데요."

"그런 남자는 없었어요."

단답형으로 일관하는 자신이 제가 생각하기에도 답답하다. 인생 최초의 데이트였고, 호기심으로라도 이런저런 말들을 꺼내고 싶지만 쉽지 않다. 할 말을 찾느라 애쓰는 성혁에게 미안하다.

"두나 씨처럼 곱고 아름다운 분이 어째서 배우를 안 하고 관극만 하는지 모르겠어요."

“…….”

입에 발린 말일지도 모른다는 생각이 들었으나 입 밖으로 내 뱉진 않았다. 그 바람에 또 얼굴에서 표정이 사라졌고, 성혁은 농담이 먹히지 않는다고 느꼈는지 재차 시무룩한 표정을 지었다. 귀여웠다.

“성혁 씨의 블로그에 자주 들어가는 편이에요.”

“그래요? 글도 읽어보셨어요?”

“뮤덕들 중에는 표현력이 부족한 사람들이 제법 있어요. 상황마다 일일이 쓰기 귀찮은지 대부분 ‘대레전’이라고 뭉뚱그리는 경우가 많아요.”

“네, 그런 것 같더라고요.”

이 또한 인터넷 용어이다. 큰 대(大) 자 뒤에 레전드(Legend)라는 단어를 붙인 글자였다. 여러 작품을 관극하다 보면 간혹 작두를 탔다고 표현하고 싶어지는 경우가 있다. 신에게 빙의된 무당이 날카로운 칼날 위에 맨발로 올라 춤을 추는 경우를 말하는데, 이는 무대 위의 배우가 작중 인물에 한껏 이입되어 자신의 감정을 주체하지 못하고 온 에너지를 발산하는 상황에 비유되기도 한다. 상황은 극마다 다르고, 배우마다 다르며, 같은 극에서 같은 배우가 어제와 오늘의 모습이 다르기도 해 이를 지켜보는 팬들은 황홀경에 빠져든다. 자신이 응원하는 배우가 전혀 상상하지 못한 모습을 보여주니 감격하여 갖가지 표현으로 그날의 상황을 설명할 법도 한데, 이 모든 감정을 '대레전을 찍었다.'라고만 한다.

"관극 후 느끼는 여러 감정들을 솔직히 표현하니 마음에 들었어요."

"아무래도 기자라서 그런가 봐요. 직업병인 모양이죠."

"그렇군요."

하고는 두나가 핸드폰 액정에 박힌 시간을 들여다본다. 공연 시간이 얼마 남지 않았다.

"저, 두나 씨. 끝나고 저녁에 식사 어때요?"

"……."

불쑥 성혁이 속내를 드러냈지만, 그녀는 대꾸하지 않았다. 제 가방을 뒤지느라 듣지 못한 눈치였다. 그러자 성혁은 이대로 그녀와 가까워질 기회가 사라질까 봐 전전긍긍 초조한 기색이 얼굴에 드러난다. 커피를 마시고도 바짝 말라버린 입술을 손으로 매만지고 있었다.

"첫 번째 문제를 풀었으니 두 번째 문제를 내드릴게요."

"네?"

그녀가 가방에서 빨간 표지의 일기장을 꺼내 특정 페이지를 보여준다. 성혁은 당황한 표정을 지우지 못했다.

"두 번째 문제라는 게 뭐죠?"

"읽어보세요."

대중적인 예술과 예술적인 예술은 추구하는 가치와 방향이 다르니 서로 다른 분야인가?

아니면 예술의 한 분야이니 결국 같은 건가?

인간의 역사는 예술의 역사이기도 하지만 전쟁의 역사이기도 할 텐데, 정치인들의 싸움에 휘말린 일반 백성들의 피해는 한 마디로 얘기해서 국가 폭력에 해당할 것이다

이를테면 난민 학살이라든지, 지역감정에 매몰됐다든지, 하는 것들 말이다.

그렇다면 예술은 국가 폭력에 맞서 어떻게 변화하였는지 궁금하다.

선하였는가? 악하였는가?

아니면 선하면서 동시에 악하였는가?

그렇다면 그것은 비굴하였는가? 비겁하였는가?

아니면 그 무엇으로부터도 외면하였는가?

또는 외면당하였는가?

그렇다면 그것은 발전인가? 퇴보인가?

아니면 사장인가?

예술을 다양한 시선으로 바라보는 인간의 가치 판단을 무엇으로 설명하면 좋을까.

"…?"

"와…! 어려운데요?"

"기자이시니까 아마 쉬울 거예요."

"너무 길어요. 아무래도 사진을 찍어야겠어요."

성혁이 핸드폰을 꺼내더니 찰칵, 소리를 냈다. 다행히 빛 반사도 없이 잘 찍혔다.

"다음 주까지 뭐 하세요?"

"일주일 사이에 봐야 한 공연이 많아요. 두나 씨처럼요."

"다음 주 화요일에는요?"

"그날 〈곤 투모로우〉 볼 거예요."

"마침 잘 됐군요. 그날 만나면 되겠어요. 또 2층인가요?"

"네. 두나 씨는 1층 1열이겠죠?"

근심 가득하던 성혁의 얼굴에 또 미소가 감돈다. 다시 그녀를 만날 좋은 기회가 찾아왔다. 골치 아픈 숙제만 아니라면 마음껏 그녀를 사랑해줄 텐데…. 아니, 이 숙제를 풀면 그녀가 환하게 웃으려나? 그녀가 한껏 미소 짓는 모습을 보고 싶다.

"같이 가요!"

그녀가 말없이 일어나 공연장으로 사라진다. 성혁은 테이블 위의 음료를 정리하고 얼른 그녀를 뒤따른다. 전혀 예상하지 못했던 홍경인 배우의 묵직한 연기에 감탄하면서도 성혁은 바로 옆에 앉은 두나의 온기를 느끼며 행복해했다. 여러모로 재미난 여자였다. 동시에 머릿속이 복잡해졌다.

이토 히로부미를 저격하려 하얼빈에 당도한 안중근이 먼 미래에서 찾아온 아들 준생과 마주쳤다.

눈앞의 늙은이가 미래의 아들이란 사실을 중근은 당연히 믿지 않는다.

가족이 아니면 모를 역사를 꺼내놓으니 당황한 안중근의 눈빛이 일렁이기 시작한다.

늙은 아들은 말한다.

영웅, 그따위 것은 아무런 의미가 없으니 모두 집어치우고 가족에게 돌아오세요.

아버지가 거사를 포기하면 가족은 편안하게 살 수 있어요.

그러나 안중근에겐 오로지 백척간두에 처한 조국을 구해야 한다는 사명감뿐이었다.

우리는 지금껏 안중근을 영웅이라며 떠받들었다.

뮤지컬도 영화도 다큐멘터리도 소설책도 역사책도 모두 나라를 위해 희생한 안중근의 위대한 거사에만 집중했다.

그러나 아무도 안중근 사후 겪게 될 가족의 슬픔 따위는 생각하지 않았다.

기껏해야 역사책의 서너 줄로 끝나버린 저들, 그 가운데 준생은 과연 어떻게 남은 삶을 살았을까?.

이 연극은 아버지 안중근에게 외치는 아들 안준생의 슬픔이다.

아들은 아버지가 이기적이라고 생각했을까?

가족의 입장은 조금도 생각하지 않는 독불장군쯤으로 생각했을지 모른다.

아버지의 거사로 집구석이 풍비박산 났다고 처절하게 외쳐대는 아들의 목소리에 안중근도 목이 멘다.

어떻게든 아버지의 거사를 막으려는 아들의 간절한 외침에 잠시 고민하는 것만 같다.

그러나 역사는 바뀌지 않는다.

뮤지컬 영웅에서 정성화 민우혁 양준모 세 배우가 보여준 안중근은 극강의 최고조 매운맛이었다.

그간 보아온 홍경인 배우의 연기를 토대로 이 사람의 안중근은 순한 맛일 거라고 추측했다.

그러나 홍경인 배우는 필자와 같은 범인(凡人)이 판단할 인물이 아니었다.

짧지만 강렬한 연극이었다.

내 사연 좀 들어주오.

당신의 입장만 고수하지 말고, 그게 정의롭다 우기지 말고 내 사연과 가족의 사연을 들어주오.

서로 하소연하고, 윽박지르고, 애원하고, 호곡하니 무대에서 연기하는 사람이나 지켜보는 사람이나 숨차서 죽을 판이다.

하지만 그러라고 만든 연극이니 군말 없이 받아들이고 싶다.

어쩌면 애통한 마음을 감추고 싶은 관객의 심리적 참견일지 모르니.

-연극 〈준생〉

R.YU
ㄴ 오늘 관극 재미없었어요.

Park
ㄴ 왜?

R.YU
ㄴ 기분이 안 좋아서요.

Park
ㄴ 우리 귀염둥이 영은이가 오늘따라 왜 그럴까?

아직 땅거미가 완전히 내려앉지 않은 저녁이다. 세 친구와 만날 약속이 있어 사직서를 제출했던 회사 인근으로 찾아온 성혁은 느닷없는 류영은의 메시지가 귀여웠다.

R.YU
ㄴ 조만간 관극을 그만두어야 할지도 몰라요.

Park
ㄴ 갑자기 왜? 무슨 일 있어?

R.YU

┗, 제가 대학생인 건 아시죠?

Park

┗, 알지. 4학년인 것도 알고.

R.YU

┗, 졸업하자마자 바로 취업하게 될 것 같아요. 이력서를 넣었고, 면접도 봤거든요. 그쪽에서 절 좋게 생각하는 모양이에요.

Park

┗, 그럼 좋은 거 아닌가? 요즘 취업하기 얼마나 힘든데?

그러자 눈물을 뿌리는 이모티콘이 올라왔다. 성혁이 키득키득 웃었더니 이번엔 공룡인지 오리인지 모를 캐릭터가 잔뜩 화가 나서 핸드폰을 던진다. 지켜보던 성혁의 입술 사이에서 바람 빠지는 소리가 흘렀다.

R.YU

┗, 취업하면 관극을 못하잖아요. 직장이 사생활에 방해되니까요.

Park

┗, 그래도 평소와 달라진 생활에 적응하는 게 우선이지 않을까? 관극은 시간이 나면 하는 걸로 바꿔보자.

R.YU
ㄴ 기자님은요? 관극 계속하실 거죠?

Park
ㄴ 그래야지. 나한테는 일이니까.

R.YU
ㄴ 좋으시겠어요. 절 비서로 써주시면 안 될까요?

연이어 올라오는 류영은의 이모티콘이 귀여워 성혁은 웃음
을 터뜨리고 만다. 눈앞에 있었다면 깨물어 주었을 거다.

성혁은 류영은에게 무나와 지금까지 있었던 일들을 말해야

R.YU
ㄴ 지난번에 기자님 대차게 까던 언니는요? 서로 아직 그대로예요?

Park
ㄴ 글쎄….

할지 고민해 본다. 말 한 마디 없이 뒤에서 지켜보던 예전과 달
리 지금은 마주 앉아 커피를 함께 마시며 대화하는 사이가 되
었다. 하지만 어딘가 모호하다. 오늘부터 1일이라고 확신에 차
서 사귀기 시작했다거나 썸을 타는 상황도 아니지 않은가. 게

다가 학생과 선생님인 양 왜 풀어야 하는지 모를 문제를 주고받으니 어쩌다 인간관계가 이 지경이 되었는지 모르겠다. 설명하자면 길고, 설명해도 이 녀석은 이해하지 못할 것이며, 이해하는 순간 자지러지게 웃음이나 터뜨릴 게 뷰명하다.

"빠아앙…!"

"…?"

류영은과 잘 있으라는 인사를 주고받은 뒤 핸드폰을 주머니에 넣었는데, 웬 고급 세단 한 대가 다가와 클랙슨을 울렸다. 대기업 간부라도 되는 사람이 탈법한 차였다.

"이보게! 오랜만이야!"

창문이 내려간 뒷자리에서 누군가 소리쳤다. 그에게로 시선을 던졌지만, 가뜩이나 어둑해진 저녁이어서 실내가 잘 보이지 않는다. 성혁이 실눈을 뜨고 살피자 그제야 세단의 주인이 달칵, 버튼을 눌러 실내등을 밝혔다.

"어? 부장님, 안녕하십니까?"

"그래. 잘 지냈는가?"

"네. 부장님도 무탈하시죠? 가끔 소식 듣습니다."

"그래. 나야 뭐, 늘 그렇지."

하며 메기 부장이 치켜든 턱을 손으로 매만지며 웃었다. 오랜만에 만났으니 빈말이나마 인사를 건네던 성혁은 일순 치솟는 불쾌감에 표정이 굳어졌다. 저건 예전부터 목격했던 메기 부장 특유의 손버릇이다. 상전으로서 자기보다 못한 아랫것들에게 드러내는 오만불손한 작태라니.

"이봐. 내가 요즘 흘러 흘러 자네 소식을 듣는데 말이지."

"……."

"자네는 왜 그러고 다니나?"

메기 부장의 입술 한쪽이 비틀어졌다.

"그게 무슨 말씀이십니까?"

"그거 무슨 블로그인지 뭔지 하는 것 말이야. 내가 다 읽어봤거든."

"……."

"애들 장난도 아니고, 그게 뭐 하는 짓인가?"

"……."

"남사당패 외줄타기 구경하는 건가? 그게 자네 취향인가 보지? 겨우 그거 하려고 사표 던졌어?"

"……."

"요새 젊은것들은 공과 사를 구별하지 못한다더니, 딱 그렇구먼."

성혁의 미간이 일그러진다. 무슨 소리냐며 따지려는데, 문득 메기 부장이 주머니에서 담배를 꺼내 입에 물었다. 지포 라이터를 열고 불까지 붙이던 그가 불쑥 너털웃음을 터뜨린다.

"이봐. 인생은 거국적으로 살아야 하지 않겠나? 나처럼 말이야."

"요즘 재미있으신가 봅니다."

"요즘이 아니라 예전부터 그랬어. 자네만 몰랐을 뿐이지."

"……."

"혹시 생각이 바뀌거든 언제 한 번 찾아와. 내가 술 한잔 사지."

"……."

싸우자는 걸까? 불쾌한 감정을 애써 숨기며 한 마디 던지고 싶었으나 메기 부장은 기회를 주지 않았다. 제 할 말만 남긴 채 실내등을 꺼버리는 그, 오래지 않아 세단은 소리 없이 사라져 버렸다. 초라하게 서서 세단의 뒤꽁무니만 지켜보던 성혁은 어금니를 깨무는지 턱 근육이 실룩거린다.

"야! 박성혁!"

"…?"

귀에 익은 목소리가 들려 돌아보니 김주빈이 달려오고 있었다. 그의 뒤에 장국봉과 오세방도 있다.

"야, 메기랑 싸웠니?"

"싸우긴 뭘 싸워? 또 일방적으로 당했지."

"뭐랬는데?"

"요즘 남사당패 외줄타기 구경하는 게 취미냐는데?"

"와! 웃기고 자빠졌네!"

"그러게나 말이야."

쓰게 웃으며 성혁이 대꾸하자 지켜보던 장국봉이 그의 머리를 마구 문질러 헝클어뜨린다. 하지 말라고, 신경질적으로 소리치지만, 성혁은 웃었다. 친구들 앞에서 할 수 있는 거라고는 그저 웃는 것뿐이다.

"우리끼리 한잔하자. 오세방이랑 장국봉이 저 새끼들은 아침 일찍 지방 내려가야 해서 술 못 먹어."

"아냐! 먹을 수 있어!"

"새벽 4시부터 움직여야 한다며?"

"그래도 먹을래! 먹게 해줘! 제발!"

오세방이 소리를 지르더니 급기야 무릎까지 꿇는다. 세 친구가 욕설을 버럭 던지며 그를 일으켜 세운다. 어쩔 수 없다. 또 거창한 술 파티가 열리게 생겼다.

"정신 나간 늙은이 같으니라고! 매운탕을 끓여버릴까 보다!"

"확실히 메기 부장은 권력에 아부하려고 태어난 인간이야. 아닐 것 같지? 내기할래? 전 재산 건다."

"됐어. 네 재산 필요 없으니까 고기나 먹어."

박봉이나 다름없는 기자 월급에 한우 갈비라니! 그래도 이들은 먹는다. 먹어서 스트레스가 풀린다면 당장 입에 쑤셔 넣어야 한다.

"나더러 인생을 자기처럼 거국적으로 살라는데, 무슨 소리야? 그 인간 아주 그쪽으로 간대?"

"아이고야!"

김주빈이 탄식하며 손으로 이마를 짚는다. 고기를 굽던 장국봉은 낮게 욕설을 내뱉었다. 메기 부장 때문인지, 말없이 고기만 집어 먹는 오세방 때문인지 구별되질 않는다.

"그 왜 있잖아? 근본 없는 정치 시사 주간지."

"알아. 찌라시로 도배한 잡지."

"메기가 그쪽에 관심이 있는 모양이야. 빽도 든든하니 못 할 게 없긴 하지."

오세방이 키득키득 웃었다. 메기 부장이 만든 잡지 이름이 너무 웃겨서 웃지 않을 수 없다는 거다.

"뭐랬더라? 어덜트 사우스 코리아?"

"야동이야?"

"그런가 봐."

내용물이 가득한 입안에 소주를 들이붓던 장국봉이 사레에 들렸는지 제 가슴을 붙들고 콜록거린다. 셋은 쳐다보지도 않는다. 친구 맞다.

"웃기는 늙은이라니까. 회사에서 그런 잡지 만들어도 좋다고 승인한 적이 없거든."

"그런데 왜 그러는 거야?"

"풍문으로는 본인이 직접 회사 하나를 차릴 모양이라는데, 모르지. 뭐."

네 친구의 술잔이 허공에서 부딪혔다. 지방 출장이 예정되어 있다는 장국봉과 오세방이 제일 잘 먹는 중이다.

"야, 내가 말이야. 최근에 여자 하나를 만났거든."

"뭐? 여자?"

"예쁘니?"

"안 예쁘면 어때? 여잔데."

"시끄러워. 안 예쁜 여자는 네 취향이 아니잖아."

"뭐 어때, 여자면 됐지."

"에라이, 한심한 새끼야."

진지하게 고민을 꺼내려던 성혁이 도로 어금니를 깨물었다. 도대체 이 친구들은 긴기하고 차분한 분위기 따위 전혀 모르는 모양이다.

"조용히 해! 나도 얘기 좀 하자!"

"그래. 해. 그 여자 예뻐?"

"뭐 하는 여자야?"

"웬일로 박성혁이 여자를 다 만나지?"

친구들의 시선이 한꺼번에 날아들자 성혁은 어쩐지 부담스러웠다. 저 호기심 가득한 눈빛들 때문인지, 아니면 그녀와의 사이에서 벌어진 일련의 사건들 때문인지 구분할 수 없다.

"그게…. 사실 관극하다 만났는데…."

"설마 뮤덕이야?"

“진짜?”

“이거 미친놈 아냐?”

세 친구에게서 온갖 욕설이 튀어나온다. 뮤덕과 사귀다간 그간 번 돈을 무대에 싹 날릴지도 모른다고, 제법 현실적인 소리가 날아와 박혔다. 성혁이 한숨을 푹 몰아쉬었다.

“뮤덕은 뮤덕인데, 좀 특이해.”

“특이해? 왜? 자기가 배우 하겠대?”

“그게 아니라…!”

성혁의 입에서 나온 그간의 사정을 듣자 세 명의 입술이 제 멋대로 실룩거린다. 웃음을 참지 못하는 표정이란 것쯤은 알겠다. 하지만 성혁은 도저히 웃을 수가 없다.

“야, 그 문제 못 풀면 죽이겠대?”

“무슨 소릴 하는 거야? 죽이긴 왜 죽여?”

“너 투란도트 몰라?”

“뭐?”

김주빈의 물음에 성혁은 뒤통수를 한 방 얻어맞은 표정이었다. 생각해 보니 정말 뭔가 이상하다.

“오페라 〈투란도트〉 말하는 거지? 세 가지 질문의 정답을 맞히면 결혼하고, 아니면 사형에 처한다는 중국 황제의 딸.”

“그래. 맞아.”

“이국(異國) 왕자 칼라프가 투란도트의 세 가지 문제를 풀기까지의 과정을 그린 오페라 얘기 맞는 거야?”

“그렇다니까!”

오세방의 대꾸에 김주빈이 고개를 끄덕였다. 장국봉은 젓가락까지 내려놓고 성혁의 얼굴을 살핀다. 아무리 친구라지만 같잖은 녀석이라는 표정이다.

“그렇네! 이름 가지고 따졌으면 그거 맞아!”

“이야! 민우혁 배우가 알면 웃긴다고 데굴데굴 구르겠네!”

“민우혁 배우가 왜?”

김주빈의 물음에 장국봉이 키득키득 웃었다.

“너 몰라? 오페라 〈투란도트〉를 대구 국제 뮤지컬 페스티벌에서 뮤지컬로 무대에 올린 적이 있어. 이건명 배우가 칼라프 왕자 역이었던 말이야.”

“그런데?”

“그런데 그 뮤지컬을 또 영화로 만든 거야. 제목이 〈투란도트, 어둠의 왕국〉이지. 아마? 거기에 민우혁 배우가 칼라프 왕자로 출연했거든. 그 여자가 민우혁 배우 팬이면 다 알고 그런 질문을 한 거지. 내 말이 틀려?”

“와, 명탐정 납셨네. 추측 한 번 기가 막히는데?”

놀리는 줄도 모르고 장국봉이 어깨를 으쓱거린다. 그러나 성혁은 말없이 소주만 마시고 있다. 민우혁 배우와 동명이인이라며 그녀 앞에서 키득거리던 자신이 한심하게 느껴진다. 이용당

했다고 느낀 건 아니다. 그래서 그녀에게 실망했다거나 그녀가 싫어진 것도 아니었다. 그런데 어째서 이리도 머릿속이 복잡한지 모르겠다. 두 번째 문제를 아직 풀지 못했기 때문인지, 뭔지 모를 근심 걱정으로 가득해 보이는 그녀의 굳은 표정 때문인지, 뮤덕인 그녀를 두고 이러쿵저러쿵 수다를 떠는 친구들이 못마땅한 건지, 앞서 메기 부장의 놀림을 받아서인지, 도저히 모르겠다. 성혁은 취한 줄도 모르고 술잔만 거푸 입에 가져갈 뿐이다.

"어이, 칼라프 왕자님, 언제까지 술만 마실 작정이신가요?"

"다 떠들었느냐?"

"아이고! 쉰네들이 왕자님 기분도 모르고 진탕 놀았습죠!"

장국봉이 허리를 두 번, 세 번 굽혀가며 성혁을 놀려댄다. 김주빈과 오세방이 깔깔거리며 그만하라고 소리치지만 장국봉은 그럴 생각이 없는 눈치다.

"계산도 끝났으니 이제 가셔야죠. 가마를 대령할깝쇼?"

"오냐. 편하게 가야겠구나!"

"택시 타고 가라, 이 새끼야!"

장국봉이 성혁의 뒤통수를 후려갈기며 소리쳤다. 택시 안에서 성혁은 지끈거리는 머리를 붙들고 있었다. 하지만 입은 웃는다. 골치가 아픈데도 재미있다. 오늘 하루가 성혁은 그저 재미있기만 했다.

#7 미래

고타마 싯다르타가 보리수나무 아래에서 명상하고 있을 때였다.

육욕천의 마왕 파순(波旬)이 나타나 그의 명상을 방해하기 시작했다.

"네가 그런다고 부처가 될 수 있다고 생각하느냐? 너는 불가능하다. 그러니 당장 부처가 될 것을 포기하라. 그러면 나의 세 딸과 사랑하리라."

파순의 세 딸이 다가와 싯다르타를 유혹하기 시작했다.

그러자 싯다르타가 웃으며 말하기를,

"너는 전생에 한 번의 인생을 살아 깨달은 바가 없으니 나를 이리도 훼방하는구나. 나는 전생에 수천 번의 인생을 살았기에 아는 바가 많고 깨달은 바가 많아 너의 훼방에 흔들리지 않는다."

그러자 파순이 말했다.

"그대는 방금 내가 전생에 한 번의 인생을 살았다고 증명하였다. 그러나 나는 그대가 전생에 수천 번의 인생을 살았다고 증명해 주지 않을 텐데, 이를 어찌 증명하겠느냐?"

그러자 싯다르타가 곰곰이 생각하다가 앉은 자리에서 오른손으로 바닥을 툭툭 건드리며 소리쳤다.

"대지의 요정이여, 어서 나와 나를 증명하라. 파순이 나를 더는 훼방하지 못하도록 나를 증명하라!"

그러자 요정과 신들이 나타나 외쳤다.

"우리가 알고 있습니다. 고타마 싯다르타는 과거에 깨달음을 갈구하던 부처였으며, 이번 생애에도 부처가 되어 온 세상에 진리를 알려 줄 겁니다!"

그러자 싯다르타를 유혹하던 파순의 세 딸이 비명을 지르며 온몸의 아홉 구멍에서 오물을 쏟기 시작했다.

파순이 당황하여 말했다.

"그대는 진정 깨달음을 얻은 부처가 되리라. 이제 누구도 그대를 훼방하지 못하리라."

파순이 사라졌다.

싯다르타가 눈을 뜨니 보리수나무 아래에 앉은 자신이 반짝반짝 빛나고 있었다.

석가모니 부처의 탄생이었다.

경전에 나오는 내용이다

불교에서는 싯다르타가 깨달음을 얻는 순간 취했던 항마촉지인(降魔觸地印) 자세에 아주 중요한 의미를 부여했다.

항마(降魔), 마귀로부터 저항하여,

촉지인(觸地印), 손가락으로 땅바닥을 두드린다.

이 자세로 앉은 불상은 이미 누구나 보았다.

경주 석굴암에 있는 본존불상이 그것이다.

싯다르타가 동서남북 사방에서 희로애락을 발견하고 그 끝에 무엇이 있는지 고민한다.

깨달음을 갈구하고, 파순과 만나 갈등한다.

이 과정의 연출이 아름답다.

아무것도 준비되지 않은 채 태어나 마침내 온 우주의 이치를 깨달아버린 한 인간.

뮤지컬 벤허가 스스로 고난을 자처한 예수와 닮은 인물을 그린 기독교적 이야기라면, 뮤지컬 싯다르타는 석가모니 부처의 탄생을 그린 불교적 이야기이다.

경전의 내용과 아주 똑같지는 않지만, 최대한 경전의 내용을 따르려 고민한 흔적이 엿보인다.

화려하지도, 그렇다고 초라해 보이지도 않는다.

—뮤지컬 〈싯다르타〉

여기는 홍익대학교 대학로 아트센터, 오늘은 〈외쳐, 조선〉이란 뮤지컬을 관극하러 왔다. 어제 서울 아트센터 도암 홀에 다녀온 뒤로 이틀 연속 관극이다. 어제 관극한 뮤지컬 싯다르타의 후기를 블로그에 게시한 성혁이 기지개를 늘어놓다 말고 테이블 위의 커피잔에 손을 가져간다. 오늘 관극할 공연이 시작되려면 몇 시간은 더 기다려야 한다. 그런데도 성혁은 대학로에 일찌감치 도착하여 공연장 1층 스타벅스에 앉아 멍하니 태블릿 모니터만 바라보는 채다. 지금 성혁은, 몹시 골치가 아프다.

"…?"

옆 테이블에 앉은 무리에게서 심상치 않은 대화가 들려온다. '연출님'이라고 불린 이가 무대 구성에 대해 설명하고, '작가님'이라고 불린 이가 상황에 따른 배우들의 동선을 설명한다. 아무래도 조만간 대학로 어느 구석에서 새 무대를 올릴 제작팀인가 보다.

"끼이익…!"

의자 끄는 소리가 요란하여 고개를 돌렸더니 한 젊은이가 음료를 올려놓은 테이블에 종이 뭉치를 내려놓았다. 방금 인쇄한 대본이라며, 상대에게 특정 구간을 손가락으로 짚고는 무언가를 설명한다. 설명을 듣는 이는 꽤 잘생겼다. 낯이 익었지만, 유명 배우는 아니다. 대학로 무대에 자주 오르내리는 인물로 추측되는데, 혜화역 개찰구에서 나와 출구를 찾으려다 발견한 광고판 속의 얼굴이기도 했다. 거금을 들여 생일 축하 광고를 걸어줄 만큼 팬이 많은 모양이다.

"…?"

한 무리의 젊은이들이 우르르 스타벅스로 뛰어 들어오더니 홀로 앉아 차를 마시는 중년의 남성에게 허리 숙여 인사한다. 어떤 이는 그를 '선배님'이라 부르고, 또 어떤 이는 그에게 '형님'이라 부르며, 제일 늦게 들어온 이는 '배우님'이라 부른다. 모두 대학로 무대에서 배우로 활약하고 있거나 곧 활약할 이들이지 않을까, 성혁은 생각한다. 이렇듯 영양가 없는 수다를 떠느라 시끄럽기만 한 여느 동네 커피숍과 달리 대학로의 수많은 커피숍엔 무대를 앞둔 배우가, 연출자가, 작가가, 배우 지망생이 뒤섞여 미래를 연구한다. 대학로는 이런 곳이다.

"후우…!"

블로그의 게시판에 들어가 새 글을 쓰려던 성혁은 한숨의 깊이만큼이나 복잡한 머리를 절레절레 흔들었다. 커피잔 위로 솟은 휘핑크림처럼 온갖 생각들이 뒤섞여 무슨 말부터 꺼내야 할지 모르겠다.

"인간의 예술적 가치 판단을 논하자는 건지, 예술이란 가면 뒤에 숨은 정치를 따지겠다는 건지…."

성혁은 갤러리에 저장된 두나의 두 번째 문제를 다시 읽었다. 그녀의 물음은 어찌 보면 예술의 의미를 극단적으로 바라보는 두 부류의 인간이 던질 법한 말이다. 예술이란 것이 이렇게까지 따지고 들 만큼 골치 아픈 분야란 말일까? 예술의 현장에서 직접 몸으로 부딪치고 깨지며 보고 듣고 느끼다가 느닷없이 '현타'를 겪은 이의 화두는 아닐까? 곰곰이 생각을 정리하던 성혁은 제 가슴 앞에 팔짱을 끼우고 재차 고민해 본다. 도대체 인간에게 예술은 뭐지?

"…?"

그때, 진동으로 설정해 놓은 핸드폰이 부르르 제 몸을 떨어 댄다. 액정에 김주빈의 이름이 박혀있다.

"응. 왜?"

「어디야? 바빠?」

"나 관극하러 왔어. 여기 대학로야."

「어제 싯다르타 봤다며?」

"내 글 봤어? 내용 괜찮지?"

「읽다 보니 우리 부모님 생각이 나더라. 우리 집이 불교 집안 이잖아. 부모님 모시고 가도 괜찮은가 싶어.」

"딱 좋아. 감흥에 젖어 합장하는 관객도 있더라."

「그래? 벤허를 교회에서 단체로 관극한다는 얘기를 듣긴 했 는데, 싯다르타도 그렇단 말이지?」

성혁이 키득키득 웃음을 터뜨렸디. 김주빈의 부모님을 성혁 도 안다. 가족 중에 출가한 인물이 있을 정도로 뿌리 깊은 불자 집안이라 뮤지컬 싯다르타는 아마 그들에게 딱 어울리는 작품 이 될 것이다.

「그나저나 너, 혹시 가위손 전화 못 받았어?」

"가위손? 사장님?"

김주빈이 그렇다고 대꾸하더니 아직 연락받지 못했느냐며 다시 묻는다. '가위손'은 성혁이 메기 부장의 꼴 같지 않은 면상에 사직서를 던지고 나온 회사의 사장이다. 안락의자에 앉아 미용 가위로 손톱과 발톱을 자른다며 붙은 별명인데, 희한하게도 영화 〈가위손〉의 주인공 조니 뎁을 닮기까지 했다.

"나 아직 아무 얘기도 못 들었어. 왜? 무슨 일 있어?"

「가위손이 내년쯤 널 불러들여야 할 것 같대.」

"날 왜?"

「넌 아직도 네 능력이 어느 정도인지 몰라? 일을 잘하니까 부르지! 오세방이나 장국봉같은 놈들이면 부르겠어?」

불쑥 튀어나온 친구들의 이름에 성혁이 와락 웃음을 터뜨렸다. 오세방과 장국봉은 악플을 유도하는 기사를 쓰는 데에 일가견이 있다. 정치부 기자이기까지 해서 지역감정 부추기기에는 1등이다. 회사에선 이 둘을 어디 내놓기 부끄러운 또라이 취급하기 일쑤였지만 기자로서의 위치가 제법 탄탄하여 그저 내버려두고만 있었다.

「웃기냐? 지금 회사 꼴이 어떤지 알고 웃는 거야?」

"회사에 무슨 일이 있는데?"

「메기가 사직서를 제출했어. 그 어덜트인지 뭔지 잡지 회사

대표로 눌러앉으려나 봐.」

"회사 꼴 잘 돌아간다. 그래서?"

「한 가지 문제가 있는데, 메기가 각 부서마다 기자를 한두 명씩 빼간다는 거야. 장국봉이랑 우세방이 이 새끼들도 포함됐어.」

"뭐?"

기막힌 성혁의 입이 떡 벌어졌다. 메기 부장의 행보에 대해서는 어느 정도 예상이 됐다지만 그렇게까지 할 줄은 몰랐다. 게다가 김주빈의 다음 얘기는 그를 더욱 황당하게 만들었다.

「메기가 스카우트한 인간들은 사전에 자기들끼리 얘기가 있었나 봐. 회사나 주변 직원들한테는 입을 꾹 다문 거지.」

"그 두 새끼는?"

「그놈들도 마찬가지야. 며칠 전에 지방 내려간다고 술을 먹네, 마네, 하던 날 기억해?」

"그래."

「사실은 서울 어디 대기업 간부 실에 모여서 비밀 회동이 있었대.」

"대기업 간부 실이라니? 이런 미친놈들이 있나!"

그러니까 정리하자면, 정치인의 권력을 등에 업은 메기 부장이 대기업까지 투자자로 포섭해서 제법 거창한 시사 주간 잡지 회사를 만드는 데에 성공했다. 각 부서의 직원들까지 데려다 자신의 발아래에 고용하기까지 했으니, 한순간에 회사가 텅 비어버려 가위손 사장은 난처해지고 말았다는 거다.

"그래서 날 부르겠다는 거야? 인원 부족한 회사에 땜질하려고?"

「지금 당장 와서 일하라는 게 아니니 땜질은 아니지. 내년을 목표로 회사를 재정비할 건데, 거기에 너처럼 능력 출중한 프리랜서를 데려다 쓰겠다는 거야.」

"그래?"

「이 새끼, 말귀 못 알아듣네! 너처럼 똘똘한 놈이 없어! 윗것들이 네 블로그 안 보는 줄 알아?」

성혁의 시큰둥한 반응이 마음에 들지 않았던지 보다. 바락바락 악을 쓰듯 소리치던 김주빈이 곧 언성을 낮추었다.

「회사에선 우리 넷이 친구인 것도 알아. 그런데 이번 일로 둘이 떨어져 나가니까 남은 우리한테 시선이 집중되는 거라고.」

"……."

「쓸데없이 우정 어쩌고 들이대지 마. 지금은 그럴 상황이 아니야. 일단 우리가 살고 봐야지.」

"그렇기는 해."

「그래. 이 똘똘한 놈아! 나도 똘똘한 친구 덕 좀 보자! 어차피 내년부터라니까 천천히 정리해. 알았지?」

"복잡하네. 회사 상황이 그렇다지만 나도 내 사정이 있으니 고민 좀 해봐야 할 것 같은데…."

무슨 고민을 하겠다는 거냐며 김주빈이 또 소리를 지른다. 답답한 녀석이라고 온갖 욕설을 퍼붓던 김주빈과의 통화가 끝나자 성혁은 뒤숭숭한 머릿속을 차근차근 정리해 본다.

"아아…!"

지끈거리는 관자놀이를 짚은 성혁, 그렇다면 내년부터는 뮤덕 행세가 불가능해진다. 정해진 시간에 맞춰 출퇴근하고, 또 정해진 시간에 회의하며, 사건 사고로 얼룩진 현장에 찾아가 취재를 한 뒤 회사에 보고하는 날들이 이어질 것이다. 관극은 하더라도 아주 가끔이 되겠지. 그녀와 좀 더 가까워지는 상상, 그녀와 나란히 앉아 민우혁 배우의 연기를 지켜보는 상상은 그저 상상에 불과할 거다. 내년까지 얼마 남지 않았다. 성혁에게 시간이 없다.

"후우…!"

다 마시지 못한 커피잔을 반납한 뒤 성혁은 승강기를 타고 공연장으로 올라간다. 공연 시간이 임박했기 때문인지 대극장 로비에 제법 사람이 많다. 티켓박스에 앉은 직원에게 티켓 사이트의 예매 내역을 보여준 뒤 지류 티켓으로 교환한다. 캐스팅 보드를 핸드폰 카메라에 담고, 로비의 어느 구석에 앉아서 성혁은 도로 태블릿 모니터를 펴 들었다.

필자의 블로그에 즐겨 들락거리는 이들 가운데 누군가 질문을 던졌다.

질문은 길었고, 이 질문을 며칠 전 블로그 게시판에 게시한 바 있다.

댓글 창을 막아두지는 않았으나 아무도 언급하지 않는 것으로 보아 대답하기 어려운 질문임은 확실해 보인다.

그렇다면 필자가 이 질문에 답해볼까 한다.

우선 그 긴 질문을 한 문장으로 정리하자면,

'모든 예술 장르는 인간의 역사와 이데올로기에서 자유로울 수 있는가.'

이 정도로 압축할 수 있을 것이다.

역사는 시간의 흐름에 따라 인간의 기억에서 사라져 간다.

이를 안타까이 여기던 고대의 인간은 기어이 흘러버린 시간을 기억하기 위한 방법을 찾아냈다.

그것이 예술이다.

동굴 벽에 뜻 모를 상형문자와 그림을 남기던 인간은 문명이 발전하자 소설과 시 등의 문학 작품을, 연극과 뮤지컬 등의 공연 작품을, 그림이나 조각 등의 미술 작품을 세상에 내놓았다.

인간의 문명은 지금도 계속 발전하고, 예술도 시대의 사회상에 어울리는 발전이 이루어지고 있다.

예술이란 인간의 삶이 투영되어 있으며, 이는 다만 원초적인 본능이다.

본능에 충실했을 뿐인데, 자기보다 약한 짐승을 잡아먹는 포식자에게 야만적이라고 할 텐가.

"…?"

주변이 어수선하여 고개를 돌려보니 관객들이 공연장에 입장하려 줄을 서고 있다. 즐거운 관람 되시라며 티켓을 확인한 어셔들이 미소 짓고, 성혁은 얼른 태블릿을 정리한 뒤 자리에서 일어났다. 성혁은 웃는다. 두나가 어떻게 반응할지 벌써부터 기대된다. 내년의 일은 내년에 생각하고 싶다.

「인간은 이기적이다.」

주택가 골목 대폿집에 앉아 김주빈은 자신의 취재 노트에 그렇게 적었다. 허름한 테이블에 소주잔과 나물 종류의 반찬이 놓여있다.

「인간은 원래 자기밖에 모르는 동물이다.」

밑도 끝도 없이 적어놓은 이 문장을 보고 무슨 소리냐고 따져 묻는 사람이 있을 것이다. 그러나 이것은 김주빈의 분명한 생각이다.

"그렇다고 이타적이지도 않지."

얼마 전에 관극한 뮤지컬 〈벤허〉를 보고 내내 그렇게 생각했다. 핸드폰을 조작하여 갤러리로 들어간다. 거기에 각종 사건 사고를 취재하며 찍어두었던 현장 사진이 많았다. 가장 최근의 날짜에는 뮤지컬 〈벤허〉의 관극을 앞두고 찍은 캐스팅 보드와 주변 환경과 티켓 사진이 있다.

"유다 벤허 역에 신성록, 메셀라 역에 박민성…."

사진을 확대하고도 배우들의 얼굴과 글씨가 잘 보이지 않는다. 노안이 아니다. 사진 찍는 솜씨가 형편없었을 뿐이다. 수전 증도 아니면서 초점이 맞지 않아 제멋대로 흔들린 사진이 갤러리에 가득하다. 사진 기자를 대동하고 다니니 망정이지, 안 그랬으면 진작 해고당했을 거다.

수십 년 전 이곳에 동방박사 왔었지.
왕이 태어난 거라 그 아이를 영접했어.
이것이 비극의 시작.
헤롯왕은 두려워 신생아를 다 죽였네.

—희망은 어디에 中

무대에 살기등등한 병사들이 나타나 여자들에게서 갓난아이를 빼앗더니 그들을 잔인하게 칼로 찔렀다. 영화에도 나오는 장면이다. 무대가 붉게 물든다. 피를 의미할 거다. 죄 없이 죽은 아이들과 엄마들의 고통을 그렇게 표현했다.

"음…."

소주잔을 내려놓은 김주빈의 목구멍을 타고 소주 한 모금이 내려간다. 김주빈은 〈벤허〉를 그날 처음 본 게 아니다. 2, 3년에 한 번씩 개막할 때마다 공연장을 찾았다. 프레스콜이 아닌 완전한 공연을 여러 차례 관극했다.

「그것은 본능이다.」

김주빈은 취재 노트에 문장을 추가했다.

「인간은 이기적이며, 그것은 본능이다.」

그러나 여전히 아무도 이해하지 못할 문장이다. 테이블에 노트와 펜을 내려놓고, 김주빈은 곧 생각에 잠긴다. 유대인의 왕으로부터 자기 것을 잃을지 모른다는 불안감에 갓난아이들을 모두 죽인 왕의 이기심은 본능에 해당할까?

「저는 곧 지옥에 갈 겁니다.」

'알려지지 않은 신화'라는 소설에서 호랑이가 말했다. 죽은 뒤 혼령으로 돌아온 호랑이를 보고 신이 물었다.

「어째서 그렇게 생각하느냐?」

호랑이가 애처로운 표정으로 대꾸했다.

「전 살았을 때 많은 동물을 괴롭혔습니다. 작고 약한 그들이 모두 찢겨 제 입으로 들어갔습니다.」

그러자 신께서 이렇게 말했다.

「너는 죄가 없다. 너는 육식동물이며, 너의 세계에서 강자였다. 그것은 너의 본능이다. 그러라고 태어나지 않았느냐? 너는 본능대로 살았으니 그것은 죄가 아니다.」

그리고 호랑이는 선한 인간으로 다시 태어났다. 생긴 대로 살았으니 죄가 아니라는 신의 판결은 가히 탁월하다.

"그럼 인간에게 본능은 뭐지?"

인간은 배가 고프면 밥을 먹어야 하고, 욕구가 느껴지면 배출해야 하며, 졸리면 자야 한다. 당연한 인간의 욕망은 즉 본능이다. 생각해 보자. 내 배가 고파 쓰러지게 생겼는데, 남이 무얼 먹건 말건 상관할 바가 아니다. 당장 내 배를 먼저 채운 뒤에야 주변의 굶는 이들에게 손을 내밀 수 있다. 똥과 오줌이 마렵다. 당장 해결하지 않고는 내가 살 수 없는데, 옆에서 누군가 쓰러져 죽는다고 해도 도울 수 없다. 동물적인 내 본능을 먼저 처리하고 난 뒤에야 상황 파악이 가능하다.

"양가감정이라는 게 뭐더라?"

불쑥 떠오른 단어였다. 인간에겐 양가감정이란 게 있다. 어학사전을 뒤졌더니 '어떤 것에 대해 동시에 상충하여 일어나는 반응이나 행동, 생각'이라고 설명한다. 그리고 김주빈은 '양극단'이라는 단어도 이어 검색했다.

"둘 사이가 매우 심하게 거리가 있거나 서로 반대되는 일…."

그러니까 인간이란, 같은 것을 보고도 서로 다른 생각을 하고, 다른 처지를 말하고, 서로 달리 행동한다. 그런데 각자의 말을 들어보면 틀린 말도 아니다. 인간은 모두 똑같이 살아갈 수 없기 때문이다. 누구나 생각이라는 걸 하고, 누구나 자기만의 세계관 속에서 살아가기를 원한다. 모든 생명은 원래 그렇게 살아야 한다. 거기다 대고 선과 악을 따진다면 이것은 배웠다고 유식한 척하는, 가방끈 좀 길다고 말하는, 예전보다 발전하기를 바라는 이성과 이상이 사람의 의식을 그렇게 몰고 가는 거다. 그 이성이란 놈이 본능을 유혹하여 생명을 생명답지 않게 만든다.

"그럼 예수는 이타적인 인물인가?"

예수 그리스도가 어느 날, 그런 인간을 구원하겠다고 나섰다. 모든 인간은 죄를 지었으니 그 모든 죄악을 자기가 끌어안겠다고 했다. 그는 신의 사자였고, 신을 아버지 삼은 아들이었다. 믿지 못한 이들은 그의 머리에 가시 면류관을 씌웠고, 그로 모자라 십자 형틀에 대못으로 박아 죽였다.

"그럼 벤허는? 이 캐릭터는 왜 만들어졌지?"

유다 벤허는 예루살렘 유대민족의 귀족이다. 그에게는 비록 자기들 민족과 원수지간이나 다름없지만 둘도 없이 친한 친구

로마인 메셀라가 있다. 거부할 수 없는 민족적 이념과 정치 상황이 둘 사이를 그 잘난 기왓장처럼 산산이 조각나게 했다. 로마의 총독이 예루살렘에 방문했을 때 일어난 사고를 말하는 거다. 이 사건으로 벤허와 가족은 노예 신분으로 추락했다. 가족과 자유를 빼앗긴 채 노예선에 올랐던 벤허는 어느 날, 해상 전투로 로마 장군 퀸터스가 죽을 위험에 처하자 그를 구해낸다. 퀸터스는 이에 감동하여 벤허를 양자로 삼고, 로마 시민권을 부여하는 것으로 예전의 신분을 회복시킨다. 이제 중요한 장면이 등장한다. 전차 기수로 이름 날리게 된 벤허는 그간의 복수를 꿈꾸며 어느 날 열린 전차 경기에 출전한다. 이 경기에서 벤허는 메셀라와 마주쳤고, 치열한 싸움 끝에 메셀라에게 돌이키지 못할 상처를 안긴다. 벤허에게 이것은 끝이 아니었다. 어머니와 여동생이 나병환자가 되어 일반인은 접근조차 불가능한 외딴곳에 박혀있음을 알았고, 그들을 구하기 위해 이리저리 사람들을 만나다가 우연히 예수와 마주쳤다. 벤허의 눈에 그는 어쩐지 지금껏 만나온 사람들과 달랐다. 핍박하는 자를 용서하고, 원수조차 사랑하는 인물. 세속적인 머리로는 이해하지 못할 그 위인이 어느 날 십자가에 못 박혔다. 벤허는 예수의 고난을 목격함으로써 구원이란, 복수와 원망이 아닌 사랑과 용서로부터 시작한다고 깨닫는다. 어머니와 동생의 병이 기적으로 치유되자 그는 그리스도의 뜻을 전하는 이로 살아가야겠다고 결심한다.

"배신을 한다는 건 그간 사랑했기 때문일까?"

이미 많이 갖고도 좀 더 갖겠다며 제 벗의 손을 뿌리친 메셀라로 인해 벤허가 그런 삶을 살게 되었다. 슬픔으로 말미암아 세상을 원망하고 복수를 꿈꾸지만, 신의 사자가 몸소 보여준 고난으로 용서하고 사랑하는 법을 배웠다. 그런데 옛 친구를 향한 메셀라의 마음은 진심이었을까?

"그나저나 벤허의 이름을 왜 유다 벤허라고 지었을까?"

예수를 존경하여 스승으로 여기고, 몹시 사랑한 어떤 이가 있었다. 예수는 그를 열두 번째 제자로 받아들였으며, 사랑했다. 예수를 돈 몇 푼에 팔아먹은 가롯 유다 얘기다. 이름이 같지만, 유다 벤허와는 완전히 다른 인물이었다. 죄악으로 똘똘 뭉친 인간 세상의 메시아가 되겠다는 스승, 끝내 십자가에 매달려 참혹하게 죽어간 그를 가롯 유다는 어떻게 바라봤을까?

"신은 혹시 인간에게 자유의지를 허락하고 지켜본 건 아닐까?"

도깨비라는 드라마에 나비로서 자신을 드러낸 신이 말했다.

「신은 그저 질문하는 자일 뿐, 운명은 내가 던지는 질문이다. 답은 그대늘이 찾아라.」

그런데 성경을 잘 뒤져보면 마태복음에서 이런 구절을 발견하게 된다.

"인자는 자기에 대하여 기록된 대로 가거니와,

인자를 파는 그 사람에게는 화가 있으리로다.

그 사람은 차라리 나지 아니하였더라면 제게 좋을 뻔하였느

니라."

마지막 문장은 무슨 뜻일까? 가룟 유다는 애초에 태어나지

말지 그랬느냐고 따지는 것처럼 읽힌다. 사도행전엔 아예 예수

를 판 돈으로 땅을 샀는데, 그 땅에 자빠져 가룟 유다가 죽었다

는 말이 나온다. 마태복음과 사도행전에서 읽은 문장들을 만약

결과론적 이야기라고 생각해 보자. 신은 이미 모든 상황을 알

고노 이에 닥칠 인간에게 자유의지를 부여하였으며, 가룟 유다

는 다만 선택한 거다. 정리하자면, 신께서는 그런 인간의 미래

를 내다보았으나 답은 정하지 않았다는 얘기가 된다. 선택이란

자신의 가치관에 따라 달라지며, 그 과정에서 신은 인간에게

잠시 기댈만한 품을 내준다. 당사자가 아닌 이상 절대 알지 못

할 역사 속 인물과 실존하진 않으나 깊이 성찰하게 만든 인물

을 김주빈은 고찰해 본다.

"아, 있었네. 하긴….."

혹시나 하여 찾아보니 이 문제는 신학 공부를 하는 사람이

라면 이미 오래전부터 갈등하던 주제였다. 가룟 유다가 스스로

배신해야겠다고 생각했는지, 아니면 이 모든 것은 신의 뜻이었

는지 하는 문제들 말이다. 김주빈은 불자이다. 그런데도 기본적인 종교적 소양을 가졌기에 여러 가지 인간적 고민이 가능했다. 기독교와 관계없는 사람도 인간의 내면을 파헤치느라 고통스러운데, 과연 저들은 어떨까?

"어떻게 살아야 옳은 거지?"

자신의 고픈 배를 채우기 위해 이기적으로 살아도 좋고, 모든 번민을 밀어내고 이타적으로 살아도 좋다. 삶은 선택이다. 선택으로 말미암아 살아가는 세상에서 누구에게도 손가락질당하지 않는 삶을 그는 오늘도 꿈꾼다.

"후우…!"

김주빈은 다시 핸드폰의 갤러리를 뒤진다. 며칠 전에 만난 이의 얼굴을 터치한다. 허름하게 차려입은 노인이 소주잔을 기울이는 사진이었다.

"너무 늦게 찾았어."

70세를 훌쩍 넘긴 노인이었다. 40여 년 전 대학로에서 이름 날렸던 극작가 서영준이 초라하게 늙어 한숨 쉬는 꼬락서니에 김주빈은 속상했다. 그리고 생각했다. 세상으로부터 버려진 천재의 말로는 이리도 비참하구나!

「쓸데없는 짓 하지 마.」

당신이 어떻게 사는지 궁금하다고 했다. 온 대학로를 뒤져 당신의 흔적이나마 아는 이를 찾아 뒤를 캤다고 했다. 비참하게 사는 이를 찾았고, 연극 극본을 쓰겠다고 했다. 그랬더니 늙은이가 그렇게 말한 거다.

「다 지난 일을 꺼내서 속을 뒤집어놓겠다는 건가?」

화조차 내지 못하는 힘없는 늙은이를 꼬드겨서 원고를 마무리 지었다. 김주빈은 후회한다. 슬픔으로 점철된 삶을 사느라 고달픈 이를 기자라는 이름으로 괴롭혔으니까. 그리고 김주빈은 원고의 마지막을 이었다. 그의 슬픔을 온전히 드러낼 수 있을지는 의문이다.

"…?"

다시 소주잔을 채우려는데, 핸드폰이 울렸다. 네 친구가 함께 들어간 대화방에 성혀이 메시지가 박혀있었다.

Park
ㄴ 우리가 회사에 남아있어야겠지? 가위손도 많이 힘들 거야.

Ping
ㄴ 그래. 잘 생각했다.

비로소 김주빈이 웃었다. 피로한 기색이 역력한 김주빈은 문득 핸드폰을 내려놓고 졸린 눈을 비비적거린다. 다시 핸드폰이 울렸다. 며칠째 조용하던 대화방에 친구들의 메시지가 연달아 올라왔다.

Pang
ㄴ 미안하다. 메기 눈치를 보느라 이렇게 됐다.

Pong
ㄴ, 시키는 데로 해야 하는 아랫것들이지만, 너희한테는 미안하다.

pang 님이 대화방을 나가셨습니다.
pong 님이 대화방을 나가셨습니다.

두 사람이 사과 메시지를 남긴 뒤 대화방에서 나갔다. 아무래도 둘은 그간 바쁘게 사느라 잊고 있던 대화방을 성혁의 메시지를 본 뒤에야 나가야겠다는 생각을 한 모양이다. 불현듯 머릿속에 메기 부장의 욕심 가득한 얼굴이 떠올랐다.

"젠장…!"

공연장에서 수시로 발견하는 관크처럼 모두에게 작정하고 민폐를 끼친 메기 부장이었다. 하지만 이제 신경 쓰지 않으려고 한다. 친구 사이를 갈라놓은 인간이지만 그에게서 곧 벗어날 우리는 이제 편안해질 것이다. 모두가 편안히 살았으면 좋겠다.

대학로에 연극 뮤지컬 무대가 손가락으로는 절대 세지 못할 지경으로 많지만, 그중에 필자의 감동 버튼은 몇 되지 않는다.

개인적으로 필자는 꿈을 이루기 위해 고군분투하다 쓰러지고, 눈물 짓고, 갈등하다, 마지막에 가서는 자신이 꿈꾸던 자리에 올라 기쁘게 환호하는, 희망을 노래하는 이야기를 좋아한다.

그런데 그런 작품들은 대부분 소극장에만 올라오며, 이야기 구성도 단편적이다.

오로지 자신이 오르고 싶은 저 머나먼 미래를 바라보는 1차원적 이야기일 뿐이다.

〈외쳐 조선〉이란 작품을 말하려다 서론이 길어졌다.

우선 이 작품은 과거에 보아온, 서론에 언급한 이야기 구성을 그대로 따른다.

비슷한 상황에 처한 이들과 경쟁하고, 자신이 추구하는 방향으로 어떻게든 나아간다.

다만 대극장 무대이다 보니 그만큼 스케일이 크며, 이야기 구성도 섬세하다는 사실이 중요하다.

조선시대를 살았던 민초들 치고 서러운 인생을 살지 않은 사람이 얼마나 있을까?

억눌린 슬픔을 마냥 참지 않겠다며 시조를 읊지만, 백성의 저항이 두려운 양반들은 텃세가 심하다.

자칫 역적으로 몰려 죄 없는 백성들만 죽게 생긴 와중에도 임금은 신하들의 위세에 기를 못 편다.

눈치만 보던 백성들이 끝내 자유로운 삶을 살기까지의 여정을 그린 이야기라고 한마디로 설명할 만하다.

저작권 문제로 무대를 사진이나 영상에 담아선 절대 안 된다는 사실은 누구나 안다.
그런데 공연을 진행하는 동안 약 일주일 가량 커튼콜을 찍을 수 있는 기회가 주어지는데, 이를 '커튼콜 위크'라고 하며, 그게 가능한 날을 '커튼콜 데이'라고 한다.
또한 뮤지컬 넘버를 따라 부르는 걸 '싱어롱'이라고 하고, 그게 가능한 주간을 '싱어롱 위크'라고 하며, 또 그게 가능한 날을 '싱어롱 데이'라고 한다.

필자가 관극한 회차가 하필이면 '싱어롱 위크'에 해당한 탓에 객석에 앉은 모두가 큰소리로 따라 부르고 난리가 났다.
이 작품의 대표 넘버 '이것이 양반 놀음'은 확실히 잘 만든 곡이다.
K팝 무대 위의 아이돌 그룹을 보는 기분이랄까?
필자처럼 뮤지컬에 취미를 붙이고 싶은 '머글'이 접근하기에 편안한 작품이다.

-뮤지컬 스웨그 에이지 〈외쳐, 조선!〉

#8 세 번째 문제

김수빈의 연극

〈욕망〉 3부

등장인물

서영준, 목소리

서영준이 고민하는 얼굴로 이리저리 왔다 갔다 한다.

문득 멈춰서서 수첩과 펜을 꺼낸다. 수첩에 글씨를 쓴다.

서영준: (독백) 일찍이 희희낙락 정신 못 차리는 세상에 나아가

오로지 그것만이 살길이라 여기며

어제오늘 할 것 없는 비감스러운 낯짝 감췄으나

고희(古稀)에 지혜를 얻고자 돌아보니

그저 배운 게 도둑질이라.

서영준이 슬픈 표정으로 허공을 바라본다. 한숨을 쉰다. 수첩에 글씨를 쓴다.

서영준: (독백) 철모르는 삼척동자

　　　뒤늦게 무거운 철 구하고저

　　　자왈 떠들어도

　　　지혜 없는 하늘이라

　　　그저 말만 앞서가네.

서영준이 슬픈 표정으로 허공을 바라본다. 자기 가슴을 잡으며 한숨 쉰다. 수첩에 글씨를 쓴다.

서영준: (독백) 제행무상이라 하였거늘

　　　재생할 기회를 버리고

　　　조상마저 버렸으므로

　　　그 끝에 양밥을 먹으리.

황소 심줄에 목을 맬 것이다.

서영준이 슬픈 표정으로 허공을 바라본다. 픽 웃는다.

서영준: 내가 나를 저주하는 시를 쓰다니. (웃는다)

서영준의 웃음소리가 울음소리로 바뀐다. 수첩과 펜을 바닥
에 내던진다.

서영준: (비명) 이게 무슨 꼴이야! 천하의 서영준이 이게 무슨
        꼴이야! 내가 나를 저주하고! 내가 나를 망가뜨리다니!

아기 울음소리, 여자아이들의 깔깔거리는 소리.
노순심과 공한길의 웃음소리.
서영준이 자기 머리를 두 손으로 쥐어뜯는다.

서영준: (고함친다) 닥쳐! 닥치라고! 날 괴롭히지 마! (주저앉는
        다) 제발 날 괴롭히지 마! (운다) 저리 꺼지란 말이야!
목소리: 서영준.

서영준은 머리를 쥐어뜯으며 뒹군다. 비명을 지른다.

서영준: (울며) 차라리 내가 태어나지 말았어야 했어! (바닥에
　　　머리를 찧으며) 난 위선자야!

목소리: 서영준.

서영준: (울며 머리를 뜯는다) 아아아악!

목소리: 서영준, 내 목소리가 들리는가.

서영준: (깜짝 놀란다) 뭐야?

　　서영준이 상체를 일으켜 주변을 살핀다. 두려운 표정.

서영준: 뭐야! 누가 날 부르는 거야!

목소리: 서영준, 내 목소리를 들어라.

서영준: (불안한 표정으로 일어서서 주변을 살핀다) 당신 누구
　　　야!

목소리: 내가 누구일 것 같은가?

서영준: (허공을 보며) 당신은…?

목소리: 나는 네가 생각하는 대로 신일 수 있지만 너의 내면에
　　　존재하는 너의 자아일지도 모른다.

서영준: (소리 지른다) 그게 무슨 개소리야!

목소리: 서영준, 정말 모르겠느냐?

서영준: 닥쳐!

무대로 하얀 조명이 비친다. 서영준이 두 팔로 눈을 가린다. 조명이 사라진다.

목소리: 서영준, 진정하고 내 말을 들어라.
서영준: (두 팔을 내리며 비웃는다) 당신은 하느님인가요, 부처님인가요? 아니면 알라신?
목소리: 내가 무엇인지는 이미 너도 깨닫지 않았느냐?
서영준: (소리 지른다) 개소리하지 마!
목소리: 서영준.
서영준: 닥쳐!

무대로 하얀 조명이 비친다. 서영준이 두 팔로 눈을 가린다. 빨간 조명이 비친다. 서영준이 비명을 지른다. 파란 조명이 비친다. 서영준이 가슴을 붙잡고 쓰러진다. 서영준이 비명을 지른다. 조명이 사라진다.

서영준: (숨넘어가는 소리) 당신 왜 이래! 나한테 도대체 왜 이러는 거야!
목소리: 진정하라, 서영준. 너는 지금부터 내 말을 들어야 한다.
서영준: 도대체 무슨 말을 들으라는 거야! 으으윽! (신음소리가 울음소리로 바뀐다)

목소리: 너의 그 슬픔은 무엇으로부터 비롯되었느냐?

서영준: 나는…!

　서영준이 가슴을 붙잡고 통곡한다.

서영준: (힘없는 목소리) 나는 사랑 없는 사랑을 했어요.

목소리: 그렇다면 그것은 너의 진심이었느냐?

서영준: 모르겠습니다! 정말 모르겠어요! (비명) 아아아악! (머리를 뜯는다)

목소리: 그것은 너의 삶이었고, 온전히 너의 것이었다. 너는 너 자신을 알아야 한다.

　서영준이 울음을 터뜨린다. 가슴을 붙잡는다.

서영준: (허공을 노려보며) 나는 신이었습니다.

목소리: 그렇구나.

서영준: 나는 새로운 세상을 만드는 신이었습니다. 모두는 내가 아니면 아무것도 하지 못했습니다.

목소리: 그렇구나. 신을 빙자하였구나.

서영준: 나는 극작가라는 이름의 신이었습니다. 나는 대본이라는 하얀 종이에 세상에 없는 세계를 이룩했어요. 배우

들은 거기에서 내가 쓴 대로 행동했습니다.

목소리: 그렇구나. 신이라는 너는 그들을 지켜보고만 있었구나.

서영준: 심지어 연출가도 내가 쓴 세상만 생각했습니다. 배우들을 이끌기 위해서는 그렇게 해야 했습니다.

목소리: 그렇구나. 너는 모두를 내다보았구나. 너야말로 신이었구나.

서영준: 하지만 나는….

서영준이 울음을 터뜨린다. 울음소리가 웃음소리로 바뀐다. 가슴을 붙잡는다.

서영준: (슬픈 목소리) 나는 무대와 나의 삶을 구분하지 못했습니다. 사랑이 다가왔지만, 그 또한 내가 쓴 이야기였습니다. (가슴을 붙잡는다.)

목소리: 너의 사랑을 말하라.

서영준: 내가 이룩한 세상으로부터 도망치려는 사람을 거기 완전히 가두었습니다. 나는 현실에 숨어 그 사람의 감정을 조종했습니다.

목소리: 그렇구나. 너는 삶조차 연극이었구나.

서영준: 그래서 나는 신이었습니다. 모두를 아울러 사랑하고 싶었습니다.

목소리: 그 사랑이 진심이었느냐?

서영준: 진심이요? 그것이 진심이었느냐고요?

서영준이 웃는다. 웃음소리가 울음소리로 바뀐다.

서영준: (허공을 노려보며) 당신은 이 세상을 진심으로 사랑하십니까?

목소리: 너희를 바라보는 나의 시선은 진심이다.

서영준: 나의 사랑도 진심이었습니다. 하지만 나는 사랑 받지 못했습니다. (소리 지른다) 그녀가 나를 사랑하지 않았단 말입니다! 이런 나를 당신도 지켜보지 않았습니까!

목소리: 신은 결코 인간의 세상에 개입하지 않는다. 그저 지켜볼 뿐. 그것이 너와 나의 다른 점이다.

서영준: (소리 지른다) 아니! (일어선다) 분명히 말하지만 나는 신입니다! 그리고 내가 쓴 세상 속의 모두를 사랑합니다! 내가 신이기 때문에…!

무대에 하얀 조명이 비친다. 서영준이 비명을 지른다. 빨간 조명이 비친다. 서영준이 비명을 지르며 가슴을 붙잡고 쓰러진다. 파란 조명이 비친다.

서영준: (고함친다) 그만! 제발 그만…! (비명을 지른다)

　조명이 사라진다. 서영준의 숨넘어가는 소리를 내다가 점차 안정된다.

서영준: (상체만 일으켜 앉는다) 나는…. (울먹인다) 신을 빙자했습니다. 마치 저들의 삶을 조종하는 신처럼 (고개를 떨군다) 그들을 희롱했습니다.

목소리: 이제야 너를 알았구나. 다행이다.

서영준: (허공을 본다) 나는 분명 신이었습니다. 그리고 나는 나를 이해해 주지 않는 이들을 죽게 했습니다. 그들이 세 명을 다해 죽었지만 모두 나 때문이니 내가 죽게 한 겁니다. (울먹인다)

목소리: 너의 현실은 슬프구나. 그렇구나.

서영준: (노려본다) 하지만 나는 여전히 나를 숨기고 싶습니다.

목소리: 어째서?

서영준: 내가 만든 세상에 사는 내가 만든 그들은 그 세계가 죽으면 함께 죽어야 합니다. 그들은 나를 몰라야 합니다. (소리 지른다) 당신의 존재를 의심하는 우리 인간들처럼!

목소리: 너는 신을 빙자하지만 결국 악마였구나. 그렇구나.

서영준: 내가 만들었으니 내가 부수고, 내가 사랑해서 태어나
게 했으니 내가 죽이는 겁니다. (소리 지른다) 그러니
나는! 아직 죽지 않고 살아있는 자에게, 내 가면을 들
추려는 자에게 (주먹을 움켜쥔다) 복수의 칼을 휘두르
겠습니다.

여자아이의 웃음소리가 들린다.

여자아이의 목소리: (밝게) 아빠!

서영준이 허공을 노려보며 웃다가 울다가 웃는다.

목소리: 너의 가족이다. 너로 인해 슬픈 너의 가족이다. 오래 슬
펐다. 이제 그만 두어라.

서영준: 미워하고 원망하겠지요. (힘없는 목소리) 하지만 나는
늙었습니다. 늙어버린 나에겐 답이 없습니다. (노려본
다) 복수의 칼, 그것이 나의 선택입니다.

목소리: 일어나라, 서영준.

서영준이 비틀비틀 자리에서 일어난다. 슬픈 표정으로 허공
을 바라본다.

목소리: 진정 악마가 되겠느냐? 그것이 진정 너의 선택이란 말
　　　이더냐?

서영준: 그렇습니다. 나는 늙었고, 돌이키기엔 너무 멀리 왔습
　　　니다. 끝까지 슬프겠지요.

목소리: 사죄하겠느냐? 내가 지키지만 홀로 설 너의 가족에게.

서영준: (슬픈 목소리) 나를 끝까지 원망해야만 합니다. 나는 악
　　　마이니까요.

목소리: 그렇구나. 비록 나를 빙자하는 죄를 지었지만, 부디 걱
　　　정하지 말라. 너의 핏줄은 끝내 현실로부터 도피할 것
　　　이나 새로운 눈물이 포장해 줄 것이다.

서영준: 기쁨과 슬픔이 공존하겠지요. 우리가 오래 지냈던 곳
　　　이 그랬습니다.

목소리: 그렇구나. 내게 다시 해야 할 일이 생겼구나.

　　무대에 하얀 조명이 비친다. 서영준이 슬프게 웃는다.

목소리: 내게 돌아올 날을 기다리고 있겠다. 거기서는 울었으
　　　나 나의 세상에선 모두가 웃을 것이다.

서영준: 알겠습니다.

　　서영준이 슬프게 웃으며 고개를 떨군다. 한숨을 쉬며 돌아서

서 걸어간다.

암전.

-김주빈의 연극 〈욕망〉 끝

　벽시계가 이제 막 오전 10시를 넘어서고 있었다. 오늘은 주말이어서 하루 두 차례의 공연을 관극하기로 예정한 터라 지금 나가야 한다. 낮 시간에 진행하는 공연을 '낮공'이라 부르고, 저녁 시간에 진행하는 공연을 '밤공'이라 부른다. 많은 뮤덕들이 그렇듯 두나도 낮공과 밤공 모두 참석한다. 이런 경우를 흔히 '종일반'이라고 부른다. 그녀의 좌석은 역시 1열이거나 2열이다. 당연히 같은 내용이 무대에 올라오고, 앙상블 팀도 마찬가지이지만, 주조연급 배우는 스케줄에 따라 다르다. 만일 배우마다 작중 인물을 달리 해석한다면 대사와 행동거지와 표정이 미세하게 달라지고, 심지어 극히 일부 이야기 전개가 달라지는 때도 있다. 물론 그게 대사를 잊은 배우의 실수라면 또 다르다. 난처한 상황에 대처하는 배우들의 순발력을 지켜보는 재미도 쏠쏠하다. 회전문은 이런 재미로 도는 거다.
　"달깍"
　외출 준비를 마치고 방문을 열던 두나가 눈앞에 서 있는 아빠를 보고 흠칫 놀라 걸음을 멈추었다.

"어디 가니?"

"약속이 있어요."

"그래?"

웬일인지 아빠가 오늘은 맨정신으로 말을 걸어온다. 상당히 오래간만에 아빠의 멀쩡한 얼굴을 보니 신기하다. 어쩌면 처음일지 모르겠고, 언젠가 이런 날이 또 있었는지 되짚어보지만, 기억나지 않는다. 지난밤에 아빠는 자정을 훌쩍 넘긴 뒤에야 만취 상태로 들어와 죽은 듯 잠들었다. 혹여 손찌검하진 않을는지 걱정했으나 다행히 별 탈 없이 넘어갔다. 역시 나이를 먹은 탓에 체력이 예전 같지 않은가 보다. 차라리 다행이다

"밥은 먹었니?"

"나가서 먹을 거예요."

"그렇구나. 콩나물국 끓여놨으니, 나중에라도 먹어라."

"……."

"네 아빠 음식 잘한다. 옛날에 우리 극단 배우들이 내가 만든 음식을 좋아했어."

"……."

두나는 대꾸하지 않았다. 언제부터 이리도 친근하게 굴었단 말일까. 아빠와 말을 섞고 싶지 않아 피하려는데, 아직 완전히 사라지지 않은 술 냄새가 코를 찌른다. 코가 마비될 지경이다.

"나, 한 열흘 정도 지방에 간다."

"지방이요?"

두나가 돌아섰다. 끄덕이는 아빠의 고갯짓이 느리다. 손가락도 불규칙하게 바들거리는 꼬락서니가 이미 한참 전부터 알코올 중독에 빠져들었나 보았다.

"지방 어디에 가요?"

"강원랜드."

"강원, 뭐라고요?"

"듣자 하니 거기 시설이 좋다더구나. 구경이나 하다 올 생각이야."

두나의 미간이 일그러진다. 평소에도 주취 폭력에, 계집질에, 성폭력을 일삼았다고 떠들었고, 도박이라면 두 팔 뻗고 환영한다고 소리치던 아빠였다. 아무래도 이젠 아예 제 인생을 가져다 바치려는 모양이다.

"네. 그러세요."

신발을 발에 꿰며 대꾸하는 두나의 목소리가 심드렁하다. 어차피 아빠는 거기에 가서도 평소와 다름없을 게 분명했다. 게임이 마음대로 풀리지 않아 행패를 부릴 것이고, 술에 진탕 취해 주정을 부릴 것이며, 도박판을 지키고 선 덩치들이 위협을 하거나 말거나 욕지거리를 일삼다가 무자비하게 얻어맞을 것이다. 아빠가 지금껏 자기 입으로 자랑삼아 떠들어 온 바가 있으니, 추측일지언정 과한 상상은 아니다. 그러므로 이 모든 사정은 지금껏 그렇게 살아온 아빠의 인생일 뿐, 앞으로도 아빠가 어떤 꼴을 당하거나 말거나 두나는 절대 신경 쓰지 않을 생각이다.

"아빠가 거기 가서 크게 한몫 잡으면, 우리 딸 맛있는 거 사줄게."

"……."

"생각만 해도 재미있다. 그렇지?"

"……."

"아니면 이사 갈까? 큰 집으로? 여기 너무 좁잖아."

아무래도 아빠는 하나밖에 남지 않은 딸과 장밋빛 미래를 꿈꾸는 모양이다. 그 실현 불가능한 상상을 듣고만 있자니 두나는 배꼽이라도 붙잡고 싶었지만, 도저히 비웃을 여력이 없다. 어느덧 머리가 허옇게 세어버릴 지경으로 나이를 먹고도 지난날의 잘못을 모른 채 지금의 허황한 쾌락만 뒤쫓으니 심각한 문제였다. 늙은 부모가 타락한 자식을 구제할 방법을 찾지 못한 채 죽었고, 아내가 상처를 치유하지 못한 채 죽었으며, 큰딸까지 스스로 목숨을 버릴 지경으로 가정이 파탄 났다. 이제 가족이라고는 둘째 하나뿐이고, 그 딸이 자신의 미래라도 지킬 심산으로 모아놓은 자금마저 빼앗아 한탕에 몰아쳤다. 아무리 제 아버지라지만 너무나 한심스러워 무슨 말을 해야 할지 모르겠다.

"아, 그렇지. 얘, 두나야!"

"…?"

현관문을 열려던 두나가 아빠를 돌아보았다. 숨은 깼으나 코는 여전히 빨간 아빠가 재채기라도 하려는지 콧등을 연신 문질러댄다.

"애비 용돈이나 몇 푼 주지 않을래? 놀 때 놀더라도 밥은 먹어야지."

"용돈이요? 돈도 없이 거긴 어떻게 가요?"

"노는 돈이랑 밥 먹는 돈이랑 같니?"

기가 막혔지만, 기왕에 멀쩡한 정신으로 돌아온 아빠에게 잔소리를 퍼붓고 싶었지만, 두나는 참았다. 말해봤자 소용없다는 걸 잘 안다. 가방을 뒤져 5만 원짜리 지폐 세 장을 꺼낸 두나, 아빠는 신사임당 세 분을 손에 쥐고서 활짝 웃는다. 알코올에 절어 누렇게 변색 된 치아가 눈에 들어왔지만 두나는 모른척했다.

"아빠, 갈 때 가더라도 씻고 가요."

"응? 씻으라고?"

"냄새나요. 속옷도 갈아입고 가요."

"그래. 한 일주일 입어서 그런가 보다."

아빠가 그 자리에서 팬티를 발아래까지 쑥 내리더니 화장실에 던져버린다. 축 늘어진 아랫도리를 목격했지만 두나는 또 외면한다. 아까부터 코를 찔러댄 건 술 냄새가 아니라 일주일이나 썩어 문드러진 속옷 냄새였던가 보다.

"끼이익, 쿵!"

진절머리를 느낄 지경으로 경첩 부딪히는 소리가 길게 이어지더니 현관문이 닫혔다. 두나는 아빠에게 다녀오겠다는 인사를 하지 않았고, 아빠도 두나에게 잘 다녀오라는 한 마디 건네지 않았다. 서로에게서 진작 멀어져야 했을 가족이 오늘도 각자의 삶으로 각자 알아서 파고든다. 두나는 아빠가 어디 가서 죽었으면 좋겠다고 생각했다. 모든 남자는 아빠 같지 않을 거다.

"미안하다."

집에 혼자 남은 서영준이 중얼거렸다. 두나에게 단 한 번도 본래 모습을 드러낸 적 없는 서영준이 가면을 벗고 그렇게 중얼거렸다.

"결국 우린 비참해질 거야."

반쪽뿐인 사랑으로 결혼했다. 사는 동안 가족 중 누구도 웃지 않았다. 쪼개진 사랑을 어떻게든 이어 붙이고 싶었으나 실패했다. 그리고 아내의 죽음으로 서영준은 모든 걸 후회했다. 첫째가 죽었고, 둘째가 비참한 삶을 살아가는 걸 목격했다. 그제야 사랑 없는 현실에 사는 자신의 미래가 보였다.

"쏴아아…!"

샤워 호스에서 물이 쏟아져 나왔다. 서영준은 샤워기를 붙잡

지 않은 다른 손을 펴 들었다. 두나 앞에선 마치 알코올 중독
자처럼 바들바들 떨었지만, 사실은 멀쩡하다. 거울에 제 얼굴
을 비추었다. 양치했더니 누렇게 칠한 이빨이 깨끗해졌다. 무
대를 마친 배우가 분장실로 돌아와 편안히 분장을 지우는 기
분이었다.

"왜 이렇게 살았을까?"

하나뿐인 딸을 너무 오래 속였다. 아내에게 사랑이 없음을
깨닫고 자식에게까지 사랑을 주지 않았다. 자신의 핏줄이지만,
단 한 번도 사랑해 주지 않았다. 처음엔 세나에게만 그랬다. 세
나가 죽은 뒤 두나에게도 그랬다. 아마 상처만 남았을 거다. 진
작 서로에게서 멀어져야 했다.

"내가 그렇게까지 폭력적으로 굴었는데, 왜 참았니?"

아이는 아버지가 술에 절어 사는 줄 안다. 도박에 빠진 줄 안
다. 계집질을 하는 줄 안다. 그러나 한 번도 제 눈으로 보지 못
했다. 아버지의 입에서 나온 말을 전부 믿다니, 순진한 녀석이
다. 본래의 모습으로 돌아왔으니 서영준은 이제 거짓말에서 벗
어나고 싶었다.

"하지만 어떻게…?"

샤워를 마치고 나온 서영준이 방으로 들어가 장롱을 뒤졌다.
얼마 전 두나에게서 빼앗은 돈봉투를 꺼냈다. 불쑥 울음을 터
뜨렸다. 칠순을 넘긴 노인이 인생을 후회하며 기운 없는 울음

을 토해낸다. 가면을 너무 오래 쓰고 있었다. 벗기엔 너무 늦어
버린 것 같다. 죽고 싶었다.

　

　성혁이 휘핑크림을 잔뜩 얹은 차 두 잔을 가져다 테이블에
내려놓았다. 맛있게 드시라며 노련한 직원처럼 친절하게 말을
걸었지만, 두나는 여전히 침묵으로 일관할 따름이다.
　"처음엔 이상하게 보였는데, 지금은 재미있어요."
　"…?"
　"저 사람들 말이에요."
　성혁이 통유리창 바깥을 가리켰다. 말없이 고개를 돌린 두나
의 눈에 익숙한 얼굴들이 보였다. 공연장 주변을 서성이는 사
람들, 모두 두나와 비슷한 입장의 군상들이다.
　"저 사람들, 밤공도 보겠죠?"
　"……."
　"회전문을 돈다는 건 작품이 재미있어서 그런 것도 있겠지만
더불어 호흡하며 즐길 수 있기 때문이라고 생각해요."
　마니아층 특유의 열정이 재미있다고 말하고 싶었다. 이를테
면 그들은 가장 좋아하는 배우를 '본진' 또는 '최애'라 부르고,
다음으로 좋아하는 배우를 '부본진' 또는 '차애'라 하며, 그 외
에 마음에 드는 배우들을 '사랑하는 배우'라는 뜻으로 '애배'라
고 한다. 각 배우를 친근한 표현으로 부르기도 하는데, 해당 배

우 본명의 일부 글자와 배역의 이름을 붙이는 방법을 쓴다. 〈영웅〉의 안중근으로 출연할 땐 정성화 배우를 '정중근', 양준모 배우를 '양중근'이라고 했다. 민우혁 배우를 대표적인 예로 들어보자. 대부분의 뮤덕들은 그를 '민비'으로 부른다. 〈프랑켄슈타인〉의 '빅터' 역을 맡은 전례 때문이라지만 야구선수 출신이라 키가 크고 덩치도 큰 탓에 불린 애칭이다. 그러나 그보다는 '밍'이라고 쓸 때가 더 많다. 작품에 함께 출연하는 배우들 가운데 이름의 글자 일부가 겹치는 상황에 닥칠 때가 있기 때문이라는데, 그것이 핑계였던 뭐였든 결과적으로만 보면 얼마나 귀여운 표현이란 말일까. 그래서 그가 안중근이 되자 '밍중근'이 되었고, 오래전 〈레미제라블〉에서 앙졸라로 출연했을 땐 '밍졸라'였다. 그 〈레미제라블〉이 초겨울쯤 10여 년 만에 다시 한국에서 개막하게 되었다는 소식이 들려왔다. 당당하게 장발장 역을 차지한 민우혁 배우를 팬들은 '밍발장'이라고 부르는 중이다. 김준수 배우의 경우에는 동방신기 활동 당시 '시아준수'라는 예명으로 활동한 전례가 있어 '샤'로 통칭하며, 그 유명한 빨강 머리 드라큘라로 출연할 때 '샤큘'이라고 불렀다. 언젠가 류영은이 이렇게 말했다.

「신성록 배우한테서 다크 섹시가 느껴져요! 나 변태인가 봐요! 아주 그냥 미쳐버리겠어요!」

이 녀석이 본진으로 삼았다는 신성록 배우는 카카오톡에서 쓰이는 강아지 이모티콘과 닮았다는 이유로 처음엔 '톡개'라고 부르다가 나중에는 '톡'이라고 줄여 부르게 됐다고 한다. 〈지킬 앤하이드〉에서 지킬과 하이드 역을 맡았다고 '톡 지킬', '톡 하이드'라고 부른다. 벤허 역을 맡았을 땐 '톡벤'이었고, 드라큘라 역을 할 땐 '톡큘'이었으며, 〈프랑켄슈타인〉에서 빅터역을 할 땐 '톡빅'이었다. 이 외에도 상당히 많으나 전부 못 외운다. 물론 인터넷에서나 쓰이는 줄임말이기는 하지만, 그만큼 배우들을 향한 열정이 대단하기에 만들어졌을 것이다. 그 배우 당사자가 아닌데도 저들이 너무나 사랑스러워 보일 지경이라고, 성혁은 당장 말하고 싶다. 하지만 그는 입도 벙끗하지 못하고 있었다. 두나가 아직 누 번째 문제의 답변을 심상치 않은 눈길로 지켜보는 탓이다.

"다 읽었어요?"

두나가 말없이 태블릿을 돌려주자 성혁이 그제야 웃는다. 그녀는 아직 웃지 않았지만, 성혁은 그래도 웃고 싶다. 이미 한참 전부터 두나의 기막힌 반응을 기다려왔다.

"박성혁 씨."

"네?"

"싸우자는 건가요?"

그러자 성혁이 '와하하!' 하며 자지러지게 웃음을 터뜨렸다. 커피숍에 앉은 사람들이 모두 이쪽을 쳐다볼 정도였다. 하지만 두나는 여전히 무표정한 얼굴이다.

"그건 아니죠. 두나 씨랑 싸우면 제가 질 것 같은데요."

"그럼 이 도전적인 글을 어떻게 해석해야 하죠?"

"음….."

성혁이 자못 진중한 낯빛으로 고민하는 표정을 짓는다. 일부러 그런다는 사실을 두나는 이미 알고 있다.

"전문용어로 '밀당'이라고 해두죠."

"뭐라고요?"

두나가 빽 소리쳤다. 순식간에 우두망찰하여 할 말을 잃어버린 표정이라니, 그간 전혀 보지 못했던 두나의 얼굴에 성혁은 웃지 않을 수가 없다.

"여보세요. 박성혁 씨! 그게 무슨 말이에요?"

"무슨 말이기는요? 우리는 지금 다른 사람들보다 훨씬 수준 높은 썸을 타고 있는 거예요."

"썸이요? 썸?"

기가 막혀 어쩔 줄 몰라 하는 두나의 속내를 성혁은 가만히 짐작해 본다. 뭐 저런 자발 없는 미친놈이 다 있나! 여기까지 떠올리자 그는 도저히 웃음을 참을 수가 없었다.

"박성혁 씨, 우리는 밀당할 정도로 썸타는 관계가 아니에요."

"알아요."

아무렇지 않게 대꾸하는 성혁을 보고 두나가 또 어처구니없

는 표정으로 웃었다. 얼척없다는 전라남도의 방언이 두나에게
딱 어울린다.

"두나 씨, 저도 질문 하나 할게요. 두나 씨가 내준 그 문제의
답은 뭐죠?"

"그건…."

"저는 답이 없다고 생각해요."

"어째서요?"

"얼핏 보기엔 예술을 논하는 질문이지만, 하나하나 따져 보
면 역사학과 연관이 있고요. 정치와도 연결돼요. 인류학이거나
심리학으로도 분석할 필요가 있어요."

"……."

"그런데 분석 따위야 차치하고, 그보다는 질문자의 의도가
중요해 보였죠. 이 질문의 목적이 뭔지 고민했어요. 제 생각에
두나 씨는 정답을 원하고 있지 않은 것 같아요."

"……."

"다시 질문할게요. 왜 그런 문제를 주셨어요?"

"그야 당신이 무슨 생각을 하는지 궁금해서…."

채 말을 마치지 못하고 두나가 입을 다물었다. 하마터면 속
내를 고스란히 드러낼 뻔했다. 밝히고 싶지 않은 두나의 마음
을 이미 오래전에 알아챈 성혁이 그제야 픽 바람 빠지는 소리
를 낸다. 두 번째 문제의 정답은 저 얼굴에 그려진 표정으로 풀

렸다. 하지만 그것이 썸으로 이어질는지는 알 수 없다. 아직 성혁의 확신은 추측일 뿐이다.

"이제 세 번째 질문을 주시겠죠?"

"네?"

두나가 또 당황한 낯빛을 드러낸다. 능청스러운 표정으로 재차 한 마디 붙이는 성혁,

"그 세 번째 문제가 마지막일 거예요. 그렇죠?"

"……."

그러자 두나가 순식간에 당황한 표정을 지우고 성혁을 매섭게 노려본다. 아니, 사실은 그렇지 않은데, 그렇게 느껴진다. 도둑이 제 발 저린다고, 그녀를 완벽하게 파악했다고 생각한 스토커 아닌 스토커의 자격지심이다.

"성혁 씨는 제가 좋으세요?"

"그럼요. 왜 풀어야 하는지도 모르는 문제를 풀고 좋아하는 걸 보면 두나 씨를 좋아하는 게 확실해요."

"진심인가요? 내가 차갑게 구는데도 괜찮은 거예요?"

"차갑지만 속은 여린 사람일 것 같아요."

"……."

"비유하자면 당신은 소프트아이스크림이에요. 따뜻해지면 속절없이 녹아버리는…."

그러다 성혁은 당혹스러운 얼굴이 되고 말았다. 그녀가 웃는

다. 키득키득, 놀이동산에 처음 간 꼬마가 역시 처음인 회전목
마를 타고 까르르 웃듯 그녀가 웃는다. 저렇게 웃는 모습을 처
음 본다. 무표정했다가, 황당해했다가, 당황했다가, 깔깔거리기
까지 하는 그녀, 오늘 참 다이나믹하다.

"…?"

그녀가 문득 가방을 뒤지기 시작했다. 성혁은 두나가 뭘 하
려는지 이미 눈치챘다. 차라리 데스노트라고 불러버릴까 보다.

"또 그 빨간 노트군요. 역시 세 번째 문제인가요?"

"네. 마지막 질문이에요. 이게 무슨 뜻인지 맞혀보세요."

하고는 두나가 특정 페이지를 열어 성혁에게 보여준다.

"…?"

난데없이 어려운 단어의 나열이 눈에 확 들어온다. 갑자기
머리가 지끈거렸다.

"사진 찍으세요. 나 밤공 들어가야 해요."

착실하게 말 잘 듣는 모범생처럼 성혁이 핸드폰을 꺼내 해당
페이지를 저장한다. 갤러리에 문제없이 저장한 사진을 확인하
던 성혁의 시선이 슬쩍 두나에게 옮겨간다. 그 징글맞은 빨간
노트를 말없이 가방에 넣는 그녀, 어느새 무표정한 얼굴이다.
아직 눈치를 살피는 성혁에게 고개도 돌리지 않는다.

"이거 말이에요. 시조 같은데, 두나 씨가 직접 쓴 거예요?"

"네."

가방을 짊어진 그녀가 성혁에게 돌아섰다. 메마른 눈빛과 억양 없는 목소리로 대꾸하는 그녀, 다시 웃어주지 않는 두나가 성혁은 섭섭하다.

"한 열흘이면 될까요?"

"네. 이마…."

"그럼 열흘 뒤 월요일에 치킨 홀 앞에서 오전 11시 반에 만나요."

"네? 치킨…. 뭐라고요?"

성혁이 되물었으나 두나는 픽 바람 빠지는 소리만 내고는 커피숍 밖으로 사라졌다. 홀로 남은 성혁은 당장 무엇부터 해야 할지 몰라 허둥거리다가 얼른 핸드폰을 집어 들었다. 황당하기 짝이 없는 이 순간, 그를 구제해 줄 인물은 딱 한 사람뿐이다.

Park
ㄴ 영은아, 바쁘니?

R.YU
ㄴ 아뇨. 괜찮아요.

Park
ㄴ 나 좀 급해.

R.YU

ㄴ 왜요? 무슨 일 있어요?

Park
ㄴ 치킨 홀이 무슨 뜻이니?

R.YU
ㄴ 네? 갑자기 치킨 홀은 왜요?

Park
ㄴ 이 여자가 열흘 뒤에 치킨 홀 앞에서 만나자는데, 이게 무슨 소
리야?

밑도 끝도 없는 말이었지만 그래도 알아들었는지 채팅창에
온갖 캐릭터가 마구잡이로 웃어대기 시작한다. 자기 배를 싸쥐
고 뒹구는 녀석, 땅바닥을 주먹으로 쾅쾅 때리며 웃는 녀석, 성
혁을 가리키며 야비하게 웃는 녀석 등등 가뜩이나 골치 아픈
데, 더 정신이 사나워 성혁이 '야!'하고 한 마디 던졌다.

R.YU
ㄴ 와, 뭐가 좀 잘 돼가는 모양인데요?

Park
ㄴ 모르겠어. 골치가 너무 아파.

R.YU

ㄴ 기자님 바보예요?

Park

ㄴ 그래, 나 바보야. 그러니까 빨리 대답 좀 해보라고.

R.YU

ㄴ 기자님, 오늘 곤 투모로우 보러 가신다고 했잖아요?

Park

ㄴ 그렇지. 그런데 그건 왜?

R.YU

ㄴ 공연장 이름이 뭔지 기억나지 않으세요?

Park

ㄴ 뭐?

R.YU

ㄴ 티켓 아직 안 버렸으면 빨리 찾아보세요.

"…?"

의아한 얼굴로 성혁이 가방을 뒤져 절취선 바깥이 뜯겨나간 티켓을 꺼내 들었다.

"어?"

깜짝 놀란 성혁이 얼른 커피숍 통유리창 옆으로 옮겨 가서 바깥을 내다본다. 화려하게 생긴 건물 외벽에 'BBCH홀'이라는 이름이 큼지막하게 적혀있다. 티켓에도 마찬가지이다.

Park
ㄴ 공연장 이름이 BBCH홀이네.

R.YU
ㄴ 그 이름이 하필이면 치킨 브랜드와 비슷해서 치킨 홀이라고 부르는 거예요.

Park
ㄴ 그렇구나!

세상에 이리도 별일이 다 있다. 마치 패잔병이라도 된 것처럼 온몸의 힘이 쭉 빠져서 자리에 풀썩 주저앉는 성혁, 이 와중에도 류영은은 또 가지각색의 이모티콘으로 그를 놀리느라 혈안이다.

"이 녀석이…!"

아주 못 된 녀석이라고 한 마디 하려다가 그만두었다. 성혁은 온갖 생각들로 지끈거리는 관자놀이를 짚었지만 입은 그저 웃기만 했다. 이렇게 해야 뮤덕이 된다면 그까짓 문제, 얼마든지 풀어줄 작정이다. 뮤덕의 길은 멀고도 험하다.

갑신정변에 실패한 김옥균.
그 김옥균을 죽이라며 고종에게서 명을 받았으나 그의 사람됨에 감복한 한정훈은 그가 채 이루지 못한 거사에 뛰어든다.

힘세고, 잘나고, 돈 많고, 말 많은 것들이 득세하는 시대였다.
약한 나라를 정복하는 것으로 자기를 증명하던 시대였다.
중국은 어떻게든 대국의 풍채를 유지하려 애썼고, 일본은 시대의 흐름을 잘 읽어 앞서나가려고 한다.
가운데에 끼인 조선은 할 수 있는 게 아무것도 없었다.

겉으로는 큰소리를 치고, 제 명령을 잘 따르면 원하는 걸 주겠다며 으스대지만, 고종은 기세등등한 일본 앞에서 설설 기기만 하는 나약한 왕이었다.
어떻게든 이 복잡한 상황에서 벗어나고 싶었으나 끝내 폐위라는 일본의 결정에 발악 한번 못하고 스러진다.

이쯤에서 필자의 마음에 쏙 들어온 포인트를 언급하려 한다.
현재, 과거, 현재로 이어지는 장면 전환에서 긴박감이 느껴진다.
무대 장치 활용을 똑 부러지게 잘했다.
조명과 장막과 음향과 무대 바닥의 움직임이 삼일천하 및 어지러운

시대를 적절히 표현하고, 주인공이 무사들과 싸우는 장면을 깊이 있게
보여준다.
　다시 보고 싶은 대목이다.

　고종이 끝내 김옥균의 사체를 머리와 팔과 다리 등등 여덟 조각으
로 나누어 조선 팔도 곳곳에 버리라고 명령하는 장면이 있다.
　김옥균이 능지처참당했다는 얘기는 역사 공부를 좀 한 사람들은
익히 들어 알 테지만 아무리 그래도 귀신의 등장이라니, 생각지도 못
했다.
　어쩐지 기괴하다.

-뮤지컬 〈곤 투모로우〉

修里修里 摩訶修里 修修里 娑婆訶 (수리수리 마하수리 수수리
사바하)
　좋은 일이 있겠구나. 좋은 일이 있겠구나. 지극히 좋은 일이
있겠구나. 대단히 좋은 일이 있겠구나. 아, 기쁘구나.

開花流水 再回春 怎杜兰朵 (개화유수 재회춘 즘두난타)
　꽃이 피고 물이 흐르는 봄이 다시 돌아오는데 피어오르는 난
초를 어찌 막으랴

南無 密陽成 達城加以 于于二愛干 娑婆訶 (나무 밀양성 달성 가이 우우이애간 사바하)

은밀히 숨긴 성벽에 볕이 들어 어느 두 이가 사랑을 나누니 아, 기쁘구나!

"으아아악!"

책상 앞에 앉아있던 성혁이 별안간 비명을 질렀다. 두나의 세 번째 문제가 그를 이리도 괴롭힌다. 머리가 지끈거렸다. 너무나 골치가 아파서 차라리 깨져버렸으면 좋겠다.

"이게 무슨 뜻인지 맞히라니? 도대체 이게 뭔데?"

학창 시절 국어 문학 시간에 배운 한시조 같다. 얼핏 불교 경전을 읽는 기분이기도 했다. 불교라고는 수학여행으로 경주 불국사에 다녀온 적이 있고, 취재 차 사찰 몇 군데에 들른 적이 있지만 정작 성혁은 무교론자이다. 게다가 시집을 몇 권 소장하고 있으나 대부분 작가를 인터뷰하고 받은 선물이었으며, 모두 현대 시로 구성되어 있다. 이런 식의 한시조를 접할 일이 전혀 없으므로 두나의 글을 어떻게 받아들여야 할지 모르겠다.

"후우…!"

쥐어뜯을 것처럼 두 손으로 벅벅 긁었더니 머리가 엉망으로 망가졌다. 그래도 부딪히는 수밖에 없다. 곰곰이 생각에 잠겨있던 성혁, 인터넷에 접속했다.

"초장(初章)은 천수경의 정구업진언(淨口業眞言)…."

천수경이란 '관세음보살의 공덕을 찬탄하고, 그에게 귀의하여 예배하고 참회하며 발원하는 구절과 진언으로 구성되어 있다.'라고 인터넷 백과사전에 적혀있다. 법구경에 이르기를, 사람은 말로서 네 가지 업을 짓는다고 한다. 거짓말, 욕설, 이간질 그리고 겉과 속이 다른 말을 가리킨다. 이것을 구업(口業)이라고 하는데, 정구업진언은 천수경을 시작하는 첫 진언으로, 독경 전에 제일 먼저 죄 많은 입을 깨끗이 한다는 의미가 있다.

"그럼 초장은 그 네 가지 잘못을 인정하고 깨우치면 좋은 일이 있을 거라는 뜻이잖아. 나한테 있을 좋은 일이라는 게 뭔데?"

갸우뚱거리지만 아직 모르겠다. 굳이 따지자면 그녀의 차가운 마음을 녹여 따스하게 사랑하기. 성혁의 소원이긴 하지만 지금으로선 지극히 개인적이고 일방적인 바람일 뿐이다.

"속을 보여주지 않는 이상 아무것도 알지 못하니 초장은 추상적일 수밖에 없겠지."

절레절레 고개를 흔들던 성혁의 시선이 이제 중장(中章)으로 넘어간다. 새봄이 돌아오면 꽁꽁 얼었던 물이 녹고 꽃이 핀다는 말에는 공감이 된다. 사람의 마음도 마찬가지일 거다. 거기까지는 분명히 알겠다. 하지만 마지막 단어가 어려웠다.

"즘두난타(怎杜唔朵)? 우리식 한자어가 맞나?"

어찌 즘(怎), 이 글자는 '어째서', '어떻게'라는 뜻으로 쓰이는 한자이지만 검색창을 뒤져보면 중국어 풀이가 먼저 나온다. 중국어에서 흔히 쓰이는 표현이란 거다. 그러나 이 글자 하나로는 모든 뜻을 풀이할 수 없으므로 일단 넘어가야겠다.

"이게 뭐시?"

'두난타'를 검색했다. 자음동화이니 '두란타'로 검색하는 게 어떻겠느냐는 질문이 뜬다. 검색해보니 이번엔 '듀란타'로 검색하란다. 그러나 발음상의 차이일 뿐 결과는 똑같다. 웬 열대식물이 눈에 들어온다. 미국 플로리다, 서인도제도, 멕시코, 브라질 등에서 자생하는 관상용 식물로….

"무슨 소리야?"

전혀 엉뚱한 자리를 헤매던 성혁의 마우스가 도로 중국어 사전에 접속했다. 아무리 생각해도 두난타(杜兰朵)는 우리나라에선 쓰지 않는 단어이다.

"어?"

성혁이 깜짝 놀라 소리쳤다. 글자를 하나하나 해석하여 '피어오르는 난초'라는 표현으로 가면을 썼지만, 거기에 속으면 큰일 난다. 중국어 사전에서 두난타(杜兰朵)는 투란도트이다. 한글은 소리글자라서 어떻게 써도 통하지만, 한문은 뜻글자라 아무 말이나 붙일 수 없다 보니 엉뚱한 열대식물이 나타나는 해프닝이 벌어진 거다. 게다가 두란타와 난초는 관상용 식물이란 사실 외엔 전혀 관계가 없다.

"역시 투란도트 맞았네."

성혁의 양쪽 입꼬리가 살며시 올라간다. 만취해 제멋대로 떠들던 친구들의 잔소리가 아른거린다. 정말 투란도트의 수수께끼를 풀어야 하는 칼라프 왕자가 되어버렸으니 이젠 끝장을 봐야 한다.

"종장(終章)을 도저히 모르겠는데…."

얼핏 초장의 정구업진언을 반복하는 건 아닌지 인터넷을 도로 검색했지만, 전혀 아니다. 우선 성혁은 '우우이애간(于于二愛干)'이라는 글자에 시선을 고정했다. 우리나라에서 '우(于)'는 어소사(語助辭)로 쓰일 뿐 별다른 의미는 없다. 그러나 중국어 사전을 뒤져보면 '우우(于于)'는 '어슬렁어슬렁'이란 뜻의 부사(副詞)이다. '간(干)'은 우리나 중국이나 모두 방패라는 뜻으로 쓰고 있다.

"무슨 소리야, 도대체!"

도로 지끈거리는 관자놀이를 짚은 성혁, 마지막에서 꼼짝없이 걸려버렸다. 피곤하다.

"은밀히 숨긴 성벽에 볕이 들어 어느 두 이가 사랑을 나눈다. 그런데 한문과 한글풀이는 서로 관계없는 문장이란 말이지."

중장처럼 종장에서도 알 수 없는 단어를 배열하여 시선을 뺏고 있다. 이 시도가 가능한 이유는 앞서 설명했듯 한자는 뜻글자이고, 한글은 소리글자이기 때문이다. 그렇다면 제대로 따져 보자. 한자는 중국에서 만들어진 글자다. 아주 오랜 옛날, 고대 중국인들은 주변 국가들을 돌아다니며 자기네 글자를 가르쳤 다. 아직 문자가 없었던 나라들은 중국의 문자를 사용하기 시 작했고, 언어가 다를지라도 서로 필담은 가능한 시대가 되었다. 한국, 일본, 베트남, 싱가폴, 말레이시아 등등 과거에 한자로 소 통했던 나라들을 묶어 '한자문화권'이라고 한다. 그러나 세월이 흘러 한자는 각 나라의 문화에 동화되면서 기존의 의미와 다르 게 사용되기 시작했다. 이를테면 한국에서 '혹(酷)'이란 단어는 '독하다', 즉 '혹독하다', '가혹하다' 등의 의미로 쓰이지만, 중국 에서 이 글자는 영어로 'COOL'과 발음이 같고, 그래서 '시원하 다' 정도로 쓰인다. '결속(結束)'이란 단어는 한국에선 '같은 뜻 을 가진 이들이 서로 뭉친다.'라는 뜻이지만 중국에서 이 글자 는 '마치다', '끝낸다', 즉 'finish'라는 의미이다. 이렇듯 현시대 의 한자는 같은 한자문화권에서도 같은 글자이지만 전혀 다른 뜻으로 쓰이는 경우가 왕왕 있으며, 한자 사용이 잦은 일본에 서도 마찬가지이다. 즉 이 사실을 알고 만든 시조이므로 푸는 사람의 처지에선 한자와 한글을 병용할 줄 모른다면 이는 영원 히 풀지 못할 숙제가 될 것이다.

"은밀히 숨긴 성벽에 볕이 들었으면 국가 유산 하나 발견한 수준인데, 진짜 모르겠네."

도저히 이해하지 못할 종장(終章)을 여러 번 읽던 성혁의 눈에 낯익은 단어가 띄었다. 국내 검색 사이트에선 엉뚱한 얘기만 하고, 중국어 사전은 아무것도 보여주지 않았던 두 개의 단어 말이다.

"밀양성도 성이고, 달성도 성인데, 성벽을 얘기하는 건가? 우리나라에 그런 성벽이 있나? 아닌데?"

종장에는 밀양성(密陽成)과 달성(達城)이라는 표현이 나오고, 여기에 한자가 다른 '성'이라는 글자가 두 개 있다. 하나는 이룰 성(成), 즉 '이루다'라는 뜻이고, 또 하나는 성 성(城), 'Castle'이라는 뜻이다. 뜻은 다르지만, 음이 같은 한자어 때문에 성혁은 상당히 골치가 아프다.

"이걸 한자의 뜻과 관계없이 지역 이름 정도로 해석하면 안 될까?"

생각해 보면, 일제에 나라를 빼앗기기 전까지 조선시대 한양에는 사대문이 완벽하게 갖추어져 있었다. 동쪽엔 흥인지문, 서쪽엔 돈의문, 남쪽엔 숭례문, 북쪽엔 숙정문을 말한다. 이 네 개의 문 안에 펼쳐진 지역을 당시 사람들은 한양도성(漢陽都城)이라고 했다.

"밀양과 달성은 단지 시(市)와 군(郡)의 차이인데…."

될 대로 되라는 심정으로 성혁은 검색창에 밀양이라는 단어를 올려놓았다. 당연히 별다른 게 없을 것으로 생각했다.

"밀양 박씨(密陽 朴氏)? 나 밀양 박씨 맞는데?"

느닷없이 튀어나온 본관에 성혁은 피식, 열없이 웃는다. 경상 남도 밀양 시는 분명 밀양 박씨가 뿌리 내린 지역이 맞다.

"그럼 달성은 뭔데?"

다시 검색창에 밑도 끝도 없이 달성을 검색한다. 광역시에 소속된 군(郡) 단위의 지역이니 대구가 먼저 나올 거라고 추측했다.

"뭐야, 이건…?"

대구광역시 달성 군에 관한 정보가 많다. 스크롤바를 마냥 아래로 내리던 성혁, 문득 연관 검색어에 눈이 간다.

"달성 서씨라니?"

고려시대 사람이 시조(始祖)라고 했다. 대구에 뿌리내린 달성 서씨 집안이 그렇단다. 서두나, 그녀가 아무래도 달성 서씨 인가 보다. 성혁은 웃는다. 안 웃을 수가 없다. 미치겠다.

"이거 투란도트 맞잖아?"

종장 역시 중장처럼 얼핏 글자를 해석하여 만든 문장으로 착각할 수 있겠으나, 역시 달리 생각해야 했던 거다. 이 시조는 결국 투란도트 이야기가 되는 거였다.

"이런 맹랑한 여우를 보았나! 귀엽네!"

투란도트가 언제부터 달성 서씨였고, 칼라프는 언제부터 밀양 박씨였단 말일까? '투란도트를 닮은 그녀의 속내를 이해하지 못한 많은 사람이 넘쳐나지만 봄처럼 새로운 날들이 돌아오면 오직 한 사람만이 그녀와 사랑하게 될 것인데, 그들은 밀양 박씨와 달성 서씨이니 어찌 기쁘지 않겠는가. 그러므로 좋고도 좋은 일이다.' 이렇게 해석하면 되겠다.

"끝! 나 다 했어!"

피곤했는데, 모두 풀고 나니 잠이 싹 달아났다. 마침내 완벽한 칼라프 왕자가 탄생했다. 이젠 투란도트가 휘두르는 칼에 목이 날아갈 필요가 없고, 문제를 풀지 못해 두나를 두 번 다시 못 보게 되는 참사도 없을 것이다. 서두나, 그녀는 역시 재미있는 여자다.

#9 투란도트

이방인들이 침략 전쟁을 일으켜 선조였던 로우링 공주가 잔인하게 죽어버렸다.

과거의 끔찍한 역사로 중국 황제의 딸 투란도트는 남성 혐오증이 생겼다.

자신에게 청혼하는 남자들에게 세 가지 수수께끼를 제시하는데, 수수께끼를 푸는 남자와는 결혼하겠지만 그렇지 못하면 죽이겠다고 선포한다.

수많은 남자가 투란도트의 수수께끼를 풀어보겠다고 나섰으나 그들 모두 죽음을 피하지 못했다.

필자가 본 무대에선 빈 들것을 들고 가는 것으로 이방인의 죽음을 표현했는데, 어떤 소설에선 참수당하는 모습이 적나라하게 묘사된다.

투란도트의 아름다움에 반하여 이방인인 칼라프가 도전장을 내밀었다.

칼라프의 정체를 튀르크 계통의 타타르족(族) 후계자 정도로 해석하는 소설도 있다.

오랑캐의 침략으로부터 종족을 지키려 그들과 싸우지만, 중과부적이기에 겨우 몸만 빠져나온 칼라프와 아버지 티무르, 시녀 류는 이리저리 방황하다 우연히 중국에 들어간다.

그리고 백성들에게서 투란도트의 소문을 듣는다.

칼라프가 모든 수수께끼를 풀었으나 투란도트는 과거의 역사를 돌이키고 싶지 않다며 그를 거부한다.

자신의 이름을 맞히면 모든 걸 포기하겠다는 칼라프의 약속에 투란도트는 온 백성들에게 그의 이름을 알아낼 때까지 아무도 잠들지 말 것을 명령한다.

칼라프의 주변인인 류가 고문을 당하기 시작했다.

칼라프를 짝사랑하던 시녀 류는 그를 지키려 침묵을 선택하고, 결국 사망한다.

류의 죽음은 모두를 충격에 빠뜨렸다.

이에 칼라프는 스스로 제 이름을 밝히고 만다.

진심으로 다가온 칼라프의 모습에 투란도트는 이 모든 것이 사랑의 힘이었음을 깨닫는다.

흔히 '공주는 잠 못 이루고'라고 알려진 노래는 제대로 된 제목이 언젠가 서울의 모 지역 오페라단이 창립 기념으로 투란도트를 무대에 올린 일이 있었다. 구립 극단의 무대였기에 해당 구청이 온 동네에 대대적으로 홍보하여 구민들을 초청했고, 구청장과 지역구 의원들까지 VIP로 참석한 대형 행사였다. 기록을 찾지 않는 이상 정확히 언제였는지 기억나지 않는 그날을 가만히 되짚어보면, 성혁은 당일 아침부터 공연장과 주변의 분위기를 살피느라 부산하게 움직였다. 문화부 기자였으니 사전에 극단장과 단원들에게 연락하여 인터뷰 약속을 잡았고, 무대 위의 그들이 얼마나 뛰어난 예술인인지 취재했다. 정치부와 사회부 소속이던 장국봉과 김주빈과 오세방이 찾아와 함께 식사하자는 약속까지 했으나 느닷없이 나타난 괴한이 지역구 의원 몇 명에게 달걀 테러를 벌이는 바람에 온통 난리가 났다. 무슨 말인지 모를 고함을 질러대는 괴한과 그를 끌어내려 애쓰는 경호원들과 엉망으로 망가진 옷을 닦지만 그래도 웃는 지역구 의원들을 동시에 따라다니느라 기자들은 밥숟가락에 시선을 빼앗길 겨를이 없었다. 배고픈 게 가장 서럽다고, 장국봉이 투덜거릴 지경으로 기자들은 일복이 터져 쫄쫄 굶은 채 공연을 관람해야 했다. 그 사이에서 성혁은, 여느 기자들과 마찬가지로 행사를 취재하거나 유명인을 인터뷰하는 데에만 온 신경을 곤두세웠을 뿐 작품의 내용 따위에는 안중에도 없었다. 공연을 관람하기 직전까지만 해도 그랬다.

「와아…!」

탄성을 지르던 그 순간만큼은 분명하게 기억한다. 칼라프 역을 맡은 테너의 목소리를 듣는 순간 황홀경에 빠져 정신을 제대로 차리지 못했으니까. 객석 모두가 박수를 치고, 앞자리에 앉은 VIP들은 아예 기립박수로 화답했다. 제목은 몰라도 어디선가 들어본 곡이었다. 어느 광고 영상에 깔렸거나 어쩌면 출퇴근길 라디오에서 들었을지 몰랐다. 궁금증을 참지 못한 성혁은 인터넷에 접속하여 모두를 전율하게 만든 그 노래를 찾기 시작했다. 세계 3대 테너 가운데 한 사람, 이탈리아의 루치아노 파바로티(Luciano Pavarotti 1935~2007)가 부른 '아무도 잠들지 마라(Nessun dorma)'의 영상을 마침내 찾았다. 일에 치여 지내느라 타인에겐 그저 무관심했던 이의 가슴을 미어지게 만든 그 아름다운 목소리를 우러르지 않을 수 없었다. 성혁은 궁금하다. 이 작품을 채 완성하지 못하고 암으로 죽었다는 작곡가 푸치니(Giacomo Puccini 1858~1924)는 온 세상 사람들이 자신의 작품에 감격한 나머지 공연장 지붕을 뚫어버릴 지경으로 환호한다는 사실을 하늘에서라도 알았을까? 그 아리따운 음률이 몇 세대를 거치며 두고두고 회자되리라는 사실을 알았을까? 죽음마저 비껴간, 당돌하기 짝이 없는 칼라프 왕자의 입장이 되어버린 머나먼 동쪽의 어느 작은 나라에 사는 별 볼 일 없는 기자가 자기 삶에서 한 번도 만나 본 적 없는 얼굴을 떠올리려 애쓰더라는 사실을 알까?

"와아, 미치겠네."

루치아노 파바로티의 목소리를 다시 찾아 듣던 성혁은 복선이나 다름없는 옛 순간을 회상하느라 마냥 키득거렸다. 세상의 모든 물질은 기어이 없으리라고 말한 성자(聖者)의 기쁨인 양 부푼 가슴을 싸쥔 채 그렇게 웃고만 있었다.

"…?"

불쑥 정신을 차렸더니 3호선 압구정역 5번 출구에 도착했다. 에어팟을 귀에서 떼어내고 잠시 살피자, 고가도로 아래 사거리가 보였고, 건너편에 현대백화점이 있다. 출구 방향 그대로 걸어가면 현대오일뱅크와 신한은행을 지나게 된다. 이후 보이는 골목으로 들어가면 지난번에 마주쳤던 광림아트센터 장천홀과 치킨 홀, 아니 BBCH홀이 있다.

"오랜만이에요."

표정 없는 얼굴로 바라보는 두나와 마주치자 성혁이 웃었다.

"치킨 홀이 뭔지 알아내셨군요?"

"배고파서 그랬는지 치킨이 떠오르더라고요."

성혁의 엉뚱한 한 마디에 두나가 웃는다. 살그머니 올라가는 입꼬리가 성혁은 귀여웠다. 만져보고 싶을 지경이다.

"숙제는 다 했어요?"

"네. 그래서 지금 할 말이 참 많은데…."

"그럼 어디 조용한 데로 갈까요?"

"네?"

"치킨 말고 파스타 먹어요. 저도 배고파요."

성혁이 또 웃었다. 뭐든 괜찮다. 여기는 강남 한복판이고, 파스타 전문점은 널렸다. 마침내 그녀와 정식으로 한 끼를 먹게 됐는데, 치킨이나 파스타나 메뉴가 무슨 상관인가 싶다.

"와, 예쁘네요."

초록빛으로 장식한 대문 앞에 서서 성혁이 소리쳤다. 주변은 꽃밭으로 꾸며 화려 찬란했고, 건물은 아담하다. 〈반지의 제왕〉이란 영화에 나오는 호빗의 집이 떠오른다.

"여기 자주 와요?"

"치킨 홀에서 관극할 때만요."

"혼자서요?"

"네. 일행을 동반한 건 처음이에요. 특히 남자요."

"정말이에요?"

"네."

또 성혁이 활짝 웃었다. 그녀의 아지트에 입성한 첫 남자가 바로 나라니, 이렇게나 기분이 좋을 수가 없다. 사이다 한 병을 쉬지 않고 들이켜고 난 것처럼 짜릿해서 키득키득 웃었지만 두 나는 외면한다. 영 다른 방향에 시선을 주는 그녀, 슬그머니 솟 아오르는 입꼬리까지 숨기지는 못했다.

"두나 씨, 궁금한 게 있어요."

"…?"

"두나 씨는 왜 그렇게 웃음을 감추려고 해요?"

"……."

"차가워 보여서 묻는 거예요. 어째서 그렇게 냉정하게 구는 지 궁금해요."

"숙제 검사할게요."

그녀가 미소를 지우고 대꾸했다. 성혁도 시무룩한 표정으로 돌아온다. 하지만 도로 웃는다. 그녀의 속내를 알아챈 이상 예 전처럼 우물쭈물할 필요가 없어졌다.

"세 번째 문제를 풀면 저는 어떻게 되는 거죠?"

"……."

"두나 씨와 정식으로 사귈 수 있을까요?"

"대답에 따라 다르겠죠."

좀 더 하고픈 말이 많았지만, 성혁은 일단 입을 다물었다. 주문한 음식이 나왔다. 먹음직스러운 두 그릇의 파스타에서 김이 모락모락 피어오른다. 저 하얗고 부드러워 보이는 크림파스타가 어쩐지 그녀를 닮았다.

"초장의 수리수리 마하수리는 웬 마법 주문인가 싶었어요. 천수경의 정구업진언이더라고요."

"……."

"갑자기 불교 경전이 나와서 하마터면 보살님이라고 부를 뻔한 거 있죠?"

"……."

장난스레 히히, 하고 웃었다가 괜히 머쓱해졌다. 그녀는 또 아무런 반응을 보여주지 않는다. 그저 농담일 뿐인데, 아무리 생각해도 재미가 없다. 얼굴빛이 확 붉게 물든 성혁, 고개를 푹 떨어뜨리고 만다. 아재 개그도 이렇지는 않을 거다.

"계속해 보세요."

자책하는 성혁의 꼴이 재미있었나 보다. 그녀의 한쪽 입술이 올라갔다. 그제야 성혁도 샐쭉 웃는다.

"두나 씨의 시조를 풀면서 투란도트를 떠올렸어요. 글자부터 투란도트였죠."

"맞아요."

"제가 볼 때 중장은 미래를 나타내요. 두 사람을 언급하고, 그

두 사람의 미래를 밝히려는 의도로 쓰인 문장 같아요."

"거기까지 알아내다니, 대단하시네요."

두나의 얼굴에 호기심이 차오른다. 무표정하기만 하던 얼굴에 그려지는 새로운 발견이 성혁은 재미있다

"어떻게 알아낸 거예요? 어려웠을 텐데."

"인터넷을 뒤졌죠. 국어사전, 중국어 사전, 한자 사전까지 싹 찾아봤어요. 머리 아파 죽는 줄 알았다니까요!"

"그랬어요?"

"네에."

성혁이 울상을 짓는다. 생색내기였고, 그녀의 반응을 살피려는 의도였다. 역시 두나는 얼굴에 가득한 미소를 지우지 않았다.

"그럼 종장도 알았겠군요?"

"그럼요!"

성혁의 얼굴에 도로 활짝 꽃이 피어난다. 종장을 풀었을 때 느꼈던 기쁨이 되살아난다. 기분이 좋다. 음식도 맛있고, 그녀도 아름답다. 행복하다.

"두나 씨, 달성 서씨 맞아요?"

"네. 성혁 씨는 밀양 박씨 맞죠?"

"맞아요."

성혁이 또 히죽 웃었다. 그녀도 얼굴이 완전히 밝아졌다. 완벽하게 서로의 마음을 알았으니 이젠 웃는 것 말고는 할 수 있

는 게 없다.

"로미오와 줄리엣이 아닌 이상 집안의 누구든 우리에게 시비 걸지는 않을 거예요."

"로미오와 줄리엣? 왜요?"

"두 집안이 서로 원수지간이잖아요."

그녀가 웃었다. 한여름 워터파크에 설치한 물대포가 폭발하듯 한순간에 '빵' 터져서 깔깔거린다. 그 모습이 재미있어 성혁도 웃는다. 두 사람이 서로를 마주 보고 정신없이 웃어대는 통에 주변에 앉아 있던 사람들이 힐끔힐끔 이쪽으로 눈치를 준다.

"두나 씨는 재미 포인트가 남다른 것 같아요."

"왜 그렇게 느끼세요?"

"남들은 시도하지 못할 시조를 쓰고, 이걸 풀어보라고 요구하는 걸 보면 정말 그렇게 보여요."

"그래요?"

파스타를 입에 넣으며 두나가 되물었다. 그리고 잠시 말이 없다. 어떻게 대꾸할지 생각하는 표정이다.

"줄곧 혼자라서 그랬던가 봐요."

"왜요? 왜 혼자 지냈는지 물어봐도 될까요?"

"……."

두나는 입을 다물고 만다. 성혁도 보채지 않는다. 당장 알아야 할 만큼 급한 질문이 아니다. 언젠가는 알게 될 테지. 그녀가 스스로 말을 꺼낼 때까지 기다릴 생각이다.

"이건 내가 살 테니까 성혁 씨가 2차 사요."

"2차요?"

"커피 마실 거죠?"

성혁의 입술이 또 한껏 벌어진다. 그녀도 미소를 지우지 않았다. 아무래도 세상에서 가장 맛있는 커피를 사줘야겠다. 마냥 웃고만 있는 그녀를 지켜보느라 성혁은 파스타가 입으로 들어가는지, 코로 들어가는지 모를 지경이다. 파스타 접시를 깨끗이 비울 때까지 두 사람은 서로를 마주 보며 웃기만 했다.

프랜차이즈 커피숍의 내부는 뻔하다. 본사에서 정해놓은 디자인이 있고, 가맹점은 이에 따르기만 하면 된다. 그래서 어느 지역을 가든 프랜차이즈 커피숍은 얼핏 낭만적으로 보이지만 그 경직된 분위기에 이골이 난 사람들은 타성에서 벗어나 새로운 맛과 새로운 감성에 젖을 공간을 찾아다닌다. 오늘의 두나와 성혁이 그랬다.

"2층에서 기다릴게요."

2층엔 아무도 없다는 직원의 말에 두 사람이 웃었다. 둘만의 공간에서 조용히 대화하고 싶었던 바람을 어떻게 알았을까. 두나는 2층으로 올라가 기다리기로 하고, 성혁은 아직 제조 중인 음료가 나올 때까지 1층에 머물렀다. 홀로 앉아 창밖을 내다보던 두나가 불현듯 가방에서 노트를 꺼내 들었다. 성혁을 만나는 동안 잠시 멈추었던 시 한 자락이 떠올라서다.

"뭐랬더라? 앙골 슈타트 대학을 수석으로 졸업해 신체 접합술에 새로운 방법론을 창안하고, 사체 재활용 이론으로 생명 과학계에 파문을 일으킨 문제아…?"

외울 게 따로 있지. 이런 대사까지 외우다니. 뮤지컬 〈프랑켄슈타인〉에서 앙리는 군의관이다. 자국뿐 아니라 적군까지 치료해 주다 간첩죄를 뒤집어쓰고 죽을 위기에 처했으나 빅터 프랑켄슈타인의 도움으로 목숨을 건졌다. 전쟁 중 사망한 군인들을 되살려 죽지 않는 군인을 만들자는 제안이 비윤리적이라는 이유로 거부하려다 앙리는 꿈과 야망으로 똘똘 뭉친 빅터를 보고 결국 가야 할 길이라는 사실을 깨닫는다. 이 정신 나간 친구들을 보아하니 역시 사람은 끼리끼리 노는 모양이었다.

기어이 욕망으로 말미암아 우주의 티끌로 사라지리라.

「착하면 죽잖아!」

아직 어린아이 빅터가 절망에 빠져 고래고래 소리쳤다. 죽은 엄마를 살리고 싶다는 순수하고 착한 마음씨가 발단이었다. 불가능한 일을 가능하도록 바꾸려다 그 사달이 난 거다. 불태운 시체를 집으로 끌어와 어떻게든 살려내겠다며 애쓰는 꼴을 목

격한 사람들이 아이를 마녀라고 손가락질했다. 집에 불이 붙었
고, 그대로 화형당할 뻔했으나 아빠가 대신 죽었다. 그러고도
아이는 포기하지 못했다. 사람들은 이해해 주지 않았으나 빅터
는 그것이 마치 자신의 숙명이라고 받아들였다. 제 입으로도
자기는 저주받았다고 말했으니까. 나중에는 아예 위대한 망상
에 저당 잡혔다고 할 지경이었으니 정말 이를 망상장애라고 해
야 할지 모르겠다. 결과가 무엇이었건 간에 자기 생각을 현실
화했으니 그게 문제였다.

추억은 바스라지고⋯.

휘갈겨 쓴 이 한 마디에 아무도 이해해 주지 않았던 두 친구
의 비극적 결말이 담겼다. 흔히 '복선(伏線)'이라는 단어를 쓴
다. 이야기 속에서, 앞으로 일어날 일들을 암시하는 장면을 가
리킨다. 그런데 재미있게도 이 작품에는 비극으로 끝날 거라고
예상하지 못할 만큼 완벽히 반대되는 분위기로 좌중을 압도하
는 장면이 있다.

"후우⋯!"

펜을 내려놓고 두나는 도로 생각에 잠겼다. 뮤지컬 무대를
한층 돋보이게 해주는 음악을 '넘버(number)'라고 한다. 노래
로서 감정을 드러내거나 음악에 맞춰 춤을 출 때도 있다. 이야

기를 해석하기 위해 빠져선 안 될 중요한 수단일 것이었다.

"제목이 뭐였지?"

핸드폰을 꺼내 유튜브에 접속한다. 흔하게 알려진 바대로 '한 잔 술'이라고 검색하려 했더니 '한 잔의 술에 인생을 담아'라는 제대로 된 제목이 검색 목록에 떠올랐다. 얼큰하게 취한 빅터와 앙리가 만사 제쳐두고 술상에 올라가 춤을 춘다. 얼핏 막춤 같지만, 안무가의 손을 거쳤다고 했다. 음악이 끝나면 아이돌 그룹의 엔딩 요정처럼 익살스러운 표정까지 보여준다. 관객의 반응은 뜨겁다 못해 녹아버릴 지경이다.

"이렇게 즐거웠던 추억이 바스라지고…."

이 장면이 재미날수록 비극은 더 아프게 다가온다. 관극할 때마다 두나는 모든 게 무너지는 기분을 느꼈다.

"부서진다. 바스라진다."

두나는 방금 쓴 한 문장을 고치려다 내버려두었다. 부서진다는 건 조각조각 흩어진다는 뜻이다. 이 흩어진 조각을 모아서 이어 붙이면 흉터는 남겠지만 그래도 희망이 있다는 것처럼 읽힐 수 있다. 하지만 바스라진다는 건 가루가 된다는 뜻이다. 이어 붙이고 싶어도 그럴 수가 없다. 두 친구에게 불행이 닥쳤다. 우발적으로 일어난 빅터의 살인이 친구 사이를 갈라놓았다. 빅터의 실험 재료로 쓸 시신을 구하려다 그들의 돈에 눈이 멀어 버린 어떤 이에게 분노했다. 또 사람이 죽었고, 빅터의 죄를 앙리가 스스로 뒤집어썼다. 사형이 선고됐다.

「앙리! 네가 한 게 아니라고 말해!」

전쟁의 후유증 탓에 정신상태가 온전치 못하다는 이유로 빅터의 의견이 묵살당했다. 감옥에 수감된 앙리를 만난 빅터는 진실을 밝혀야 한다고 소리쳤으나 이미 늦었다. 그는 곧 단두대로 끌려가 목이 잘릴 것이었다. 그런데 희한하게도 죽음을 앞둔 앙리가 싱긋 웃어 보인다. 그 처연한 미소는 어쩌면 지난하게 견디고 버텨온 시간을 떠올렸기 때문일 거다. 미래를 위해 희생하고자 결심했기 때문일 거다. 빅터야말로 모두가 불가능하다고 여긴, 우리가 채 완성하지 못한 욕망을 채워줄 인물이라고 앙리는 확신했을 거다.

네가 말해주는 미래가 내 앞에 펼쳐지지 않는다 해도
어차피 그날에 너를 만나지 못했다면,
다시 사는 내 인생도 없었을 거야.
너와 함께 꿈꿀 수 있다면 죽는대도 괜찮아. 행복해.
내가 가진 모든 걸 버리고 너의 그 꿈속에 살 수 있다면,
나약했던 내 과거를 모두 잊고 너와 함께 새 세상을 상상할 수 있다면 난!
너의 꿈에 살고 싶어!

－너의 꿈속에서 中

하늘을 찢어발길 것처럼 천둥번개가 치던 그 밤에 빅터는, 앙리의 머리를 가져와 새 역사를 쓰겠다고 은밀히 속삭인다. 거대한 산맥이 요동치기 시작했다. 당장이라도 의식을 잃을 것처럼 세상이 제멋대로 흔들린다. 손에 닿을 때마다 비명처럼 불꽃이 타오르고, 뜨거운 열기에 나조차 간데없는 슬픔이 차올랐다. 아랫배 저 깊숙한 곳으로부터 밀려드는 오르가슴인 양 고통에 투정하는 이 순간, 적막한 어둠에 몰아닥쳐 물방울이 교교히 솟아오른다. 자궁에 숨은 태아처럼 양수를 먹고 그가 무럭무럭 자라났다. 신에게만 허용됐을 새 생명을 창조했다며, 당장 눈을 뜨라고 부르짖는 빅터의 웃음소리에 소름이 끼친다.

자기를 갈아 신의 영역을 뛰어넘으려 드는구나.

본능뿐인 존재가 태어났다. 눈으로 보되 판별하지 못했고, 입이 있으되 내뱉거나 삼키지 못했다. 귀가 있으나 바람 소리와 말소리를 구별하지 못했으며, 피부로 느꼈으나 짐승처럼 앓을 뿐이다. 사람의 모습이지만 괴물이었다. 그는 자기를 바라보는 시선이 너무나 혼란스러웠다. 보름달을 보고 기이하게 신음하는 늑대인간처럼 그가 하늘을 향해 우짖는다. 빅터는 뒤늦게 잘못을 느끼지만 바로잡기엔 이미 늦어버렸다. 괴물은 빅터에게서 도망친 뒤 산 것도, 죽은 것도 아닌 시간을 산다. 괴물이 나타났다고, 죽여야 한다며 두려움에 떨던 사람들이 어느 순간 그를 돈 몇 푼에 팔아먹고자 꿍꿍이를 벌인다. 투견도 아니고, 투우도 아닌 그를 울타리에 가둔 채 일방적인 싸움질을 시킨다. 쇠사슬에 묶였다. 휘두른 채찍에 얻어맞았고, 바람이 빠져 길거리를 나뒹구는 축구공처럼 발길에 차였다. 돈을 벌어 주머니를 채운 사람들의 고약한 웃음소리는 본능과 이성을 구별하지 못하는 또 다른 욕망이었다. 슬픔과 분노가 뒤섞여 으르렁거리는 그에게 한 여자가 나타났다.

"이 여자의 이름이 까뜨린느였던가?"

제 아버지에게 어릴 때부터 성추행당하던 여자였다. '과부 마음은 홀아비가 안다.'라는 우리나라 속담처럼 그녀는 어쩌면 핍박받던 괴물을 안타까이 여겨 위로해 주고 싶었을 거다. 북극에는 속박도, 고통도 없다고 했다. 괴물은 상처뿐인 여자와 북극에 가고 싶었다. 거기에 가면 비로소 자유로울 것이었다. 하지만 괴물은 현실에 갇혀 온갖 설움을 당했고, 그 여자의 불타는 욕망에 배신당했으며, 시시때때로 눈앞에서 아른거리는 얼굴 때문에 괴로워했다. 대체 그는 누구인가. 분명 나를 태어나게 한 창조주일 것이다. 아니, 어쩌면 친절하고 다정다감한, 전혀 다른 인물일지 모른다.

신의 옷자락을 스쳤으니, 저주로만 끝나지 않을 것이다.

저들이 나를 괴물이라고 부른다. 짐승보다 못한 놈이라고 손가락질한다. 바람결에 나뒹구는 쓰레기로 취급한다. 그래. 나는 괴물이다. 그런데 내 머릿속을 지배하는 기억은 누구의 것인가. 그 아름다운 추억은 도대체 무엇이기에 내가 이리도 웃는단 말일까. 내가 그인가. 그가 나인가. 나는 누구의 삶을 사는가. 나는 도대체 누구인가. 어째서 나의 창조주는 내게 답을 주지 않았는가. 진정 그가 원망스러웠다. 그리고 괴물은, 처음 태어나던 날처럼 천둥이 치는 밤에 빅터를 찾아간다. 행복하지 못했던, 줄곧 핍박만 받아온, 끝 모를 구렁텅이에 빠져 몸부림쳤던 그 한 맺힌 심정을 창조주는 알 도리가 없다. 신이 되고자 했으나 악마가 되었더라는 빅터의 하소연은 어린 날의 트라우마로부터 비롯되었겠으나 그렇다고 이미 엎지른 물을 주워 담을 수 없다. 자기가 겪은 고통만큼 똑같이 괴로워하라고 다그치는 괴물을 어떻게 막는단 말일까. 그는 창조주에게 복수하겠다고 호언했다.

"호숫가에서 만난 아이는 괴물에게 내재 된 과거였으려나? 괴물이 된 앙리의 머리는 누구를 인식하고 있는 거지?"

누구의 것인지 모를 팔과 다리와 심장 위에 앙리의 머리가 매달려 전혀 다른 인격체가 태어났는데, 과연 그를 앙리라고 불러야 하는가. 괴물이 현재의 자기를 느끼면서도 과거를 기억하는지, 그 기억이 앙리의 것이라고 확신하는지, 앙리의 인격을 인식한다면 그가 빅터와 같은 방향을 추구하던 인물임을 깨닫진 않았는지, 빅터에게 다짐한 복수는 사실 빅터뿐 아니라 앙리의 인격에까지 향한 건 아니었는지. 아니면 처음부터 그가 자기를 앙리라고 인식했는지, 또는 그간 이해하지 못했던 앙리로서의 기억이 돌아온 건지. 이는 괴물이라는 캐릭터를 두고 배우마다 달리 해석하기에 회전문을 돌아야 하는 이유이기도 했다. 나중의 얘기지만, 이 뮤지컬을 영화관에서 입덕한 사람들은 차후 작품이 무대에 다시 오르는 날 공연장에 찾아가서 직접 관극하지 않는 이상 달리 해석해 보려고 머리 싸매지 않아도 될 것이다. 머글들까지 헷갈리지 말라고 친절한 스타일로 개봉했으니.

기어이 욕망으로 말미암아 우주의 티끌로 사라지리라.

"티끌, 먼지…."
'먼지'라고 썼지만, 두나는 곧 지웠다. 어쩐지 먼지는 큰 느낌이다. 데굴데굴 구르다 보면 덩어리가 된다. 고체화된 느낌이다. 그런데 티끌은 그보다 훨씬 작다. 미세입자처럼 느껴진다. 어쨌거나 존재하지만, 눈엔 보이지 않는다. 어쨌거나 어딘가엔

끈끈했던 둘의 관계를 기억하는 사람이 있을 것이며, 자기를 잃어 분노하고 슬퍼하던 그를 기억하는 사람도 있을 것이다. 하지만 모두 눈에 보이지 않는다. 바스라졌기 때문이다. 가루가 되었고, 바람이 불면 온데간데없이 흩어진다. 모든 생명에게 시간은 영원하지 않을 것이다. 그들이 상처로 얼룩진 날들의 기억에서 벗어날 방법은 역시 북극행이었던가 보다. 하지만 북극에 남겨진 눈물을 누가 기억할까. 극작가이자 연출가의 천재적인 발상 덕분에 많은 이들이 지금껏 눈물짓는다. 너무나 아름다운 비극이다. 물론 마냥 아름답다고만 하기에 이 작품은 사람과 동물을 가리지 않고 상당히 많은 목숨이 죽어 나간다. 오죽했으면 캐스팅 보드에 걸려있는 배우들의 사진을 보고 영정 사진이라는 우스갯소리를 늘어놓은 사람도 있었을까. 두나는 픽 웃으며 노트를 가방에 도로 넣는다.

"…?"

커피 두 잔과 간식거리를 올린 쟁반을 들고 계단 위로 올랐더니 창밖에 시선을 준 두나가 보였다. 성혁은 주머니에서 핸드폰을 꺼내 두나의 옆모습을 담았다. 햇빛에 반사되어 반짝거리는 그녀, 꿈처럼 어여쁜 두나를 핸드폰 바탕화면으로 설정할 생각이다. 두고두고 생각날 때마다 봐야지.

"성혁 씨, 왜 월요일에 보자고 했는지 알아요?"

“왜요?”

“거의 모든 공연이 월요일엔 쉬거든요.”

월요일은 배우도 제작진도 공연장도 관객들도 쉬어가는 날이다. 그들만의 달력 속 빨간날이지만 그렇다고 모두가 쉬는 건 아니다. 일주일 사이에 벌어졌던 무대 위의 오류를 수정하고, 배우는 대사나 몸짓이나 목소리를 체크하여 자신을 재정비한다.

“그럼 두나 씨는 월요일에 뭐 해요?”

“주로 집에 있거나 산책했어요.”

“산책이요? 인터파크 얘기죠?”

성혁이 씨익 웃었다. 말뜻을 알아챈 두나의 얼굴에 제법이라는 표정이 그려진다. 지금은 ‘놀(NOL) 티켓’이라는 이름으로 바뀐 ‘인터파크’를 뮤덕들은 ‘공원’이라는 애칭으로 부른다. 여기에 접속하여 티켓팅을 진행하는 일련의 과정을 ‘산책한다’라고 표현하는 거다. 인터파크 말고도 다른 예매 사이트를 가리키는 애칭은 또 있다. ‘티켓링크’는 줄여서 ‘티링’, ‘yes24 티켓’은 ‘예사’ 또는 ‘그래’라고 부른다. ‘멜론 티켓’도 줄여서 ‘멜티’라고 하는데, 간혹 ‘서양 수박’이라고 부르는 경우도 심심찮게 발견된다.

“월요일엔 주로 산책으로 시간을 보내지만, 이제는 스케줄이 생길 것 같아요.”

"…?"

"성혁 씨랑 데이트할래요."

"그럼, 이제 우리의 데이트는 월요일이 되겠군요."

"관극까지 같이하면 매일이죠."

그러자 성혁의 표정이 단박에 밝아진다. 두나가 이렇게 자신의 속을 보여주는 건 숙제 이후로 처음이다. 시조로 한 번 감격하고, 말로서 또 한 번 감격했다. 시청각을 이리도 자극하니 뮤지컬을 따로 볼 필요가 없어져 버렸다. 저렇게 웃고 있는 그녀를 내버려두고 보긴 누굴 본단 말인가!

"두나 씨는 연극이나 뮤지컬이 왜 그렇게 좋아요?"

"이럴 때 사운드 오브 뮤직을 보고 만했어요."

"관극 비용이 만만치 않을 텐데, 집에서 뭐라고 안 해요?"

"뭐라 할 사람은 없어요."

"혼자 살아요?"

"아뇨. 아버지랑 사는데, 제가 하는 일에 그리 신경 쓰지 않아요. 성혁 씨가 제 옆에 있어도 관심 없을 거예요."

커피잔을 입에 가져가는 그녀, 성혁은 그럴 리가 없다는 생각이 들었지만 아무래도 괜찮았다. 그녀와 함께하는 그에게 무어라 지적할 이가 당장 없다는 사실이 가장 마음에 들었으니까.

"그런데 두나 씨, 처음엔 왜 그렇게 차가웠어요? 다른 남자들에게도 그랬어요?"

"글쎄요. 지금껏 남자를 사귀어본 적이 없어서요."

"정말?"

휘둥그레진 눈으로 성혁이 소리쳐 물었다. 그 반응이 재미있었는지 두나는 피식, 웃음을 터뜨렸다.

"남자가 있었어도 다 도망갔을 거예요. 제가 워낙 차갑고 사나우니까요."

"이렇게 잘 웃는데, 왜 그런 거예요?"

"그건 저도 잘 모르겠어요."

두나는 곰곰이 이유를 생각해 보았다. 아빠 때문일 거다. 아빠 때문에 너무나 괴로워서 그랬을 거다. 수렁에서 빠져나갈 구멍이 보이지 않아 막막하니 끝내 세상의 모든 남자는 아빠와 똑같다고 생각했다. 그래서 그럴 거다. 두 번 다시 상처받고 싶지 않은 이 마음을, 이 모든 사연을, 성혁에게 전해야 하는지 두나는 아직 결정하지 못했다. 말을 꺼내는 순간 그가 연기처럼 사라질까 두려웠다.

"두나 씨, 제가 지금 한 가지 고민이 있어요."

"…?"

"제가 기자인 건 아시죠? 그간 프리랜서로 활동했는데, 내년에는 사무실로 들어가야 할지 몰라요."

"그게 무슨 말이죠?"

"제 능력을 알아본 회사가 절 다시 불러들였어요. 내년부터 다시 근무하게 됐는데, 아마도 정치부나 사회부 쪽이 아닌가 싶어요."

앞으로는 바쁠 거라고 했다. 쉬는 날 보다 쉬지 못하는 날이 더 많을 거고, 밥도 제때 챙기지 못할 거라고 했다. 곳곳에서 벌어지는 사건 사고를 따라다니느라 위험한 지경에 처할 수도 있고, 기자라는 직업 특성상 잘못하면 이유 없이 욕을 먹을 수도 있다. 두나의 얼굴 가득 난색이 드러난다. 이다지도 당혹스러워하는 얼굴을 성혁은 처음 본다.

"그러면 이제 관극을 못하는 건가요?"

"내년부터는 아마 그럴 것 같아요."

"……"

아무런 대꾸도 없었지만 두나의 눈가에 슬픈 빛이 가득하다. 이제야 겨우 그간의 상처를 보듬어줄 남자를 만났는데, 그가 곧 떠날지 모른다고 생각하니 붙잡고 싶었다. 이대로 내버려두면 그는 정말로 꿈처럼 사라질 거다. 잠자리에서 일어난 순간부터 기억나지 않는 얼굴처럼 성혁을 잃어버리고 말 것이다. 그를 붙잡고 싶다.

"이제 겨울이에요. 올해가 얼마 남지 않았어요."

"알아요. 하지만 아직 시간이 남았잖아요. 남은 시간 동안 두나 씨와 다니면서 관극하고 싶어요."

“…….”

“나 아직 못 본 작품 많아요. 두나 씨가 많이 알 테니 날 데리고 다녀줘요.”

급박하게 돌아가는 두나의 속내를 성혁도 알아챈 모양이다. 얼굴 가득 슬픔으로 점철되어 버린 그녀를 보듬어주고 싶었다.

“성혁 씨, 곧 레미제라블이 개막해요.”

“레미제라블…!”

알고 있다. 오래전, 〈레미제라블〉이 한국 무대에 올랐을 때 그녀가 좋아하는 민우혁 배우가 앙졸라 역을 맡았다는 사실쯤은 성혁도 이미 잘 아는 바다. 그 민우혁 배우가 이번엔 장발장으로 무대에 선다고 했다. 소식을 들었을 때 제일 먼저 두나가 떠올랐다.

“티켓팅은 며칠 전에 시작됐고, 제가 성혁 씨 자리까지 잡아놨어요. 1열 가운데예요.”

“혹시 민우혁 배우 회차인가요?”

“네. 연속으로 3회차를 함께 보게 될 거예요.”

마침내 선물이 도착했다. 매번 공연장 2층에서만 보던 민우혁 배우를 이제는 1층 1열 정면에서 그녀와 함께 보게 되었다. 감격스러운 이 순간, 그녀에게 고마울 따름이다. 성혁은 저도 모르게 두나의 손을 꼭 움켜쥐었다.

“당신을 사랑해 보고 싶어요.”

"네. 저도 성혁 씨가 좋아요."

"천천히 다가가기에 나한테는 시간이 너무 없어요. 그러니까…."

당신을 예전의 그 차가운 여자로 되돌리고 싶지 않아요. 당신이 얼마나 따스한 여자인지 부디 내게 보여줘요. 하지만 성혁은 말하지 못했다. 아니, 말하지 않아도 그녀는 알았나 보다. 그녀가 울음을 왈칵 터뜨렸다. 당장의 성혁으로선 절대 알지 못할 슬픔과 그 슬픔 끝에 얻은 기쁨이 뒤섞여 그녀가 펑펑 눈물을 쏟아낸다. 성혁은 얼른 자리에서 일어나 그녀의 옆으로 옮겨갔다. 그녀의 눈물을 닦아줄 사람은 이제 박성혁, 한 사람뿐이다.

인간은 연약하다.

인간은 무력하고 가련한 존재이다.

아주 오랜 옛날부터 인간은 험악한 세상에서 어떻게든 살아남겠다며 돌도끼를 만들고, 쇠붙이로 창을 만들고, 화살을 쏘아댔다.

낮은 자라며, 가장 낮은 곳에서부터 사람들을 구원하겠다고 했던 이는 분명 인간이었다.

자비를 말하고 깨달음을 말하던 이도 아무리 귀한 신분으로 태어났어도 역시 인간이다.

신분의 고하를 막론하고, 아무리 잘난 직책을 떠맡았어도 우리는 모두 하늘 아래 그저 연약한 인간일 뿐이다.

그 잘난 이념을 따지고 들어도 결국 세상에 태어나 살다가 죽는 건 다 똑같은데, 왜 그리도 자기와 다르다며 서로 싸워야만 할까.

바리케이드를 쌓고 그 위에 올라 저항하던 청년들의 죽음이 너무나 가슴 아프다.

레미제라블이 한국 무대에 돌아왔다는 소식에 제대로 이해하고 싶어서 원작 소설을 뒤지기 시작했다.

필자가 큰 실수를 저질렀다.

초반에 등장하는 주교의 이야기만 무려 100페이지이고, 무슨 말인지 도통 모를 말들 때문에 전의를 상실해서 책장이 넘어가질 않는다.

듣자 하니, 바리케이드 위에서 벌어진 전투 이후 다친 마리우스를 업고 장발장이 하수도를 힘겹게 걸어가는 장면에선 구구절절 프랑스 하수도 역사가 이어진다는데, 원작 소설 읽기를 반쯤 포기해 버린 지금으로선 그 장면이 나오려면 한참이나 지나야 하니 언젠간 보지 않을까?

아니, 차라리 이 책을 10분 만에 정리해 준다는 유튜브 채널을 찾아보는 게 가장 현명한 선택이다.

궁금했다.

우선 장발장은 그렇게 살 수밖에 없는 형편이라고 치자.

그를 잡겠다며 이리 뛰고 저리 뛰던 자베르는 도대체 왜 그리도 앞뒤가 꽉 막혔을까?

융통성이라고는 손톱만큼도 없는 이의 죽음을 이해할 수 없었고, 단지 조명과 무대 장치로 죽음을 표현하는 게 멋지다며 감격할 뿐이었다.

자베르가 왜 그리도 앞뒤 꽉 막힌 인간인지, 그게 그렇게 죽을 일인지, 커뮤니티 게시판을 뒤졌다.

아버지가 그렇고 그런 사람이었다고 한다.

도둑질하고, 강도질하고, 사람으로서 해선 안 될 짓만 골라 한 사람이었다.

다신 안 그러겠다고 약속했다가 또 하는 대책 없는 인간 말이다.

어머니 또한 그런 사람이라고 했다.

그래서 자베르는 감옥에서 태어나 줄곧 그런 사람들만 보고 자라났다.

환경이 그를 그렇게 만든 거다.

그래서 사람은 절대 바뀌지 않는다고 생각했고, 그게 나중엔 자신의 신념으로 굳혀졌던가 보다.

그러다 장발장의 선함을 발견했다.

인간은 사실 무조건 악하지만은 않더라는 걸 뒤늦게 깨달은 뒤 자신의 오랜 신념이 무너진 상실감을 견디지 못했던 거다.

자베르의 인생이 불쌍했다.

그냥 슬프다고 생각했는데, 이미 울고 있었다.

언제 다시 잡혀갈지 몰라 두려워하고 불안해하느라 전전긍긍 노이

로제 걸릴 지경인 장발장의 인생이 안타까워 울었다가 자베르가 불쌍해서 또 울었다.

레미제라블이라는 작품이 우리나라에 처음 소개되었을 때가 일제강점기 중후반이던 1930년대라고 한다.

당시 제목은 〈너 참 불쌍타〉였다는데, 보면 볼수록 불쌍하지 않은 인간들이 없다.

-뮤지컬 〈레미제라블〉

#10 행복해지고 싶다

거울이 다가온다. 12월이지만 아직 춥지 않아 사람들의 옷차림은 간소한 편이다. 관극을 마치고 나온 성혁은 두나를 집까지 데려다주려다 생각을 바꿔 동네 천변 산책로를 걸어보기로 했다.

"오늘 어땠어요?"

"공연이요? 아니면 민우혁 배우가요?"

"둘 다요."

심통 사나운 어린아이처럼 성혁이 입술을 삐쭉 내밀어 알아듣지 못할 말로 툴툴거린다. 두나가 웃음을 터뜨렸다.

"나 이러다 질투할 것 같아요. 어떡하죠?"

"질투를 왜 해요? 민우혁 배우는 무대 위에 있고, 성혁 씨는 내 옆에 있는데?"

기가 막힌 표정으로 성혁이 그녀를 돌아본다. 생각지도 못했다. 매번 이렇게 새로운 모습을 보여주니 놀라지 않을 수가 없다. 얼굴 가득 피어난 미소와 따뜻한 목소리가 그의 가슴을 자꾸만 두근거리게 한다.

"흠흠!"

헛기침하던 성혁이 조심스레 두나의 손을 잡는다. 예전 같았으면 뿌리치고도 남았을 그녀가 이제는 그 손길을 받아들인다. 심지어 엄지손가락으로 성혁의 손등을 툭툭 건드리는 장난까지 치고 있다.

"당신을 웃게 한 첫 남자로서 대단히 기쁩니다. 이렇게 좋을 수가 없어요."

"저도 다행이라고 생각해요. 성혁 씨처럼 좋은 남자가 제 옆에 있어서요."

밤늦은 이 시간에 산책 나온 강아지 한 마리가 보였다. 집사는 핸드폰만 바라보고, 강아지는 사뿐사뿐 예쁘게 걷는다. 인형인 줄 알았다.

"저는요. 사는 동안 웃는 날보다 울거나 한숨 쉬는 날이 더 많았어요."

"왜요?"

"왜냐하면…."

가로등 아래에 놓인 벤치로 가서 두 사람이 앉았다. 한밤중이지만 여전히 산책로를 다니는 사람이 많고, 불 밝힌 가로등도 많아서 전혀 위험하지 않았다.

"그동안 궁금했을 텐데, 전 엄마가 없어요."

"그랬군요. 미안해요. 제가 계속 눈치 없이 물었던 적이 있죠?"

"괜찮아요. 전 아무렇지 않아요."

다시 웃는 그녀의 손을 성혁은 살포시 쥐어 본다. 두나는 잡히지 않은 다른 손으로 성혁의 손등을 매만진다. 두 손 모두 보드라웠다.

"아빠는 늘 방황만 했어요. 원래 그런 사람은 아닐 것 같은데, 속을 한 번도 보여주지 않아서 마냥 나쁜 사람으로 보였어요."

"세상에 마냥 나쁘기만 한 사람은 없어요. 환경이 문제겠죠."

"맞아요. 하지만 한 번도 좋은 모습을 보지 못한 저로서는 어떻게든 아빠에게서 벗어나야만 한다고 생각했어요. 밖으로 돌다 보니 어느새 제가 뮤덕이 되어 있었죠."

"다행이군요. 나쁜 길로 빠지지 않았으니까요. 제가 볼 때 두나 씨 아버님도 두나 씨처럼 좋은 사람일 거예요. 속을 보여주지 않아 찬 바람을 일으키던 두나 씨의 모습이 진심이 아니었던 것처럼요."

살며시 미소 지으며 성혁에게 머리를 기대는 두나, 어깨동무하는 성혁의 손길을 느끼지만, 마음은 편안하지 않았다. 성혁의 생각처럼 아빠는, 그간 보여주었던 왈패 막심한 모습은, 정말 진심이 아니었던 걸까? 정말 달리 생각해야 할까? 이리저리 뜯기고 찢긴 가슴으로는 도저히 받아들이기 어려웠다.

"두나 씨, 앞으로 나랑 계속 관극하러 다녀요."

"내년부터는 바쁠 거라면서요?"

"바빠도 핑계 대고 나와야죠. 두나 씨를 못 보면 이젠 살 수가 없어요."

두 사람이 서로를 마주 보고 웃었다. 아직 완연한 겨울이 오지 않았고, 그래서 봄이 오려면 한참이나 남았는데, 성혁은 그녀의 미소가 어쩐지 만개한 벚꽃처럼 느껴졌다. 꽃잎처럼 어여쁜 그 얼굴을 두 손으로 감싸 쥐고 성혁이 속삭인다.

"당신을 웃게 할 수 있다면, 아무래도 코미디가 나으려나요?"

"뭘들 어때요? 당신과 함께라면 뭐든 괜찮아요."

"유명한 작품이 또 뭐가 있죠?"

"음…."

잠시 생각에 잠긴 두나, 성혁은 두 손에 감긴 그녀의 입술에 키스하고 싶은 충동을 느꼈다. 저 앙증맞고 도톰한 입술이 귀여워서 미치겠는데, 참고만 있으려니 너무나 고역이다.

"우선 성혁 씨의 취향을 알아야 해요. 뭐 좋아해요?"

"두나 씨요."

“아뇨. 저 말고요.”

힐난하는 표정으로 노려보는 두나를 보고 성혁이 도로 키득거렸다. 그때, 아까 지나쳐 갔던 강아지가 집사를 끌고서 왔던 길을 되돌아온다. 성혁이 소리쳤다.

“라이온 킹이요.”

“네?”

“아니면 캣츠?”

“세상에…!”

할 말을 잃었는지 눈이 휘둥그레지는 두나, 하하하, 성혁이 요란하게 웃음을 터뜨리자, 강아지와 집사가 이쪽을 힐끔거린다. 아직 성혁은 두나의 얼굴을 감싸 쥐 채였고, 두나는 7의 손을 따뜻하게 매만진다. 심상치 않은 분위기를 느꼈는지, 그들이 얼른 사라졌다.

“나 드라큘라 보고 싶어요. 빨강 머리 김준수 배우를 보고 싶어요.”

“와아, 피켓팅이 무지막지하겠어요.”

“그 정도로 전쟁인가요?”

“무자비하다고 해야겠죠. 아, 혹시 오페라의 유령은 봤어요?”

“조승우 배우를 보고 싶어요.”

“와! 정말 겁이 없으시네요!”

동그래진 두나의 두 눈을 보고 성혁이 또 웃는다. 무자비한 경쟁률을 뚫고 티켓을 구하겠다니, 아무래도 온종일 예매 창만 들여다보고 있어야 하려나 보다. 이래서 뮤덕은 머글과 사귀면 골치 아프다.

"골치가 왜 아프다는 거죠? 뭣 모르고 마냥 해맑은 뮤린이라서요?"

"정답이에요."

또 어려운 문제를 풀었다며 성혁이 웃었다. 함께 웃는 그녀, 제 얼굴을 붙잡은 채 놓아주지 않는 성혁을 뿌리치지 않는다. 성혁은 두나의 깊은 눈빛을 바라보고 싶은데, 그 도톰한 입술에 자꾸 시선이 간다. 입술을 빼앗는 순간 그녀는 완전히 성혁의 여자가 될 것이다.

"사과할게요."

"네?"

느닷없는 한 마디에 성혁이 되물었다. 그러자 두나가 싱긋, 미소하더니 제 얼굴을 감싸 쥔 손을 슬그머니 내려놓는다. 그리고는 성혁의 얼굴을 제 두 손으로 감싸 쥐었다. 따뜻하다.

"성혁 씨, 그동안 미안했어요."

"뭐가요?"

"성혁 씨의 마음을 몰라주고 사납게 굴어서 미안해요. 사과 받아줄래요?"

"네. 그럴게요."

그녀의 입술이 다가와 성혁에게 파고들었다. 따뜻했다. 너무나 따스하고 보드라워 성혁은 두나를 끌어안을 따름이다. 이대로 겨울이 다가와 찬바람이 몰아닥쳐도 꿋꿋하게 이겨낼 것만 같다. 그녀는 따뜻하다.

"라면 먹고 갈래요?"

"네?"

그녀가 속삭이자 성혁이 어이없는 목소리로 웃었다. 밤이 늦었고, 이제 헤어져야 할 시간이다. 하지만 그러고 싶지 않은 건 두 사람 모두 마찬가지였다.

"나 얼큰한 라면 먹고 싶어요. 아주 매운 라면이요."

"편의점으로 갈까요?"

"우리 집에 가요. 저기예요."

두나가 개울 건너편 어두운 골목길을 가리켰다. 골목 초입에만 가로등이 있을 뿐 안쪽은 어두워서 하나도 보이지 않는다.

"이렇게 갑자기 찾아가도 되는 건가요?"

"괜찮아요. 아무도 없어요."

열흘 뒤에 오겠다던 아빠는 도대체 뭘 하는지 두 달이 넘도록 돌아오지 않고 있다. 오늘도 마찬가지일 거다. 골목 깊숙한 자리에 있는 집은 불빛 없이 어두웠고, 그래서 아무도 살지 않는 흉가처럼 보였다.

"따라오세요."

두나가 성혁의 손을 붙잡았다. 성혁이 그녀를 따라 웃었고, 산책로를 따라 이동하는 두 사람의 뒷모습은 마냥 즐거웠다. 그들은 지금 너무나 행복하다.

"와아, 다 먹었다!"

빈 그릇을 내려놓으며 성혁이 소리쳤다. 모름지기 라면은 남이 끓여줘야 맛있다고 했다. 두나가 얼큰하게 청양고추를 팍팍 썰어 넣어 끓인 라면은 매워서 비명이 터질 지경이었고, 얼굴엔 땀이 송골송골 맺혔다.

"…?"

두나가 주방에서 설거지에 매진하는 동안 성혁은 그녀의 책장을 구경했다. 책장에 꽂힌 물건들을 하나하나 펼쳐보던 성혁의 입가에 미소가 걸렸다. 그녀가 홀로 관극하러 다니며 사 모은 프로그램 북이 거기에 가득하다. 작품을 소개하는 책자였고, 출연하는 배우들의 훤칠한 모습이 한눈에 들어온다.

"이것도 볼래요?"

"…?"

가까이 다가온 두나가 서랍에서 상자 하나를 꺼냈다. 배우들이 작품마다 맡은 캐릭터에 맞게 제작한 키링과 엽서와 마그넷, 배지 등등 다양한 소품들이 바글바글하다.

"MD라고 하죠? 이런 걸 다 사요?"

"살 때도 있고 아닐 때도 있어요. 이렇게 많은지는 저도 몰랐어요."

두나가 키득키득 웃었다. 성혁의 손이 이번엔 잡지 하나를 꺼내 든다. 각종 뮤지컬 작품과 배우들을 소개하는 잡지라고 설명하는 두나, 그러나 성혁은 표지 모델과 눈을 마주하는 중이다.

"잘생겼죠?"

"이러면 내가 질투하게 된다니까요?"

"질투하지 마세요. 앞으로도 난 둘 모두 사랑할 거니까."

단호한 두나의 한 마디에 성혁은 다시금 표지 모델 민우혁 배우를 뚫어지게 바라본다. 큰 키아 큰 덩치아 잘생긴 이모아 별빛 같은 눈동자를 성혁은 오래 보지 못한다. 빛이 얼마나 강렬한지 당장 눈을 떼지 않으면 시력을 잃고 말 거다.

"성혁 씨, 보여줄 게 있어요."

"…?"

잡지를 제자리에 꽂은 두나가 성혁을 책상 앞 의자에 앉혔다. 가방에서 꺼내든 빨간 일기장을 보고 성혁이 기겁했다.

"또 무슨 숙제를 내주려고요?"

"숙제가 아니고요. 자랑하고 싶어서요."

"…?"

"전 SNS를 이거로 대신해요."

성혁도 잘 아는 바다. 낯가림이 심한 그녀에게 SNS는 불편하기 짝이 없다. 온갖 성격을 드러내는 사람들과 어울리느니 홀로 일기를 쓰며 생각을 정리하는 게 그녀로선 차라리 나을지 모른다.

"온통 민우혁 배우 얘기군요."

"맞아요."

"나 질투하라고 보여주는 거예요?"

"당신도 나와 함께 민우혁 배우를 좋아해 줬으면 좋겠어요."

포근히 그를 끌어안은 그녀, 사랑스럽게 돌아보는 성혁의 입술에 키스한다. 따뜻하다.

어떤 남자가 차가운 여자를 사랑하게 되어버렸다.
세 번을 묻고 또 세 번을 답했으나 여자는 여전히 매정하다.
이름을 불리면 죽을 테지만 남자는 사랑으로 극복하려 든다.
사랑을 모르는 이들에게 꿈과 희망이 되어주리라.

새 생명을 창조하겠다고 남자가 으르렁거린다.
자기를 갈아 신의 영역을 뛰어넘으려 드는구나.
신의 옷자락을 스쳤으니, 저주로만 끝나지 않을 것이다.
추억은 바스라지고, 기어이 욕망으로 말미암아 우주의 티끌로 사라지리라.

신의 부름을 받은 자가 십자가를 짊어지고 고행길에 나선다.
피투성이 몸뚱이에 또 피가 튀어 오른다.
신이 선택한 이에게 달려간 남자가 처절하게 소리친다.
그러나 신께서 선택했으므로 남자는 그를 결코 막을 수 없다.
눈물로 기록된 그의 이름은 영원불멸 회자되리라.

백척간두에 처한 나라를 구하겠다며 남자가 손가락을 잘랐다.
기나긴 시간이 흘러서야 조국은 만신창이 꼴로 돌아오겠지.
남자의 거룩한 이름은 산산이 부서진 핏조각으로 숭고해졌다.
역사는 그를 위대한 영웅으로 칭송하리라.

장엄한 서사와 웅장한 울림과 장대한 시간이 흘렀다.
조명이 들어오고 사람들이 하나둘씩 일어난다.
모든 힘을 바쳐 보여준 저 남자의 연기에 감격한 눈치다.
여운이 남아 감정을 추스르지 못하는 내 눈에도 눈물이 고였다.

아름다운 그대,
새벽녘이 다 되도록 어여쁘신 당신의 얼굴을 떠올리나니,
다시 유혹이 무르익겠으나 부디 그 자리를 벗어나지 마시라.
그대가 있을 곳은 오직 거기뿐이므로.

—민우혁에게 바치는 시 03

"와아…!"

그녀가 쓴 글을 읽어 내려가던 성혁이 저도 모르게 탄복했다. 상상만 했을 뿐인데, 가슴이 벅차오른다. 두나가 웃었다.

"어때요? 잘 썼죠?"

"이거 정말 두나 씨가 썼어요?"

"네. 맞아요. 어떤 작품을 말하는지 맞힐 수 있겠어요?"

"음…."

성혁의 시선이 그녀가 썼다는 시를 요모조모 뜯어보기 시작했다.

"첫 번째는 투란도트군요. 구체적으로는 투란도트 어둠의 왕국이에요. 한 번에 알아보겠어요."

"어떻게 알았어요?"

"민우혁 배우가 칼라프 왕자로 출연한 그 영화를 저도 봤거든요."

"잘했어요. 그럼 두 번째는요?"

"첫 문장부터 프랑켄슈타인이에요. 이 작품이 원래 공포물이었던가요? 시만 봐도 무서워요."

"혹시 이 작품 봤어요?"

"그럼요! 나 이래 봬도 뮤덕 여자 친구랑 사귀는 사람이에요."

우쭐거리는 표정으로 성혁이 그녀를 돌아본다. 다시 그녀의 입술이 날아들었고, 성혁은 가슴이 두근거려 참을 수가 없었다.

"세 번째를 맞혀보세요."

"벤허예요. 전 영화로 먼저 봤어요."

"그럼 네 번째는요?"

"네 번째는 영웅이에요."

"대단하시네요. 잘했어요."

두나가 박수를 친다. 기립박수에 호응하는 무대 위의 민우혁 배우처럼 성혁도 웃는다. 얼굴 가득 드러나는 깜찍한 미소에 두나가 까르르 웃음을 터뜨렸다.

"그럼 나, 이제 머글에서 벗어나는 건가요?"

"뮤덕과 머글의 중간쯤?"

"그게 뭐예요?"

"서두나 남자 친구 박성혁이요."

다시 그녀와 입술을 마주치는 성혁, 역시 두나는 민우혁 배우를 마냥 좋아만 하는 게 아니었다. 이야기에 빠져들어 작중 인물 그 자체가 되어버린 민우혁 배우의 능력을 그토록 어여쁜 표현으로 꾸미니 감탄하지 않을 수가 없다.

"두나 씨, 자꾸 질투 나게 할 거예요?"

"정말 질투가 나요? 어떡하지?"

"비교되잖아요. 하지만 내가 더 잘하면 되니까 상관없어요."

성혁과 본명이 같은 민우혁 배우는 아무리 봐도 잘생겼다. 운동을 좋아하는 사람답게 덩치도 크다. 애처가에 좋은 아빠이

기도 하다. 그리고 무대 위에서 그는 반짝반짝 빛이 난다. 사랑하지 않을 수가 없다.

"성혁 씨, 딤프 알아요?"

"딤프? 대구 국제 뮤지컬 페스티벌(DAEGU INTER-NATIONAL MUSICAL FESTIVAL)이죠? 가본 적은 없지만, 얘기는 많이 들었어요."

"매년 6월 경이면 대구에서 이 행사를 해요. 전 세계의 뮤지컬을 좋아하는 사람들이 모이는 행사인데, 해외 초청 작품을 무대에 올리기도 하고, 대학생이나 시민들의 무대도 볼 수 있어요."

"그러다 인재가 나타나면 가만두지 않겠죠?"

"어떻게 알았어요?

"한국 뮤지컬 어워즈는 취재 때문에 가봤거든요."

"아, 그렇구나."

"나 문화부 기자라니까요. 자꾸 잊어버릴 거예요? 나 삐칠래!"

성혁이 '흥!'하더니 입술을 삐쭉 내밀고 뽀로통한 표정을 지었따. 깔깔거리며 웃는 두나의 손을 매만지던 성혁도 더없이 즐거운 얼굴이 된다.

"그럼 성혁 씨, 우리 내년에 함께 가요. 가능할까요?

"휴가 쓰고 가야겠어요. 두나 씨가 재미있는 작품 골라줘요."

"알았어요."

단호히 대꾸하는 두나의 목소리에서 사랑이 느껴진다. 성혁은 참지 못하고 그녀를 와락 끌어안았다. 성혁의 따뜻한 품을 느끼던 그녀, 흐르는 눈물을 닦아내며 두나가 속삭였다.

Perhaps I had a wicked childhood
아마 나는 끔찍한 어린 시절을 보냈을 거예요.
Perhaps I had a miserable youth
아마 나는 비참한 청소년기를 보냈을 거예요.
But somewhere in my wicked, miserable past
하지만 내 끔찍하고 비참했던 과거 어딘가에
There must have been a moment of truth
진실의 순간이 있었을 거예요.

For here you are, standing there, loving me
여기 당신이 서서 나를 사랑하고 있어요.
Whether or not you should
당신이 그렇게 해야 할지 말지 상관없이
So somewhere in my youth or childhood
그래서 내 어린 시절이나 청소년기 어딘가에
I must have done something good
나는 분명 뭔가 좋은 일을 했을 거예요.

"이 노래 알아요. 사운드 오브 뮤직 OST죠?"

"맞아요."

영화 사운드 오브 뮤직에서, 마리아가 본 트랩의 사랑을 깨닫고 고요히 부르던 노래 〈Something Good〉이다. 두나는 문득 머릿속에 세나 언니를 떠올렸다. 동생이 어떤 삶을 살지 세나 언니는 진작 알았나 보다. 그래서 비디오테이프를 유품으로 남겨주었을 거다. 비록 이제는 가슴에 묻은 사람이 되었지만 두나는 세나 언니에게 진심으로 감사했다.

"그럼 두나 씨, 이 노래 알죠?"

"…?"

성혁이 일어나 두나를 의자에 앉혔다. 반 무릎을 꿇는 성혁, 그녀의 두 손을 모아 잡고는 미소 지었다.

참 예뻐요. 내 맘 가져간 사람
참 예뻐요. 내 맘 가져간 사람

"와아, 빨래도 봤어요?"

그러자 성혁이 또 웃었다. 정답이다. 뮤지컬 〈빨래〉에서 몽골 청년 솔롱고가 나영을 보고 사랑에 빠져 부르는 넘버 말이다. 아무리 머글이어도 무려 20년이나 무대에 오른 이 뮤지컬을 절대 모를 리가 없다.

가을밤 잠 못 드는 사랑 준 사람
짧게 웃고 길게 우는 사랑 준 사람
꼭 한 번만 내게 말을 걸어준다면,
꼭 한 번만 웃는 얼굴 보여준다면,
꼭 한 번만 내민 손을 잡아준다면,
밤하늘을 날 수도 있을 텐데….

–참 예뻐요 中

웃던 그녀가 다시 눈물을 쏟는다. 쉬지 않고 흐르는 눈물을 닦아주며 성혁이 두나의 얼굴을 감싸 쥐었다.

"민우혁 배우 별명이 물만두라면서요? 무대에서 하도 울어서."

“네.”

“그 물만두, 오늘부터 당신의 별명으로 해야겠어요. 눈물이 왜 이리 멈추질 않아요?”

그러자 두나가 또 웃었다. 눈에선 눈물이 하염없이 쏟아지는데, 입은 웃는다. 두나는 지금 그와 함께하는 이 순간이 너무나 행복하다.

“무대에서, 특히 소극장 무대에서 말이에요.”

“네.”

“공연장이 암전되면, 무대가 반짝반짝 빛나요. 왜 그런 줄 알아요?”

“야광 스티커를 붙여놨으니까요.”

“그 야광 스티커는 암전 때 배우들의 동선을 알려주는 길잡이 노릇을 해요.”

“맞아요.”

“그래서 두나 씨에게 할 말이 있어요.”

“…?”

영문을 모르는 두나를 품에 안은 성혁이 가만히 미소하며 속삭였다.

“나, 앞으로도 당신의 어두운 앞길을 비춰주는 야광 스티커가 되고 싶어요. 당신을 위해서라면 얼마든지 할게요.”

두 사람의 입술이 서로 맞닿았다. 두 번 다시 떨어지지 않을 것처럼 힘껏 끌어안고 입을 맞추었다. 지금껏 살아오면서 이렇게나 행복한 순간이 있었을까?

"나 그동안 모든 남자는 아빠처럼 나쁘다고 생각했어요. 그런데 아니었어요."

"그래요. 맞아요. 모든 남자는, 모든 사람은 다른 이에게 마냥 상처만 주지 않아요."

"정말인가요?"

"네. 당신도 알잖아요. 나 그렇게 나쁜 놈 아니에요."

세상살이에 지쳐 머리까지 풀어 헤치고, 마냥 덮어놓고 울던 뮤지컬 빨래 속 나영이처럼 두나가 그렇게 운다. 고장 난 수도꼭지와 다르지 않은 그녀의 눈물을 닦아주며 성혁은 웃었다. 이제 그가 아니면 그녀를 달래줄 사람이 없다.

"성혁 씨, 우리 맥주 한잔할래요?"

"맥주요?"

"딱 한 캔만 먹어요. 성혁 씨도 집에 가야 하니까요."

"근처에 편의점이 있던데, 제가 갔다 올게요."

"집에 과일이 있어요. 안주는 그거로 대신할까요?"

얼른 다녀오겠다며 성혁이 밖으로 나갔다. 두나는 눈물로 얼룩진 얼굴을 대강 닦고, 주방으로 건너가 과일과 과도를 꺼내 쟁반 위에 놓는다. 진심으로 행복했다.

밖으로 나왔더니 사방이 온통 새카맣게 물들어 있었다. 시간은 자정을 훌쩍 넘겼지만, 성혁의 가슴은 그저 새파랗다. 구름 한 점 없는 맑은 하늘도 이리 밝을 수는 없을 거다.

"그래도 춥긴 하네."

12월의 한밤이라 점점 날씨가 싸늘해진다. 외투를 벗어놓고 나온 터라 제법 추웠지만, 성혁은 얼른 다녀올 생각으로 골목 끝 편의점을 향해 걷기 시작했다. 어두운 골목에 불빛이라곤 저 편의점뿐이다.

"도대체 무슨 일이 있었을까?"

그녀는 어째서 그리도 슬픔에 짓눌려 살았을까. 그녀를 그토록 괴롭게 만든 정체는 도대체 무엇이기에 저리도 처연한 눈물을 드러낼까. 하지만 성혁은 이내 도리질을 친다. 그녀를 알게 된 뒤로부터 지금까지 궁금했으나 이제 그따위 물음에 집착하지 않으려 한다. 오늘 이후 두나는 슬프지 않을 테니까. 온 마음 가득히 사랑을 퍼부어준다면 그녀는 슬픔에 젖을 여유가 없을 거다. 성혁은 두나를 절대 놓지 않겠다고 다짐했다.

"…?"

편의점까지 가려면 좀 더 걸어야 하는데, 골목의 어둠을 헤치느라 이리저리 두 팔을 마구잡이로 휘젓는 그림자가 눈에 들어왔다. 성혁은 비틀비틀 걸어오는 저 그림자의 정체를 몰라 주춤거리다가 다른 방향으로 걸음을 옮긴다. 아무래도 취객인가 보았다. 술을 얼마나 마셨는지, 그는 제대로 걷지 못하고 있다.

"아이, 쌍…!"

애써 피해 가려다 결국 취객과 어깨를 부딪쳤다. 취객은 험하게 욕설을 내뱉었고, 성혁의 미간이 일그러진다. 다시 보니 그는 웃통까지 벗어 던진 채였다.

"미안합니다."

"에이, 씨팔! 내가 누군 줄 알고…!"

그가 또 욕설을 되씹더니 앞길을 가로막은 전봇대에 기대어 서서 바지를 쑥 내렸다. 얼핏 보아도 그는 지금 노상 방뇨를 해대는 중이다. 일그러진 미간을 펴시 못하고 성혁은 그의 꼬락서니를 잠시 지켜본다. 볼일을 마쳤지만, 그는 바지를 여미지 않았다. 그럴 정신조차 술기운에 말아먹은 모양이다. 축 처진 아랫도리를 흔들며 그가 어둠 속으로 사라졌다.

"어서 오세요!"

"…!"

문을 열었을 때, 성혁은 핸드폰 게임에 열중하던 편의점 직원의 목소리를 들었으나 어깨를 세차게 부딪치고 나가는 어떤 남자 때문에 대꾸하지 못했다. 힘이 셌고, 덩치가 컸고, 까만 옷을 입었으며, 까만 모자를 쓴 사람이었다.

"뭐야…?"

바깥으로 고개를 돌렸더니 그 까만 남자가 어두운 골목으로 사라지는 게 보였다. 밤이었고, 가로등 하나 없는 골목이어서 어떻게 생겨먹은 인간인지 도무지 알아볼 수 없다.

"이 동네는 왜 이리 무례한 사람이 많아?"

중얼거리며 성혁이 편의점으로 다시 들어섰다. 직원은 여전히 핸드폰 게임에 빠진 채다. 성혁은 매장을 한 번 훑어보다가 각종 주류가 진열된 냉장고로 걸어간다.

"어떡하지?"

캔맥주를 손에 들었지만 크기가 문제다. 일반적으로 생긴 캔을 살지, 아니면 그보다 두 배쯤 되는 캔을 살지 고민하다가 성혁은 작은 캔 두 개를 손에 쥐고 냉장고 문을 닫았다.

"육포도 하나 살까?"

다시 고민에 빠진 성혁이 픽 웃었다. 집에 과일이 있으니 안주는 그거로 하자던 두나의 목소리가 떠오른다. 육포를 제자리에 얹어놓은 성혁의 얼굴에 미소가 가득하다. 그녀에게서 잠깐 벗어났을 뿐인데, 벌써 보고 싶다.

"미국이나 영국에 가자고 하면 좋아하려나?"

미국의 브로드웨이와 영국의 웨스트엔드에 가야겠다는 생각이 불쑥 머릿속을 지배한다. 그녀는 분명히 좋아할 거다. 어떤 작품을 골라 보든지 거기에서도 회전문이 박살 나도록 돌아다니면 진심으로 행복해하겠지. 두나를 위해서라면, 성혁은 이제

뭐든지 할 작정이다. 생각만 해도 즐거웠다.

납골당에 다녀오는 길이다. 가족 추모 공원, 무려 두 달이나 거기에서 지냈다. 아내 노순심의 유골이 있고, 오른편에 세나의 유골이 있다. 바로 옆 큼지막한 자리엔 부모님의 유골 항아리 두 기(基)를 모셔놓았고, 노순심의 왼편 큼직한 자리에 장인 장모의 유골 항아리 두 기를 모셨다. 행복하지 않았던 가족이 죽어서 여기에 모였다. 두나는 한 번도 와보지 않은 곳이다.

"잘못하긴 했구먼…."

두나 앞에선 도박에 미친 사람처럼 행동했다. 마술사처럼 손가락을 유연하게 움지어 카드를 쉬을 줄 알았고, 화투패를 주무를 줄 알았으며, 주사위를 기막히게 던질 줄 아는 사람처럼 행동했다. 그러다 여자와 제법 뒹굴 줄 아는 사람처럼 행동했다. TV에서 노예 계약으로 몸과 마음이 망가졌다는 연예인의 이야기를 들은 적이 있다. 가수를 만들고, 배우를 만드는 엔터테인먼트 회사의 솜씨 좋은 전문가처럼 아버지가 여자를 그렇게 다룬다고 두나는 생각했을 거다. 제 아비는 단지 연극 무대를 빛내는 극작가였을 뿐인데 말이다. 아버지의 가면을 알아보지 못한 두나는 어쩌면 그 아버지를 쓰레기라고 생각했을 거다. 원망하고 미워할 거다. 짐승만도 못한 인간이라고 생각할 거다. 누가 봐도 정신 못 차리고 놀았다고 생각했을 그 두 달동안 서영준은 가족 추모 공원에 가서 청소부 노릇을 했다.

"어떻게 하면 말을 꺼낼 수 있지?"

이제는 정리해야만 한다. 하지만 서영준은 결혼 후 지금껏 단단히 쌓아놓은 벽을 어떻게 허물어야 할지, 방법을 생각해 내지 못하는 채다. 밥상 앞에 앉아 살가운 대화를 해본 적이 없다. 아이가 어떤 학교에 다녔는지, 어떤 직장에 다니는지, 어떤 특기를 가졌는지, 취미가 무엇인지, 심지어 나이도 몰랐다. 전화번호도 몰라 그 흔한 문자 메시지 한 번 보내지 않았다. 부녀 관계는 완전히 망가졌다.

「한 번이 어렵지, 다음은 쉽습니다.」

그간 귀찮게 굴었던 어느 기자 녀석이 그렇게 말했다. 흔하디흔한 극작가였을 뿐인데, 대학로의 황제 아니었느냐고 추켜세운 녀석이었다. 그 기자 녀석에게 어디에도 꺼내지 않은 역사를 전했다. 극단 '한다'의 역사를 기억하는 이가 이제는 없다고 했다. 있더라도 이미 다들 늙었을 거라고 했다. 그 기자 녀석은 극작가 지망생에 불과했고, 비슷한 처지의 지망생이 많으므로 경쟁률이 어마어마할 테니 녀석이 쓴 원고는 쉬이 무대에 오르지 못할 것이있다. 하지만 그래도 서영준은 극단 '한다'의 과거를 말했다. 가족의 과거까지 모두 말했다. 그리고 속이 시원했다.

"후우…!"

집에 가면 어떻게든 딸에게 말을 걸어볼 생각이다. 맨정신으로는 자신이 없어 술을 마셨다. 소주를 한 열댓 병 마셨나 보다. 나이 70세를 훌쩍 넘긴 늙은이를 딸내미가 이해해 주면 고맙고, 이해하지 못하더라도 어쩔 수 없다. 어차피 애비라는 놈도 딸에게 그랬으니.

「아이, 씨팔…!」

가로등 하나 없는 골목에서 서영준은 지나치던 행인과 부딪쳤다. 자기도 모르게 욕설이 튀어나왔다. 술을 먹었기 때문일 거다. 사과해야 할 텐데, 그럴 정신머리까지는 없다. 집에 거의 도착했다. 눈앞이 어지럽지만, 어서 가야겠다. 서영준이 집 앞에 멈췄다. 문은 굳게 잠긴 체다.

"쾅쾅쾅쾅!"

난데없이 현관문 두드리는 소리가 요란하다. 화들짝 놀란 두나가 과일을 깎다 말고 고개를 돌렸다.

"쾅쾅쾅쾅!"

다시금 사납게 철문 두드리는 소리가 들려온다. 편의점에 갔던 성혁이 돌아왔다고 생각한 두나가 얼른 문을 열었다.

"야, 이 년아!"

어둠 속에서 벌컥 고함을 내지르는 이와 눈이 마주쳤다. 두나는 당황하여 그대로 얼어붙고 말았다.

"이 미친년이 애비가 왔는데, 문도 안 열고 뭐 하는 거야!"

　다시 욕설을 퍼붓던 아빠가 비틀비틀 가까이 걸어온다. 두나의 어깨를 두 손으로 밀치기까지 한다.

“어떻게 된 거예요?”

　떨리는 음성으로 두나가 물었다. 아닌 게 아니라 아빠의 꼬락서니가 엉망이다. 윗옷이 사라져 벌거벗은 상체는 어디에 찢겼는지, 부딪혔는지, 넘어졌는지 온통 상처투성이였다. 바지 역시 찢기고 뜯겨 걸레가 따로 없다. 아랫도리는 언제부터 내놓고 있었는지 축 처졌으며, 술 냄새는 물론이거니와 도대체 며칠을 묵었는지 모를 몸 냄새까지 뒤섞여 속엣 것을 게워 내고 싶은 지경이다.

“씨팔! 왜 사람을 아래위로 쳐다봐?”

“…….”

“왜 말을 안 해, 이 미친년아! 너도 내가 개털이라고 무시하는 거야?”

“아빠, 열흘 뒤에 온다더니 왜 지금 와요?”

“그걸 네년이 알아서 뭐 하게?”

　철썩, 아빠가 다짜고짜 두나의 따귀를 때렸다. 두나가 비명을 질렀지만, 아빠는 아랑곳하지 않은 채 또 고함을 질러댄다.

“가진 거 다 처뿌렸다! 이런 씨팔! 돈을 좀 빌리려고 했더니 그만 꺼지라는 거야! 내가 개새끼도 아니고 꺼지라니!”

“…….”

"그까짓 거 갚으면 되는데, 왜들 지랄이야!"

벌써 여러 번 빌리고, 또 여러 번 잃었나 보다. 가진 것 하나 없는 개털 따위가 도박에 중독되어 어떻게든 더 놀아보겠다고 발악하다가 쫓겨난 모양이다. 제 분을 못 이겨 웃통을 훌러덩 벗어 던지며 기세등등 싸움을 걸었다가 주변에서 지켜보는 덩치들에게 얻어터졌나 보다. 두나는 그런 아빠가 한심했다.

"야, 너 말이야."

"……."

"너 돈 좀 있지?"

술기운에 눈이 풀려버린 아빠가 어떻게든 두나에게 초점을 맞추려 애쓰며 물었다.

"내가 돈이 어디에 있어요?"

"뭐? 아, 이 년 말하는 꼴 좀 봐라! 네년이 왜 돈이 없어?"

"나 돈 없어요! 있던 돈은 아빠가 다 가져갔잖아!"

분을 못 이기고 두나가 와락 소리 질렀다. 그러자 대번에 아빠의 손바닥이 따귀를 내려쳤다. 두나는 또 비명을 지르고 만다.

"야, 진짜 없어? 또 소리 질러 봐!"

"없어요! 정말 없단 말이야!"

"이런 미친년이!"

픽, 주먹이 날아들어 두나의 복부를 강타했다. 풀썩 쓰러진 두나, 아빠가 다가와 머리채를 낚아채더니 도로 고함을 질렀다.

"정 없으면 네년을 갖다 팔아야겠다!"

"아빠!"

"배때기를 갈라서 간을 팔아먹을까! 아니면 콩팥을 팔아먹을 끼! 아니면 이거?"

"아악!"

억센 손이 다가와 두나의 아랫도리를 움켜쥐었다. 비명을 지르는 두나에게 다시 주먹이 날아온다. 연달아 발길질한다. 숨을 쉬지 못했고, 그래서 비명도 지르지 못했다.

"이 미친년아! 이 개 같은 년!"

어느새 피투성이가 되어버린 두나가 눈물을 쏟는다. 이제는 정말 벗어나고 싶다. 나이를 먹고도 결코 변하려 하지 않는 아빠에게서 벗어나 이제는 편안히 살고 싶다. 세나 언니처럼 속절없이 죽고 싶지 않다. 행복해지고 싶다. 모든 남자는 아빠 같지 않다. 분명하다.

"성혁 씨…!"

마치 꿈속에서 그를 부른 것만 같았다. 서러운 마음 부여잡고 성혁에게 달려가고 싶었다. 숨조차 쉬지 못해 어쩌면 죽었으리라고 느낀 그때, 두나는 지금껏 살면서 한 번도 보지 못한 광경을 목격했다.

"이 개새끼야!"

우당탕, 무언가 부서지고 깨지는 소리가 들리더니 집으로 뛰어 들어온 성혁이 사납게 고함을 질렀다. 서영준이 비명을 지르고는 뒤로 벌렁 나자빠진다.

"이 새끼야! 넌 뭐야?"

"너는 뭐야, 새끼야!"

성혁이 욕설을 내뱉고는 비틀비틀 반격하려는 노인의 복부를 걷어찼다. 그가 또 나자빠졌다가 일어서더니 가구 위에 세워놓았던 꽃병을 거꾸로 움켜쥔다. 꽃병 속의 물이 주르륵 흘러내렸다.

"두나 씨! 정신 차려요!"

성혁이 소리쳤지만, 피투성이로 쓰러진 두나는 일어날 기력이 없다. 마치 죽은 사람 같았다. 성혁은 까만 어둠 속에서 이리 비틀 저리 비틀 정신 못 차리고 걸어가던 늙은이를 떠올렸다. 그 늙은이가 지금 느닷없이 남의 집에 침입하여 그녀를 저렇게 만든 거다. 절대 가만두지 않겠다.

"으아악!"

꽃병을 휘두르려던 늙은이가 별안간 비명을 질렀다. 그가 칼에 찔렸다. 두나가 과일을 깎으려다 떨어뜨린 과도가 지금 늙은이의 배에 처박혔다. 과도는 분노한 성혁에 의해 두 번 아니, 세 번이나 늙은이의 몸에 박혔다. 흥분한 성혁은 지금 이성을 잃어버렸다. 늙은이의 몸에 과도를 몇 번 박았는지 더 세지 못했다. 그리고 늙은이의 몸뚱이가 핏덩이로 변하여 바닥을 굴렀다.

“아악! 아빠!”

비명을 지르며 두나가 힘겹게 일어났다. 피투성이 몸뚱이를 이끌던 두나가 울음을 터뜨렸다.

“아빠!”

“아빠…?”

놀란 성혁이 칼을 떨어뜨렸다. 그대로 주저앉고 마는 성혁, 영문도 모른 채 그저 두나의 하는 양을 바라볼 따름이다.

“아빠! 죽었어? 이렇게 죽을 거야? 그럼 왜 그렇게 살았어?”

두나가 비명을 질렀다. 아빠는 일어나지 않는다. 넋이 나간 채로 성혁은 무얼 해야 할지 몰랐다. 두나를 비참하게 살게 한 그가 저 피투성이 늙은이라니! 다름 아닌 아버지라니!

“여보세요! 도와주세요! 아빠가 죽었어요!”

두나가 핸드폰을 부여잡고 경찰서에 전화를 걸었다. 여전히 넋을 놓은 채 성혁은 그대로 앉아 있을 뿐이다. 멀리서 사이렌 소리가 들려온다. 피로 얼룩진 방에 경찰이 들이닥쳐 시신 한 구와 정신을 잃어버린 여자와 어처구니없이 웃고 있는 남자를 발견했다. 성혁은 오랫동안 제대로 정신을 차리지 못했다.

#에필로그

삐그덕, 낡은 경첩이 기이한 신음 성을 내질렀다. 문을 열고 나온 사람은 성혁이다. 제대로 씻지 못해 꾀죄죄한 몰골의 그는 몹시 피로한 기색이었다.

"박성혁 씨, 사회로 나온 기분이 어떻습니까?"

"…?"

김주빈이 다가와 소리쳐 물었다. 누가 기자 아니랄까 봐 제 주먹으로 마이크를 흉내 내는 거다. 성혁의 미간이 일그러졌다.

"치워."

김주빈의 주먹을 뿌리치며 성혁이 시큰둥하게 대꾸했다.

"야, 까불지 말고 이거나 먹어."

"…?"

김주빈이 두부 한 모를 내밀었다. 어금니를 깨무는지 턱 근육을 실룩거리던 성혁은 두부를 크게 한 입 베어 물고는 다시 그의 손길을 뿌리쳤다.

"너 혼자 왔어?"

"그럼 나 혼자 오지. 누가 와?"

"……."

"오세방이, 장국봉이 그 새끼들도 친구라고 찾는 거야?"

성혁은 대꾸하지 않았다. 그 두 놈이 올 거라는 생각 따위 전혀 생각하지 않았으니까.

"도대체 메기가 어떻게 구슬렸는지, 거기서 일하는 모든 기자가 회사와 담을 쌓았어. 전화나 SNS나 전부 차단했나 봐. 개인적으로도 아예 연락을 끊어버렸어."

"너는?"

"나는 네놈이 하던 일 맡아서 하고 있다. 블로그가 아니라 그 바닥 유명한 잡지사에 매월 정기적으로 기고문 싣고 있어."

"그거 말고."

"또 뭐?"

"극작가 하겠다고 까불더니, 그 원고 어떻게 됐어? 통과했어?"

"그게 되겠니? 어디서도 연락 한 통 없더라."

새로 뽑았다는 고급 세단에 성혁을 밀어 넣고, 김주빈이 운

전석에 올랐다.

"넌 어떡하냐? 당분간 좀 힘들 텐데…."

"……."

김주빈에게 되묻지 않아도 대답은 뻔하다. 기자 노릇은 이제 포기해야 할 거다. 새로 취업하기에도 제약이 있을 게 분명했다. 그래도 어떻게든 먹고 살 수 있겠지. 지금은 피곤하다.

"서두나 씨 말이야."

"……."

머리 받침대에 기대어 눈을 감은 성혁, 귀를 기울이게 만드는 그 이름을 듣고 한숨을 토했다.

"아무리 찾아도 안 보이더라고."

"……."

"아버지가 죽은 뒤 집을 내놓고 잠적했어. 내가 어떻게든 연락해 보려고 했는데, 안 되더라고."

"……."

"연극 대본 쓴답시고 만났던 늙은 극작가가 서두나 씨 아버지일 줄을 누가 알았겠어?"

판사는 성혁의 말을 들어주지 않았다. 느닷없는 침입자가 범행을 저지르기에 우발적으로 살인을 저질렀지만, 그녀의 아버지일 거라고는 상상하지 못했다고 성혁은 항변했다. 제 딸을 성추행하고, 가스라이팅과 미행과 협박을 일삼았던 파렴치한

이 바로 아버지인데, 가만히 있어선 안 되는 거라고 주장한 성혁의 입장을 아무도 알아주지 않았다. 피해자가 과거에 극작가였다는 사실과 기자 김주빈이 그를 만나고도 친구 박성혁에게 전해주지 않은 이유까지 캐묻던 판사는 둘만 남은 친구 사이마저 갈라놓았다. 성혁은 여태 감방에 있었다. 시간이 어떻게 흘렀는지도 모르겠다.

"일단 청소부터 해야 하지 않겠어?"

비워두었던 집은 벌레로 가득했다. 김주빈이 두 팔을 걷어붙이고 방을 쓸고 닦는 동안 성혁은 중고품이 되어버린 태블릿을 펴들었다.

R.YU
┗ 기자님! 어떻게 된 거예요? 얘기 들었어요! 진짜예요?

R.YU
┗ 기자님! 톡도 안 보시고…! 정말인가 보다.

R.YU
┗ 기자님, 저 취업해서 당분간 관극 못 해요. 혹시나 궁금할까 봐 연락드려요.

R.YU
┗ 기자님, 저 남자 친구 생겼어요. 머글이라 뮤지컬은 아무것도 몰

류영은은 이 메시지를 마지막으로 아무런 소식을 전하지 않았다. 카톡 친구 목록을 뒤져보니 녀석이 없었다. 혹시나 하여 다시 살폈으나 두나 역시 보이지 않았다. 뮤덕들이 자주 들락거리는 커뮤니티 게시판에도 들어가 봤지만, 성혁은 아무런 흔적도 찾지 못했다. 블로그는 방치된 채였고, 댓글 창에는 뜨내기 광고쟁이들이 자신의 블로그에도 와달라고 써놓은 글만 수두룩했다.

"후우…!"

한숨을 몰아쉬지만, 답답한 가슴은 꽉 막힌 채 풀어지지 않는다. 그에게 남은 것이라곤 커피숍 2층의 아무도 없는 자리에 두나가 홀로 앉아 성혁을 기다리는 모습을 찍은 사진뿐이다. 그녀는 어디로 갔을까. SNS를 하지 않으니 흔적은 더욱 찾기 어려웠다. 무표정하고 차가웠던 얼굴로 돌아가 과거의 아픔을 숨기느라 애쓰고 있겠지. 모든 남자는 아빠처럼 나쁘다고 생각했던 그녀가 내게서 극단적인 모습을 발견했으니 이제 두 번 다시 찾지 못할 거다.

“그 여자가 민우혁 배우 팬이라고 했지?”

“…….”

“요즘 〈보이스 오브 햄릿〉이라고, 새 작품을 하고 있던데, 가볼래?”

“…….”

“남산 밑에 있는 국립극장이야. 혹시 모르니까 가보자.”

김주빈이 성혁을 끌어다 억지로 차에 태웠다. 땅거미가 지고 있지만 공연이 끝나려면 아직 시간이 남았다고 했다. 그리고 민우혁 배우는 무대를 마치고 시간이 날 때면 팬들과 모여 잠깐의 팬 미팅을 한다고 했다.

“저기 있네.”

공연을 끝내고 나온 민우혁 배우의 뒷모습이 보였다. 밤이 되었지만, 그의 앞에 모여선 팬들의 눈은 초롱초롱 빛나고 있다. 무슨 재미난 얘기를 하는지 웃음소리가 터져 나온다. 하지만 거기에 그녀는 없다. 처음부터 있을 리가 없었다. 성혁은 돌아섰다. 왔던 길로 돌아가는 성혁의 뒷모습은 초라해 보인다.

“그럼 대학로에라도 가볼래? 아니면….”

김주빈은 곧 입을 다물었다. 성혁이 울고 있다. 아직 시동을 걸지 않아 고요한 차 안에서 그가 처절하게 울음을 터뜨린다. 바깥에서 기쁘게 웃고 있는 팬들을 향해 손 흔들던 민우혁 배우가 차에 오르더니 웃으며 멀어져 간다. 성혁은 울고만 있었다.

#후기

곧 때리다.

셰익스피어라는 이 전설의 극작가가 골 때리는 건지, 햄릿 이야기가 골 때리는 건지, 그의 작품을 접할 때마다 골 때려서 내 머릿속의 뇌가 출렁거린다.

셰익스피어의 희곡집을 살펴보자.

모든 작품에 지문은 한 마디도 없고 온통 대사뿐이다.

지문이 있기는 하다.

등장한다. 퇴장한다. 죽는다.

가끔 나오는 이게 전부다.

대사는 또 어떤가.

상당히 길다.

백 미터를 전력으로 질주한 양 읽다가 숨이 차서 기절할 판이다.

읽는 사람도 골치 아픈데 무대에서 연기해야 하는 배우는 얼마나 골치가 아플까.

배우마다 색깔이 다르니 해석도 다를 테지만 온갖 상상력을 동원해야 극중 인물을 이해할 수 있을 것이다.

나는 셰익스피어를 좋아하지 않는다.

읽기가 힘들다는 이유도 있지만 너무나 극단적이다.

비극이나 희극이나 중간이 없다.

셰익스피어의 작품을 읽을 때마다 한없이 낮은 내 지식수준을 규탄당하는 것만 같다.

이것저것 많이 봤다지만 제대로 이해하지 못했으므로 앞으로는 절대 보지 말아야지.

이 다짐을 민우혁 배우님이 깨부수기 전까지 나는 셰익스피어의 희곡집을 집안 구석에 처박아 놓고 몇 년 동안 한 번도 꺼내 보지 않았다.

나는 작가다.

순수 문학을 고집하는 나는 올해로 데뷔 20년 차가 되는 무명 소설가다.

나는 그간 이야기를 쓸 때 나무가 아니라 숲을 봤다.

님이 쓴 책을 볼 때도 그랬다.

남자 주인공, 여자 주인공, 각종 조연 등등 극중 인물이 누구였건 간에 단지 이야기를 풀어가기 위한 도구로만 생각했다.

다른 작가들도 그럴지는 모르겠지만 나는 그랬다.

말이 되는 이야기여야만 한다는 생각뿐이었다.

골치 아픈 햄릿 이야기를 락 뮤지컬로 만들겠다고?

등장인물도 많아서 이름 외우기 힘든 이 작품을 1인극으로 만든다고?

미친 사람들인가?

이게 도대체 무슨 소리인가 했다.

〈보이스 오브 햄릿〉이라는 뮤지컬 무대에 민우혁 배우님이 오른다는 소식을 듣고 집구석을 뒤졌다.

무슨 판타지 영화 속 먼지를 뒤집어쓴 전설의 마법 책을 꺼내는 기분이었다.

두 번 다시 보지 않으려던 햄릿을 다시 읽었다.

아버지의 죽음과 어머니의 변심과 새 임금이신 삼촌의 왕위를 향한 알량한 욕심을 목격하고, 괴로움에 몸부림치는 이와 그를 사랑하지만 이러지도 저러지도 못하던 그녀가 죽음에 이르렀다.

복수하려는 자들이 서로에게 칼을 겨누고, 그 끝은 승자도 패자도 없는 피비린내 나는 역사뿐이다.

4백 년이나 잠들어있던 햄릿의 혼령이 나타나 한을 풀어달라며 자신의 이야기를 꺼내놓는다.

민우혁 배우님이 홀로 무대를 날아다닌다.

혼자서 무대를 꽉 채우고도 모자라 객석으로 난입한다.

아이돌 가수의 콘서트라도 되는 양 함께 일어나 손을 흔들고 춤을 추고 소리를 지른다.

미쳐버린 햄릿처럼 관객도 미친 듯 흔들어댄다.

땀인지 눈물인지 마구 뒤섞여 민우혁 배우님의 얼굴은 엉망이 되어버렸다.

공연이 끝나고 팬들과 잠시 만난 자리에서 누군가 물었다.

"사느냐, 죽느냐, 그것이 문제로다. 라고 말하는 햄릿의 심경은 무엇이었을까요?"

민우혁 배우님이 말했다.

"그때 햄릿은 살고 싶지 않았을 거예요."

이 세상 최고라고 생각했던 아버지가 그렇게 허무한 죽음을 맞이하고, 어머니는 아들인 자신을 배신했고, 사랑하는 이마저 떠나갔으니 살아야 할 필요를 느끼지 못했을 거라고.

둔기로 얻어맞은 기분이었다.

위에서도 언급했지만, 내 글에서 이야기를 이끌어가는 주체는 작가인 나였다.

내게 있어 각 인물은 그저 이야기를 풀어가는 도구였으며, 그래서 나무가 아닌 숲을 봤다.

그런데 햄릿의 감정에 이입된 민우혁 배우님은 이미 그 속의 인물 그 자체였다.

우거진 수풀 속 아름드리나무였다.

비가 오면 비를 맞고, 눈이 오면 눈을 맞고, 온갖 짐승들이 살을 파먹어도 상처 입은 채 꿋꿋이 그 자리를 지키는 나무였다.

나는 작가랍시고 그 나무의 슬픔을 모른 채 그저 우거진 수풀만을
그렸던 거다.

아, 이래서 내가 극작가를 못 하는 거였구나!
희곡 작가의 글쓰기와 소설가의 글쓰기는 엄연히 다르다.
희곡에는 지문이 있고, 대사가 있고, 상황에 따른 감정 표현은 배우
의 능력에 달려있다.
그러나 소설은 기쁨이나 슬픔이나 이 모든 감정 표현은 작가의 몫
이다.
인물의 감정에 이입되어 원고를 쓰다 말고 엉엉 울거나 키득거린다.
모두 나 홀로 해내야만 하는 작업이었기에 다른 이의 감정은 전혀
파악하지 않았던 거다.
그러나 이미 그걸 알고 있던 셰익스피어는 깨달음으로서 수많은 작
품을 남기고 전설이 되었다.

이걸 알지 못해 나는 지난 20년을 그토록 지리멸렬하게 보냈던가
보다.
깨달음의 순간은 참으로 뜬금없고 무자비하게 다가온다.

-뮤지컬 〈보이스 오브 햄릿〉 후기

위의 글은 민우혁 배우의 팬클럽 카페 '밍기적'에 올렸던 뮤
지컬 〈보이스 오브 햄릿〉 관극 후기이다. 나는 민우혁 배우의
팬카페에 가입한 후 오랫동안 내가 작가라는 사실을 발설하지

않았다. 작가이기보다 민우혁 배우의 팬이고 싶었던 탓이다. 그러다 불쑥 저런 후기를 쓴 건 그간 이해하지 못했던 햄릿 이야기를 한 순간에 알아버렸기 때문이다. 도저히 참지 못한 글쟁이의 본능이 이성을 마비시켰던가 보았다. 그런데 하필이면 그 시기에 밍기적 카페에서는 이 뮤지컬의 후기 이벤트가 진행 중이었다. 이벤트에 당첨되면 〈보이스 오브 햄릿〉의 관극 티켓을 선물로 준다고 했다. 느닷없이 내가 당첨되어 버렸다. 이후 게시판에 쓴 글에서 나는, 이벤트의 당첨자를 뽑는 이가 운영진들이었다면 글쓰기 전문가가 끼어들었다는 이유로 양심의 가책이 느껴져 사퇴(?) 의사를 밝히려고 했다. 그런데 알고 보니 민우혁 배우가 직접 팬들의 후기를 모두 읽고 당첨자를 뽑는 거였다. 공지를 잘못 읽은 죄가 이리도 클 줄 몰랐다. 매니저가 진행한 이벤트에 당첨되어 나는 한 번 더 관극하게 되었다. 기회를 주신 백예리 매니저님과 내 글을 뽑아주신 민우혁 배우님께 감사드린다.

원고를 시작할 때 참고용으로 어떤 책이 좋을까 싶어서 이것저것 들여다봤지만 하나도 도움이 되지 않았다. 전문가의 손으로 쓴 전문적인 책은 상당히 많다. 같은 내용을 쓰고 싶지 않았다. 팬의 눈으로 별처럼 아름다운 환상을 쓰고 싶었다. 그러자니 뮤덕들이 쓰는 언어가 너무 많아 당황스러웠다. 인터넷에서나 쓰일 법한 단어들이 다수를 차지했다. 책에 쓰기엔 무리가 있어 본문에는 그 많은 언어 가운데 극히 일부만 가져왔다. 그들이 보기에 이 책은 아주 우습기 짝이 없을 거다. 나는 글을 쓰는 사람이고, 내 방식대로 표현했으므로 악플이나 달리지 않으면 다행이다. 원고를 진행하느라 집중한 사이 〈지킬 앤하이드〉와 〈팬텀〉이 개막했다가 폐막했다. 앞으로도 못 볼까 봐 걱정이다. 이건 욕먹어도 싸다.

본문에서, 두나가 성혁에게 내준 두 번째 문제는 〈나는 지금 나를 기억한다〉라는 연극을 보고 썼다. 거의 모든 작품은 공연장에 관객이 다 채워진 후 암전이 되며 시작한다. 그런데 이 연극은 관객 입장과 동시에 공연장 밖에서부터 소란이 일고, 그것이 무대로 이어지며, 모든 공연이 끝난 뒤 관객이 퇴장하는 순간까지 연결된다. 뭐 이런 연극이 다 있나 싶어 내 인스타그램에 후기를 썼고, 본문에 그대로 가져왔다.

세 번째 문제의 경우, 내가 오래전에 출간한 『진성眞聖』에 수록했던 시조를 다시 정리해서 썼다. 당시 그 책의 후기에 시조의 의미를 푸는 이에게 언제가 될지 모르는 내 결혼식에 초청하겠다고 썼지만 40대 중반이 다 되도록 나는 미혼이고, 결혼 가능성도 없어 나 스스로 풀었다. 내가 쓰고도 골치 아프다.

몇 년 전에 출간했던 책『안중근과 데이트하러 떠난 길 위에서』를 쓰려고 참고 삼아 봤던 뮤지컬 영웅이 또 개막했다. 뮤지컬이 영화로도 만들어졌다. 정성화 배우는 몹시 바쁜 스케줄로 정신이 없었고, 그래서 티켓팅도 덩달아 어려워졌다. 아직 자리가 남은 어느 날의 회차를 예매했다. 그게 민우혁 배우의 무대였다. 깜짝 놀랐다. 중저음이 저리도 매력적일 수가! 훤칠한 키와 덩치에도 시선이 간다. 영웅 첫 장면인 안중근이 자작나무 숲에서 걸어 나올 때, '와, 크다!' 하고 감탄했다. 게다가 저렇게 잘생긴 남자를 처음 봤다. 그때부터 저 사람이 궁금했다.

유튜브에 접속하여 민우혁 배우의 과거를 뒤지기 시작했다. 그러다 발견한 영상으로 나는 너무나 큰 충격에 휩싸였다. 본문에서도 언급한 바 있다. 2018년 3월 24일, KBS 2TV에서 방송한 '불후의 명곡'을 말하는 거다. 민우혁 배우가 윤동주 시인으로 변신하여 '사의 찬미'라는 노래를 불렀다. 본문에서 두나가 민우혁 배우를 생각하며 쓴 시는 모두 그의 무대를 보는 동안 느낀 나의 감정이다. 제목을 짓지 못해 '민우혁에게 바치는 시'라고 썼다. 이런 식의 시를 지금껏 아홉 편을 썼다. 그 가운데 세 편을 책에 싣는다. 어쩌면 더 쓸 수도 있다. 민우혁 배우의 연기에 자극당할 때마다 시를 쓰게 될 것이다.

요즘 AI가 어쩌고, 웹소설이 어쩌고 떠든다. 일부는 흐름을 파악하여 돈을 쓸어 담고 있을 것이다. 대세가 무엇인지 나도 잘 안다. 그러나 변화하는 세상에서 나 홀로 그 옛날 90년대 방식으로 글을 쓴다. 변화해야 하지만 나는 글 쓰는 일 말고 할 수 있는 게 없다. 옛날 사람인 나는 AI 따위 필요 없다. 그저 사랑에 빠진 내 가슴이면 충분하다.

팬들이 민우혁 배우에게 사랑받는다. 그는 온갖 애정 표현으로 팬들의 마음을 흔들어 놓는다. 민우혁 배우가 힘든 시절, 배우 일을 그만두어야 하는지 고민하고 있을 때 굵직한 역할이 주어졌다. 팬들이 그를 지켰고, 팬들의 사랑이 기적을 일으켰다며, 팬클럽 이름이 밍기적이 되었다. 왜 '밍'인지는 본문에서 설명했다. 나도 그들처럼 사랑받고 싶었다. 할 줄 아는 게 글 쓰는 일 말고는 아무것도 없는 내가 글로서 민우혁 배우에게 사랑받고자 한다. 내 마음은 진심이다. 진심이기에 그런 시도 쓸 수 있었다. 모르는 게 많아 민우혁 배우가 과거에 출연한 작품들을 제대로 언급하지 못했다. 좀 더 일찍 그를 알았다면 지금보다 훨씬 풍부한 이야기를 쓸 수 있었을 것이다. 앞으로도 그를 좀 더 공부해야겠다. 뮤린이 노릇도 나름대로 재미있다.